希区柯克

悬疑故事

［英］希区柯克 / 著

林中路 / 编译

中国华侨出版社

北京

前言

PREFACE

阿尔弗雷德·希区柯克（1899—1980）是世界著名的电影艺术大师，出生于英国。他擅长拍摄惊悚悬疑类影片，一生总共执导了50多部优秀电影，并执导过《希区柯克剧场》等数百集电视剧。此外，希区柯克还参与过大量剧本和小说的创作，造就了一系列希区柯克式悬疑经典。

对于悬念，希区柯克曾下过一个著名的定义：如果一群人围着一张桌子玩牌，然后突然一声爆炸，那么你便只能拍到一个十分呆板的炸后一惊的场面。反之，虽然也是表现同一场面，但是在打牌开始之前，先表现桌子下面嘀嘀数秒的定时炸弹，那么你就造成了悬念，并能牵动观众的心。

悬念必须要足够震撼人心，才能达到设置的目的，但越是贴近生活，越是在平淡无奇的状况下发生的悬念，最后带来的效果越好。希区柯克但凡在他的作品中设定悬念，一定是以观众读者为主线，让人们跟故事中的角色一同深入整个事件之中，并且在极度贴近生活现实的情节之中，感受一个又一个意外的发生。这就是希区柯克作品的魅力所在。

除了悬念迭出，希区柯克作品的深刻内涵同样值得称道。他对人性和人类的心理世界有着深刻的了解和体悟，并有更多机会去探索和表现人类行为中那些奇怪的侧面，因此他又被称为"电影界的弗洛伊德"。在他的世界里，生活永远不平庸、不宁静。他所讲述的故事，是生与死、罪与罚、理性与疯狂、纯真与诱惑、压制与抗争的矛盾统一体，是一首首直指人心阴暗的诗。

在他的作品中，我们经常看到一个个受到诱惑的灵魂，逐步地脱去人性的外衣，滑向罪恶的深渊，越陷越深，难以自拔。而且其作品中的人物往往都有些变态或偏执，备受焦虑、内疚、仇恨或情欲的折磨。

因为在希区柯克的内心深处，总有一种莫名的焦虑、一种绝望的感觉。他认为，骇人的东西不仅潜伏在阴影里，或者潜伏在只身独处的时候，有时，当我们和正派、友好的人在一起时，也会感到孤立无援甚至险象环生。即使在长大成人之后，他也经常坦承自己有无穷无尽的荒谬的忧虑。他将这种焦虑和绝望传递给世界，进而展现出人性最深层的恐怖和最异常的思想。

读希区柯克，就像在做一道道高难的智力题，在经受一次次灵魂的拷问。希区柯克的作品架构非常巧妙，前后联系相当紧密，有一种令人称奇的结构美，大致可以归纳为：日常可见的生活场景、穿插其中的黑色幽默、曲折离奇的发展经过、令人意外的奇妙结尾。这种架构被后人称为"希区柯克模式"。

本书所选的故事，体现了希区柯克式悬疑的精髓，故事类型丰富，包含警匪交锋、机智推理、连环设局、情爱阴谋、复仇计划等多种主题，加上曲折离奇的情节、丝丝入扣的描述，让人拍案叫绝。

目录

刀口脱险

当我们抵达路障的时候，时间已经快到后半夜了。滂沱大雨不停地倾泻着，在卡车明亮前灯的照耀下，泛出玻璃纸一般的耀眼亮光。

警察设置的路障距离弯道大约有五十码远，除非绕过这个弯道，否则人们根本不可能从远处发现它。路障处停着四辆警车，其中的两辆朝北停成一个"V"字形，车头对着我们，剩下的两辆也呈"V"字形，但车头朝着南方。四辆警车的车灯开得很足，在漆黑的夜里，活像四盏高度数的探照灯。而警车的中央摆放着一个巨大的临时路障，上面一闪一闪的红灯提示过往的车辆需要停车接受检查。

我轻轻地踩了一脚刹车，车速随即慢了下来，在我身后的那个孩子从座位后面探过身子，手握一把猎刀，恶狠狠地顶着我的肋骨，放低声音说："你给我听好了，待会儿你要是敢胡说八道，我就宰了你！他们的确能抓住我，但我一定会在那之前捅死你！"

我扭过头，用眼角的余光瞥了他一眼，尽管路障周边的灯光非常昏暗，但我仍能够清楚地看见他那胡子拉碴而苍白的脸。事实上他并不是一个孩子，尽管看起来很像。他高高的身材，却有着瘦削的体型，因为下雨的缘故，一小撮头发贴在前额上。他穿着一件皮夹克，一条粗布斜纹裤子，外加一双高筒皮靴，裤腿和靴面上都沾满了泥浆，仿佛他是从某辆车上跳下来的一样。

在十五分钟之前，我还行驶在距这里大概四英里的 BC 镇。由于大雨连着下了三天三夜，路况变得非常糟糕，特别是有一段大概长约三百码的路段，积水深达两三英尺。因此，我不得不放慢车速，缓缓通过。突然，卡车副驾一侧的车门被猛地拉开，那个孩子跳上座位，右手握着猎刀，并将刀架在了我的脖子上，让我不许声张，老老实实地开车。当然，除此之外，我也别无选择。我缓缓地驶过这段积水区，但我心里一直在琢磨，这个孩子为什么要劫持我呢？他犯了什么罪吗？他从哪里来？不过，他的眼中流露出异样的神情，我也没敢过多地打量他，生怕惹怒了他后，他用猎刀捅我。

我把车停在了路障边，距离警车大概有十码远，车的右边有一小片空地，足够让我在接受检查之后倒车。不过，那里站着一名身穿黑色雨衣的警察，他双手插在雨衣中。他的手中是不是揣着枪呢？我心中不免开始紧张，连呼吸都变得困难起来。

一辆警车打开了前门，下来两个衣着相同的警察。他们朝着我驾驶的卡车走来，他们中的一个走到车灯光线之外，站在暗中看着我们，另一个圆脸警察则拿着手电，走到了我的车窗前。我把车窗玻璃摇了下来，他打开手电，朝车内探照。我则在灯光下眯起眼睛，装出一副非常困惑的样子。

"警官，发生什么事情了？"我内心非常紧张，声音明显有些不自然。

"你们要去哪儿？"他非常严肃地询问。

"去桑诺。"我立即回答。

"这大半夜的，去那儿干吗？"

"噢，我去接我太太，她坐半夜的火车回来的。上周她妈妈病了，她回家照顾妈妈去了。"

警官点点头，继续问："你叫什么名字？"

"麦克。"

"拿你的驾照给我看看。"

我立即从屁股口袋里拿出皮夹，把驾照出示给他看。他用手电照了照，点了点头，随即又照了照我身后的孩子。那孩子显得更紧张，他抿着嘴，把刀藏在右腿和车门之间的地方，这里是警官的视线盲区，他不可能看得到。

警察随即又问："这是谁？"

"噢，这是我的侄子杰瑞。"我赶紧回答。

"他也住在格兰吉路吗？"

"是的，他和我们住在一起。"

"格兰吉是在 BC 镇的郊区吧？"

"嗯，没错。"

"你们今晚出发之后，有没有碰到什么可疑的人？"

"什么可疑的人呢？"我赶紧追问道。

"就是大半夜路上有没有闲逛的人，或者是找你搭便车的人？"

我深吸了一口气，然后对他说："没看见。"此时，有一个念头一直在我的脑海中浮现，但每每想到这个念头，我就直冒冷汗。尽管如此，我仍旧决定冒险一试，毕竟那孩子手中的猎刀让我内心无法安定。

我的左手原本放在我的肚皮上，我现在开始努力地让它向车门的把手靠近，为了不让那孩子发觉，我每次只挪动一寸的距离。我平复了一下紧张的心态，然后故作镇定地向警察询问："这黑灯瞎火的大雨天还设置路障，是发生什么事情了吗？"

"大约在三个小时以前，BC镇发生了一起抢劫案，一位来自芝加哥的钻石推销员被抢劫了，他身上带着价值两万元以上的钻石。那个劫匪应该非常了解这个推销员的行程，很有可能在芝加哥就已经盯上了他。"

"噢，那你们知道这个劫匪是谁吗？"

"暂时还不知道，"警察顿了顿，接着说，"不过我们知道，这个劫匪是个男的，他独自一人行动。当时，推销员租住在一家旅社里，他的车就停在旅社的后面。随后，劫匪用一根灌了铅的棍子打晕了那名推销员，并抢走了他的车。可是，这劫匪的技术不到家，推销员很快就醒了，并且大声地呼救。当时旅社的几名经理和住客赶了过来，由于劫匪是从后门溜走的，没有人看清他的脸，包括推销员本人。"

我一边听着警察的叙述，一边努力地够着门的把手，终于，我的小指碰到门把手了。我还需要更多的时间，因此我得让警察继续跟我说话："嗯，听起来挺惊险的，不过劫匪既然开的是偷来的车，那为什么你们要盘查我们这种普通车辆呢？"

"他早就丢下那辆车了，"警察说，"他离开旅社二十分钟之后，我们就在一片小树林中找到了那辆车。那周围荒无人烟，他必然要徒步走很长一段路才能走出来。不过我们怀疑，他会偷另外的车，或者借着搭顺风车的机会抢劫别的车。"

"天哪，那太糟糕了。"我轻轻地呼出一口气，不过因为紧张，我感觉我脸上的肌肉已经绷得紧紧的了。此时，我整个左手都握在车门的把手上，只需用力向下一按，就能打开车门。但是，我内心非常惶恐，我不知道那孩子手中的猎刀有多么锋利，但我知道，在我和警察聊天的过程中，他一直死死地盯着我。

"叔叔，我们该出发了，"那孩子突然开口说话了，言辞不多，但能感到他的内心此刻也是诚惶诚恐，"我的意思是，如果警察先生允许我们通过的话，我们要赶快去接婶婶……"

他说话的时候，视线从我的身上转移到警察身上，他想知道，警察在听他说话的时候是怎样的反应。但对我来说，这个空当是多么宝贵啊！我没等他说完，立即向下用力按下门把手，用尽我全身的力量，猛地向外滚去。在这个过程中，我甚至撞倒了那个警察，最后，我的左肩率先触到了地面，并顺势在地上打了好几个滚，发疯似的对警察喊道："就是他！他就是你们要找的那个人！他手里有刀！他上了我的车！就是他！"

我滚到路基的下面，终于停了下来。我回过头看着卡车，那个孩子也正打算从车门跳下，手里还拿着猎刀。圆脸警察躺在地上，一手开着手电，另一只手则从雨衣里拔枪。紧接着，警车的车门猛地打开，漆黑的夜空里又多了两支手电光束，几个人在大雨中奔跑，喊叫。

那个孩子从车上跳了下来，在卡车旁边恶狠狠地向四周张望，并且不停地挥舞着手里的猎刀。圆脸的警察朝他开了两枪，另外一个警察补了一枪，终于，那孩子倒在了地上，纹丝不动。

我如释重负地吐了一口气，缓缓地从路基下方起身。此时，警察们都围在那孩子的身边，低着头在检查着什么。我也走了过去，站在那个圆脸警察的身边。"我在 BC 镇的积水路段慢速行驶时，他拉开了车门，冲上车，把刀架在我的脖子上，并且不许我声张，眼睛里还流露出奇怪的眼神。"我以一种极度颤抖的声音说完了这番话。

圆脸警察看着我，然后用一只手拍了拍我的肩膀，虽然表情严肃，却不住地点头，"麦克先生，你刚才的表现非常勇敢，要知道，他刚刚能很轻易地杀死你。"紧接着，圆脸警察对他的搭档说：
"吉尔，去卡车上检查一下。"然后问我，"他跳上车的时候，随身
带了什么东西吗？"

我回答："没有。"

那个叫吉尔的警察用手电在我的车上找了一大圈，然后摇摇
头回来了。圆脸警察紧接着继续问我："你还记得他在什么地方劫
持你的吗？"

"当然，我记得很清楚。"我肯定地说，并且把具体的位置告诉
了他们。

圆脸警察与他的同事合计了一下，然后说："他一定把钻石藏
在某个地方了，等雨小一点之后，我们去那里搜查一下。"

随即，他们从警车上取出一条毛毯，盖在那个孩子身上，并
且告知 BC 镇的警局，钻石劫匪已被抓获，并且要求顺带派出一
辆救护车。随即，我也上了巡逻车，录了一份口供，并在口供上
签了字。等相关的手续完成后，我询问那个圆脸警察："警察先生，
我现在可以去桑诺了吗？我想我的太太应该等急了。哦，还有，
你们能给我一杯酒压压惊吗？"

"没问题，"警察对我点了点头，"如果有需要，我们会再与你
联系的。"

经过短暂的道别，我重新回到卡车里。我慢慢地转过路障，
驶入茫茫的夜色之中。我急促地呼吸，一直到驶出五六里路之后，
才慢慢地平缓下来。

这简直难以置信，我居然这么轻松地就逃脱了！

首先，我不得不说，我确实对那个推销员下手不够狠，他居
然那么快就醒了，还发出了尖叫声；另外，那辆该死的破车居然
半路抛锚了，导致我不得不半路弃车而逃；然后，我到了一家农舍，

绑了那个真正叫麦克的人，偷走了他的皮夹和卡车，并且吸取前面的教训，我堵住了他的嘴，谁想到半路却杀出了那个蠢货。

反正，我是不知道他怎么想的，不过这对我来说已经构不成影响了。有一点我非常确信，他早晚要杀我，我才会借刀杀了他。路障边，就是最好的冒险之地。

至于那价值两万元的钻石，我用手摸了摸我的腰间，它们还在那儿。

阳台下的玫瑰花

"早安，亲爱的。"华伦先生亲吻着他的太太，然后从她胖乎乎的手里接过一杯温暖的咖啡，随后坐在了报刊架的后面。他假装自己在看报纸，其实正在盘算着如何将他的太太干掉。

他们结婚两年了。没错，这个老女人非常富有，不过，凯琳已经等不及了。

华伦太太走进来对他说："亲爱的，我们阳台的下面居然长了一朵鲜艳的玫瑰花，这太有意思了，不是吗？我相信它会在今天晚上开放的。我想好了，在我们结婚两周年的纪念舞会上，我要把它戴在我的头上。"

这时，华伦先生的脑子里突然闪过一个念头。他打算晚上带她出去，然后走到阳台边，并要她指出那朵漂亮的玫瑰花长在哪里。这个时候，他就能从后面一抬，再一推……此时，他的脑海中就在想象着，阳台的下面，遮阳伞和桌子中间，堆着一摊不成形的东西。他甚至想好了自己的台词："噢，她一定是为了看那朵漂亮的玫瑰花，结果身子探出去太多了。"

没错，他一定会遭受到别人的质疑，不过这没有关系，他能够继承她的所有财产，而且，不会有人知道具体发生了什么。除非有铁证，否则不会对他造成太多的影响，至于其他人的质疑，他完全不放在心上。

凯琳则住在一栋廉价的公寓里。其实，这个老女人对华伦出手还是很大方的，她可能会为他付清一切账单，送他很多礼物，不过，唯独对他的零花钱掌控得很紧。这使得华伦没有足够的资本来讨好凯琳。

凯琳和他约在中午十一点见面，他必须寻找一些类似于理发、买衬衣的借口溜出来。不过，华伦太太告诉他，整个上午他都能够自由安排。她也没有说中午会不会回来吃饭，她答应别人去一趟迪奥旅馆，然后她还要去上舞蹈课。

"舞蹈课！"华伦先生笑着拍拍她的肩膀，然后说，"看来你是爱上那个叫比克的舞蹈老师了吧，你这段时间总是和他一起跳舞。"

"亲爱的，我之前跳舞可是只跟你跳的，但不知为什么，结婚以后，你就不再跳舞了。""难道，你不记得我们在乔治家的那天晚上，还一起跳了一支《蓝色多瑙河》吗？"华伦琢磨着，和她相处的时日不是很多了，所以就回味一下过去，哄哄她开心算了。

"噢，那天晚上啊，你当时不愿意接受小费呢，当时你还说，不希望我们纯洁的爱情被金钱玷污，我太感动了，所以第二天就给你买了一块纯金手表，作为对你的补偿，你还记得吗？"

他们两个人都沉浸在甜蜜的回忆之中，随即向对方告别，各忙各的去了。

华伦先生坐在一张椅子上，他正在向他的情人凯琳讲述自己的计划。金发碧眼的凯琳越听越激动，原本高耸的胸脯这时更是一起一伏，透露出一种让人难以拒绝的诱惑。此刻的凯琳，恨不得立马能跟华伦过上富足的生活。

就在这个时候，华伦太太正躺在舞蹈老师比克的怀里。她正笨拙地扭着步子，嘴里不停地哼着舞曲的旋律。比克将嘴凑近她的耳边，轻轻地说："我的宝贝，昨天晚上我没有接受你的慷慨馈赠，你不会生我的气了吧？其实，我只是不希望我们的纯洁友谊被金钱玷污。"华伦太太丝毫没有流露出难过的表情，她带来了一块白金手表，以此弥补昨晚比克拒收的小费。

华伦先生回到家里，手里还拿着一个二手的钻石发夹，他打算将这个东西当作礼物，送给自己的太太。虽说花大价钱买了这个玩意儿有点浪费，不过华伦一想到计划完成之后，他还能将它转手再送给凯琳，就觉得买这个发夹还是值得的。绝对不会有人怀疑，这个刚刚给太太买了钻石发夹做结婚周年礼物的人，居然会是谋杀他太太的凶手。

华伦太太看到礼物之后非常开心，她此刻特别希望自己能够将一朵玫瑰插到头发之中，这样，她就能光鲜亮丽地与丈夫一同到楼下共进晚餐了。

在华伦先生看来，真正的谋杀，其实是世界上最简单的事情。

他们一同来到阳台，探出身子向下面望去。一举，一推……伴着一声惊恐的哭叫声，阳台下面，有一群人从遮阳伞下跑了出来，他们围向那个已经摔成一团的人。快叫救护车！出人命啦！赶紧报警！快，用桌布盖一下……下面瞬间乱成了一锅粥。

很快，警察冲进了旅馆的套房里。此刻，沙发上正坐着一个双手紧握、头发凌乱的人，这个人正在猫哭耗子似地向警方哭诉那可怕的故事："这简直太悲惨了，他一定是想看清楚那朵玫瑰花，结果身子探出去太多了。"华伦太太一边哭一边说道。

连环迁怒

"亨利太太，麻烦你尽可能详细地跟我们描述一下，到底是一连串怎样的大事导致了这个悲剧的发生呢？"

"好的，法官大人，那我就从第一件事开始说起吧。那是星期天的晚上，当时正在举行宴会。为了这个宴会，我们特意买了大量的新唱片，那些唱片都不便宜，但为了能在宴会上玩得高兴，能尽兴地唱歌跳舞，花这些钱都无所谓了。可是，宴会还没开始，我们就发现，唱片机有问题，那些优美的音乐彻彻底底被毁了，而且还发出很多让人难以忍受的噪声。

"我的丈夫当时就打电话到唱片机服务商那里，可是他们说来不了，最快也得到星期一才能派人来修。也正因为这样，整个宴会都搞砸了。听音乐是我们最喜欢的娱乐方式，没有了音乐，哪还有什么乐趣呢？所以客人们纷纷离开了，而且最先离开的客人是我丈夫的老板，还有他的太太。这让我们感到非常尴尬。首先，他们是这次宴会的贵宾，再一个，为了这个宴会，我们在购买唱片这方面花了很多钱。

"倒霉的事情并没有因此而结束，星期一上午，烤面包机也出毛病了。最开始的时候，我们谁都没有发现这个问题，和往常一样，我们把面包片放了进去。结果，面包就在里面被烤焦了，而且发出一股难闻的焦味。虽然我和我的丈夫都喜欢吃那种有些焦味的面包，但我们并不喜欢那种烤成了焦炭的面包。我们之后又试了两次，但结果都一样。最后，我们那天早上连早餐都没有吃，因为所有的面包都被烤焦了。

"法官大人，你能想象得到吗？没有早餐吃是一件多么悲惨的事情。所以，我不得不提前出门，然后开车送他到公司附近的早餐店去吃早饭。可是，麻烦又随之而来。我送完我的丈夫之后，汽车的发动机就开始跟我发脾气，不停地冒烟，而且发出很大的响声。我的车子就这样在半路上抛锚了，所以我不得不给汽车修理厂打电话。等到修理厂之后，修理工掀开车前盖，用工具在里面敲了敲，仔细检查了一番，然后他就跟我说，我的汽车零件没有调试好，导致油箱的浮漂爆裂了，并且建议我这几天要出门的话，最好选择乘出租车，这种毛病要修个两三天，甚至更久。

"接着，我就打车回家了。但我居然把面包机忘在车尾箱里，而且我也忘记买面包了。什么都没有，我不可能饿肚子啊！最后，我只能去邻居玛丽家里蹭饭。我一边吃饭，一边跟她讲述这几天的悲惨遭遇，从唱片机的噪声、面包机的故障到汽车的毛病，我一一跟她解释清楚了，并且告诉她，修理厂的工人说，我的汽车故障是因为浮漂爆裂了。然后玛丽打断了我的话，说她有些不明白。她只知道，钓鱼的时候要用浮漂，潜水艇里面或许也要用到浮漂，但她始终想不明白，汽车为什么也有浮漂。难道说，是为了防止汽车掉进水里的时候，不至于让车子沉下去？另外，她还有一个疑惑：为什么一个小小的浮漂爆裂了，汽车就会发出巨大的响声，而且会让发动机不停地冒烟？

"等过了一会儿之后，她又告诉我，现在一些汽车修理厂的工人，欺负我们女人不懂那些专业知识，故意编一些怪里怪气的名词让你听不懂，然后让你觉得车子出了很严重的问题，借机敲诈你一笔。经常是没毛病的说成有毛病，小毛病说成大毛病。没有问题的时候修得可带劲了，真正有问题的时候他又修不好了。对了，她还告诉我一件事情。她家的冰箱之前坏过一次，她打电话叫来了修理工。那个修理工检查了之后对她说，冰箱的热圈坏了。当时，她就觉得那个修理工是在侮辱她的智商，正常人都知道，冰箱是用来制冷的，又不是烤箱，怎么会用到热圈这种东西。这也就算了，关键是那价格太离谱了，居然收了她八十八元五毛。在她看来，那个修理工什么问题都没帮她解决。她说，有些医生也是这样的，而且比这还要缺德。她举了她叔叔的一个例子，她的叔叔当时总是肚子疼，然后去医院检查。医生看过之后，说她的叔叔患有非常严重的胆结石，必须开刀，否则会有生命危险。当天，她的叔叔就做完了手术。可是，她事后看了一下，从身体里取出来的石头，小到肉眼都看不见，但是费用高得离谱。那些钱，足够买一颗比那块结石大六倍的钻石了。

"法官大人，我想，你一定能体会到，我从玛丽家里离开的时候，情绪该有多么复杂。我当时只想快一点回到家里，我想看电视，因为我最喜欢的电视剧要开始了。我很想知道，艾丽斯最后有没有流产？鲍比有没有发现，他儿子的亲生父亲其实是他的亲弟弟？小彼得最后到底怎么样了，是变成了小女孩还是小男孩？可是，当我急急忙忙赶到家里打开电视的时候，电视屏幕居然在不停地跳……"

"屏幕在不停地跳？"法官问。

"没错，法官大人，你也觉得难以置信吧？我们家的电视机买了有些年头了，是会经常出这样那样的问题，不过，像那天那样猛跳的情况，我敢保证，之前从来没有出现过。我当时就傻了，这样一来，我根本就看不成电视了！然后，我就开始生气，最近家里的东西接二连三地出问题，也就意味着我要不停地为它们支付修理费用。偏偏这些东西修起来都不便宜，原本手头就不宽裕，这样一弄，我的日子就过得更紧巴了。这个时候，我听见外面有人敲门。当我开门的时候，我发现，门口站着的那个人居然是来修唱片机的。

"他走进来之后，看见我的电视屏幕不停地在跳，便走到电视机旁边，用手轻轻地扭了下其中一个旋钮，屏幕瞬间就变得非常清晰了。他当时就告诉我，电视机的垂直控制出了问题。听到这句话我就来气，玛丽说得没错，那些修理工就知道哄骗我们这些对机械一窍不通的女人，目的只有一个，为了从我们身上多榨一点钱。在我看来，他就是那样的人。我看穿了他的心思，所以没有让他得逞。我也不是那么好欺骗的，至少我知道，垂直是表示上下的，可是他做了什么上下的事吗？根本没有！只是扭了一个旋钮而已，这个我也会！

"接着，他就去搬弄我们家的那个唱片机了。他打开，将耳朵凑过去听了一会儿，然后又关掉，从他的工具箱里拿出一把榔头，让我先帮他拿一下。他开始拆唱片机，就像医生在做手术一样，他很快就拆出了一堆零件，我说得没错，他就是想多赚钱。地上摆了一堆东西，然后他跟我说这说那的。"

"好的，亨利太太，你不要停，继续说，那个修理工究竟跟你说什么了？"

"你根本就不会相信的，那简直太荒谬了。他拆了一堆零件下来，然后跟我说，你们家的唱片机之所以会有噪声，就是因为放低音的大喇叭爆了，并且连接小喇叭的高音线有些接触不良。听到这里，我就……"

"所以你就……"

"法官大人，你说得没错，我那时心中瞬间就燃起一股无名大火，将他递给我的那把榔头高高地举了起来，然后用力地砸在了他的后脑勺上！"

临终推理

有一个地方，四周围着八尺高的墙，围墙的顶端还嵌着锋利的玻璃碎碴，沿着围墙，还种着高高的木棉树，微风拂过，枝叶摇摆。院内铺满了鲜绿的草坪，而在这森严的院落中央有一栋房子，里面住着这个院落的主人——马斯特。然而，就在一个漆黑的雨夜，这里发生了一桩谋杀案。

这栋三层楼的房子里面只有马斯特一个人，管家玛格丽特今天也刚好休息。马斯特并不觉得独处有多么难受，只是觉得，一个人的生活会有诸多不便。

这天晚上，他早早地就吃完了晚饭，随后，他离开客厅，穿过走廊，来到了敞亮的厨房里面。他打算弄些茶点，来打发漫长的夜晚。管家玛格丽特虽然不在，但想得非常周到：由于主人有喝晚茶的习惯，她把水壶盛满水，留在灶台上，以免主人马斯特找不到。他打开壶盖，往里面添加了一些优质的茶叶，然后开火煮茶，并关掉了屋里的灯，径直走向自己的书房。

书房门刚被推开，屋子的角落里就传来了一阵低沉的狗叫声。马斯特打开了房间的灯，他养的那只身形硕大的德国牧羊犬睁开眼睛，歪着脑袋从地上坐了起来，当看到进门的人是自己的主人之后，它便又乖乖地躺在地板上，找寻那跑得不远的睡意去了。

这条牧羊犬叫"上校"，忠心耿耿地陪伴着马斯特度过了十二年光阴。别看它现在老在打盹，但它的警觉性丝毫没有下降。

除了"上校"，马斯特很少相信他人，因而他也非常注重自己的安全。一到晚上，他准备与自己的太太休息时，就会开启整个院子的警卫防护系统，以抵挡外来的不速之客。马斯特拥有一笔可观的财产，还拥有一副健康的身躯，这是他五十年来不断努力的最好回馈。

此时，窗外风雨大作，倾泻而下的雨水打在黑色的玻璃窗上噼啪作响。大雨下了一整天，这让马斯特觉得非常烦闷，于是他走到窗前。窗外一片漆黑，玻璃上反射出他魁梧的罗马人身躯，威风凛凛之下略带着几分自负。他拉上了窗帘，红色的窗帘从窗户的两侧向中间收拢，马斯特的身影最终被隐匿在窗帘的背后，这种情景，仿佛就像一出舞台剧表演完毕，演员在台上谢幕离场一般。

马斯特坐在书房的一张大桌子边，无聊地把玩着一把有着黄金刀柄的拆信刀。此时，房子的另一头传来了一阵细碎的吱吱声，像是门窗发出来的声音。马斯特看了看拉上的窗帘，想象着窗外的风雨，不以为意地陷入了沉思之中。随后，他突然打算做些什么。于是，他把拆信刀随手放在了身前的桌子上，起身向橡木书架走去。

马斯特双手按在书架上，用力往里按压了半英寸，然后将书架向右推送，书架很快地就滑到了一边，随即，一扇铁门出现在眼前。它看起来很像一个保险箱的门，马斯特使尽全身力气旋开了铁门，然后向里面走去。

门里面是一个黑暗的密室，宽约六尺，深约八尺，密室的两边摆满了架子和保险柜。他随手拉开了右侧的一个抽屉，里面摆满了各种档案，他随手翻看了几卷。当他翻到有关夏季的那部分档案时，传来了茶水烧开的声音。

看来水烧好了，真不是时候，马斯特骂骂咧咧地整理好了文件。尖叫的茶壶声一直响着，马斯特突然有一种毛骨悚然的感觉。他关好抽屉，正准备转身离开，突然发现书房里闪过一个人影。马斯特心中暗想：看样子，这人是想用茶壶的响声来分散我的注意力。马斯特刚准备快步走出去的时候，眼前的一幕让他感到万分惊恐，铁门居然慢慢地关上了！密室里一片漆黑，马斯特摸索到门口，无论怎么使劲，铁门都关得死死的，再也打不开了。

这应该算是马斯特这辈子遭遇的最为惊慌失措的局面了。今天晚上，不会有第二个人能进到这个房子里，而明天早上最可能出现的，也就是管家玛格丽特。此时，马斯特可以肯定一件事情，里面的空气撑不过今晚，自己估计得死在这儿，而关门的那个人，应该就是凶手。

这种情况，马斯特之前从未预料过。不过，马斯特很快调整了自己的状态，由起初的绝望转变为现在的冷静。他预估了一下自己的剩余生命，最快可能也就两个小时，最多也不超过六个小时。等待他的，将是痛苦的窒息死亡。此时此刻，马斯特是多么希望，当时自己在修建这样一个密室的时候，安装了照明设备，哪怕是一盏灯。

凭着记忆，马斯特摸黑找到了一个角落，他背靠着书架坐了下来，尽量让自己处于一个平静的状态，让自己的呼吸节奏变缓，从而最大限度地节约氧气。

就这样，时间平淡地流过了两个小时。渐渐地，马斯特开始觉得呼吸有一点困难了。此时，他内心只好奇一件事情，究竟是谁要置他于死地？

恐惧感随着呼吸的逐渐困难而不断提升，为了让自己不被这种恐惧感打垮，马斯特开始琢磨这个问题。他的脑海中很快地浮现出一连串人影。他在生意场上向来铁面无情，不过，他虽然找出了几个有嫌疑的人，却怎么也找不出他们下手的动机。

就在茫然的时候，马斯特突然想起了一件事情，随即，他在黑暗的密室里得意地笑了起来。因为，不论是谁要进入书房，开关这扇保险门，都必须从"上校"身边经过。他能够毫无动静地进入，说明"上校"对这个人一定很熟悉，于是搜索的范围很快就缩小到几个人的身上。他开始逐个分析。

首先，就是他的太太丽达。是的，她有充分的作案动机，她渴望钱，也渴望自由。丽达比马斯特年轻二十岁，并且拥有曼妙的身姿。而且就在不久以前，他听说丽达做了一些不太安分的事情。不过就在前天，他才将丽达亲自送上飞往纽约的飞机，她要去探望她的姐姐——一个非常时髦而著名的百老汇演员，按理说，丽达现在应该还在千里之外的大洋彼岸。

其次，他想到了自己的弟弟查理。查理是艺术家，这给人感觉不可思议，作为兄弟，一个是钢铁大亨，一个是山水画家，反差太大了。虽说查理在绘画方面有一定的天赋，不过这点天赋并不足以养家糊口。至于每月从信托基金那里获得的补助，也只能勉强维持生计。因此，钱就是查理的最大动机。而且遗嘱中有明确规定，兄长去世之后，他的其他兄弟能够依次继承家产，而不能继承的那些人仍要依靠领取救济金过日子。从遗产继承的角度来看，查理的动机很充分。不过，他转念一想，平日和弟弟相处得非常融洽，别的不敢保证，但弟弟的为人自己还是非常清楚的。因此，马斯特很快就将自己的弟弟排除在外。

马斯特想起，就在今天早上，自己还打电话约查理共进午餐，不过被查理婉言谢绝了。他兴奋地说路边有一大片长势喜人的向日葵，由于那片地方是地产商的待开发区域，所以他想在这里被开发之前完成这幅画的创作。一直以来，查理都是这样，只要看到漂亮的东西，他就想用画笔记录下来。不过，查理也说了，要是画不成，他会打电话回来的。但直到现在都还没有打电话来，估计这位大画家还沉浸在创作的乐趣之中吧。

第三个嫌犯就是洛克，他是马斯特的助手，担任公司的副经理。只要马斯特不在，公司的财政就由他全权负责。不过，此时洛克应该在圣路易，他应该在与一家棉纺公司谈判。和丽达一样，按照正常情况，他也不在城里。

马斯特想了想，找不到另外的人了，也就是说，凶手就是这三个中的一个。

那么，究竟是谁呢？马斯特只觉得密室里的空气越来越浑浊，要非常努力地呼吸才能够满足肺对氧气的需求。他很清楚，自己的时间已经不多了，所以他愈发冷静地来思考这个问题。

今天早上，丽达曾经打了一通电话过来。如果她要一早从姐姐那儿坐飞机回来，她是有足够的作案时间的，她甚至能够赶在他的尸体僵硬之前离开现场。不过，在早晨的电话中，他曾经与丽达的姐姐通过话，也就是说，丽达确实在纽约。要是从纽约赶回来，就必须搭乘直达航班，而且要耗费差不多一天的时间，如果丽达平白无故地消失了一整天，她的姐姐必然早已发现了。要说她们两个人联合起来进行谋杀，这也不太现实，她姐姐在纽约如此成功，犯不着冒这么大的风险来为她妹妹争夺遗产，何况，若是他死了，丽达所能分得的遗产还不如她现在拿到的多。所以几经判断，丽达也应该不是凶手。

难道是洛克？可是洛克应该在圣路易市啊，几个小时之前，他们也通了电话。当时洛克明确地答应了，只要敲定了价格，就会带着资料回来向他请示。他们约定的时间是晚上九点，常年的接触，马斯特确信洛克是个非常守信的人。借着手表的夜光指针，马斯特判断出现在应该是八点五十二分。如果洛克九点的时候打来电话，那就意味着，洛克也不是凶手。反过来想，如果他真的是凶手，又何必多此一举呢？

不过，在这个小密室里，能不能听到外面的电话铃声呢？马斯特在心中盘算着，觉得应该能听到吧，凶手也许想让这件事情看起来像一个意外事件，所以门外的橡木书架一定没有归位。所以声音一定能传过来。

马斯特吃力地抬了抬手臂，仔细地看了看手表，此时距离九点还有五分钟。马斯特努力让自己站起来，慢慢地挪到门口，然后把耳朵紧紧地贴在门上。如果九点钟，电话铃声没有响，那么凶手就是洛克，如果响了……

就在这时，一阵清脆但细微的电话铃声传到了马斯特耳朵里。他看了看手表，九点差一分。是的，这个电话一定是洛克打来的，他提前一分钟开始拨电话。

马斯特又努力让自己挪回到最开始的位置，他现在呼吸已经非常吃力了，感觉整个密室的氧气就快要被耗尽了。他尽量让自己不去注意这些事情，以减轻自己的恐惧感。

这个时候，他在琢磨，如果敲打外面的铁门，是否能够引起他人的注意呢？他躺在地上，完全听不到外面的声音，他用力推开墙边的一个小书架，也丝毫感受不到墙壁边的阵阵凉意，看来外面的声音真的传不进来啊。想到自己居然奢望外面的人能够听到微弱的呼救声，马斯特就忍不住苦笑起来。哪里会有人进来，除非玛格丽特有东西落在这里提前回来了，否则，根本不可能。

他打算把耳朵贴在铁门上，想听听下了一天的雨是否停了。

由于力气耗得差不多了，马斯特一下没撑住，脑袋撞到了柜子上，顿时头晕眼花。

这时，他突然想起了什么。外面下了一整天的雨，而查理却说要在路边画向日葵。他在哪里画呢？另外，查理还说过，要是画不成，他会再打电话过来。不过，马斯特转头一想，没准弟弟刚刚睡醒，忘记他早上说过的话了吧。

不过，洛克在圣路易市，丽达也在纽约，他们都不可能出现在这里，所以，必然是查理了。想到这里，马斯特的内心居然变得平静起来，他对于自己的推理非常满意。如今，他的生命就要耗尽，查理从小和自己一块儿长大，而作为哥哥的马斯特处处都占据着上风，想到这里，他甚至觉得自己能够原谅查理。只不过，这种谋财害命的做法，真是太不值得了。

马斯特从衬衫的口袋里拿出一支圆珠笔，同时，他从口袋里掏出了一个打火机，并很快地打着了。他很清楚，在这个时候用打火机照明意味着什么。他随手从文件上扯下一张纸，左手拿着打火机，右手握着圆珠笔，借着微弱而跳跃的火光，在文件纸的反面写下了查理的名字，并且留下了两句话。第一句是"我看见他靠近了这扇门"，第二句是"这是预谋"。最后的落款写的是自己的名字。短短三十秒，马斯特却觉得倾尽了全部的生命力量一般。看着留下的第二句话，马斯特的神情异常凝重。就这四个字，足以让查理死在另一间黑暗的小屋之中。

打火机的火焰渐渐变得昏暗，屡弱地跳跃了两下之后，火焰的光辉就被黑暗彻底吞噬了，密室重新被一片黑暗笼罩着。

警长耐心地询问玛格丽特："你是因为看到这书架被推开了，所以才报警的吗？"

她点点头。

警方打开了密室的铁门，刑侦人员对现场进行了拍照，随行的法医也正式宣称马斯特已经死亡。听到消息的玛格丽特一直不停地哭泣，警方将马斯特的遗体抬上了救护车。她除了目送主人的遗体，别无任何选择。所有人都走到屋子的外面，包括忠实的"上校"，它今天早上还没有外出活动呢。

"上校"在草地上翻滚着，虽然动作不如以前灵敏了，不过仍旧很活跃的样子。厨房里的茶壶声非常刺耳，它想叫主人去关火，于是跳起来去撞击铁门，没想到用力过猛，使得自己的前爪碰伤了，直到现在都还只能跛着脚走路。

屋子里，警长向玛格丽特问了一个问题："查理是谁？"

领带杀人案

"你应该就是约翰逊太太吧？"霍克律师看着眼前的这位妇人，说，"请坐，我想，你之后会认为这把椅子还是相当舒服的。对了，请无视我这凌乱的桌面，我的办公桌一向如此，因为我善于从凌乱中寻找灵感，而干净整齐只会让我喘不过气来。这听起来非常荒唐，不是吗？不过没关系，人生就是这样。"

约翰逊太太看着眼前这个身材矮小但形象整洁的人，点了点头。她一直注视着这位律师。他一直站在凌乱的办公桌后面，嘴边留着八字胡，他的嘴唇非常薄，黑色的眼睛非常有神。和他凌乱不堪的办公室相比，他的着装却非常讲究，外面是一套剪裁得非常合体的灰色西装，里面则是一件熨得笔挺的白色衬衫，一条窄窄的淡蓝色领带搭得非常完美。

噢！她是多么不想看到领带这种东西……

"你就是罗曼的母亲吗？我以为你早就聘请好了律师呢。"霍克说。

"你说的是那个叫杰克的律师吗？"

"嗯，他可是个好律师，名声非常好！"

"我今天早晨将他解雇了。"

霍克有些惊讶，"哦？为什么？"

她深深地吸了一口气，"因为他让我的儿子直接认罪，让我的儿子承认，的确是自己杀了那个女孩，不过，要谎称自己的神经有问题。"

"看来你也不希望我这么做。"

她想都没想，脱口而出："我的儿子是无辜的！"说完，她冷静下来，然后不停地重复之前说过的话："他是无辜的！他不会杀人！既然他没有做过，他为什么要承认！"

"你向杰克这么说的时候，他……"

没等霍克说完，约翰逊太太就打断了他的话："他当时说，他无法为我的儿子做无罪辩护。所以，我必须重新找律师。"

"所以，你就找到了我？"

"没错。"

此时，身材矮小的霍克律师坐在椅子上，拿出一支笔，慵懒地在一张黄色的便签纸上写写画画，然后随口问："约翰逊太太，你了解我吗？"

"我不太了解，不过我听说，你对于案件的处理方式非常特别……"

"嗯，没错。"

"我还听说，你办案的成功率非常高。"

微笑瞬间爬上了霍克律师那薄薄的嘴唇，"是的，我每次出手必定成功，因为我只能这么做，否则我就吃不上饭了。别看我身体非常瘦小，我对吃喝这一方面还是非常重视的。我要做的事情，其他律师也许做不到，至少在我看来，有一件事情，其他任何一位律师都办不到，你知道是什么吗？"

"我听说过，你好像是依据一个叫作'可能附带发生的事故'

的原则来办案的。"

"没错，"霍克律师又重新强调了一遍，"我依据的正是'可能附带发生的事故'这条原则，一直以来，我都是这么做的。约翰逊太太，我的收费可是非常高的，不过，我只等到事情完成之后才收钱。如果我的当事人没有被判无罪，而是被关押到监狱之中，那么我一分钱都不会收。"

说完，他从办公桌后面走出来，在灯光的照耀下，他的皮鞋发着光。

"和五花八门的案件相比，你面临的这个案件其实再普通不过了。按照一般的程序，律师会和你商议价格，往往要预付一半的资金，等事情完结之后，再支付剩下的费用。如果他事先不收取这点钱，一旦官司输了，他什么也拿不到。哪个律师会为无法获利的官司而卖力呢？这就好比是医生，要是不支付一点保证金，如果手术不幸失败了，他管谁要钱去呢？我的收款方式可能期限很长，不过在我看来，可行性还是非常高的。"

"如果你能让我的儿子被判无罪的话……"

霍克律师搓了搓手，说："宣判无罪？从我所接手的案子来看，这简直不算什么要求，因为我的目标是让你连上法庭的程序都免了。比如说发现了新的证据，比如说真正的罪犯招供了等，不管怎样，我希望对我当事人的那些指控统统取消。我可不喜欢法庭上那种非常煽情的盘问方式。约翰逊太太，我觉得还是要跟你说明一下，我办案的时候，有的时候可能不太像个律师，可能更像侦探，其实这也没什么问题。有句老话怎么说来着？防御就是最好的进攻，这句话反过来说也是对的。"

随后，他转过身，两眼放光地看着约翰逊太太，说："眼下最为重要的，是挽救你儿子的性命，不让他的名誉受到损害，并且能让他无罪释放。我说得没错吧？"

"是的，你说得很对！"

"不过，"他停了停，说，"眼下有一条对你儿子非常不利的证据。由于死者安娜是你儿子之前的未婚妻，而且是安娜抛弃了你的儿子……"

"可是，是安娜主动提出解除婚约的！"

"你别激动，我不否认这个事实，但这并不代表检察官也会这么看。毕竟，她是被一条领带勒死的。"说到这里，约翰逊太太的视线不由自主地转移到霍克律师系着的那条蓝色领带上，随后又立刻移开。

"约翰逊太太，这条领带可不是一般的领带，这种领带只有牛津大学凯德曼社团的成员才会有。据我了解，你的儿子在读完中学之后，去英国读了一年的预备班，没错吧？"

"是的。"

霍克律师继续问："而且是在牛津大学读的，并且加入了凯德曼社团？"

约翰逊太太连连点头。

律师吐了一口气，"他拥有这样一条领带，据我了解，全市范围内，只有你儿子加入了这个社团，他既无法说出这条领带的下落，也无法出示案件发生时的不在场证明。"

"一定有人把他的领带偷走了！"约翰逊太太显得有些着急。

"当然，一定是凶手偷走的。"

"凶手这样做是为了诬陷我的儿子。"

"没错，而且我一时也想不到其他理由了。"霍克律师显得很平静，他扬了扬下巴，对约翰逊太太说，"我愿意将你儿子的案子接下来。"

"太好了，真是谢天谢地！"

"我开出的价格是七万五千美元。约翰逊太太，这笔费用可不低，但是，如果你让杰克律师来给你打官司，如果一审再审，加上一而再、再而三地上诉，前前后后花费的总费用估计也与这个差不了太多。刚才我说的那七万五千美元其实包括了所有费用，除此之外，你不用再交一分钱。不过，要是你的儿子没有被无罪释放，我会将所有的钱都退还给你，一分钱都不收，你觉得这个条件能接受吗？"

约翰逊太太想也没想，立刻就答应了。

"不过，我还要补充一句，从现在开始，要是检察官决定不再起诉你的儿子，这七万五千美元你也得照常支付给我，尽管在这过程中，我看起来什么都没有做。"

"这……我有点不太明白。"约翰逊太太说。

他只是扬了扬嘴角，做出微笑的样子，但他的眼神中透露出一种严肃。"约翰逊太太，这么说吧，这是我做事的原则。我刚刚已经和你说过，我的工作看起来更像是一个侦探，我的工作更多是在暗中进行的。为了达到我的目的，我甚至可能故意生起几堆火，弄出一点细小的声响来干扰人们的注意力。并且，这一切都会神不知鬼不觉地进行，而且，这些火熄灭之后，人们根本察觉不到发生了什么。作为我的当事人，如果他最终取得了胜利，这其中其实是蕴含着我的艰辛劳动的。我并不打算去证明什么东西，我只是想拿走我赢得的钱财，不知道你是否能够理解我刚刚所说的？"

尽管约翰逊太太有些云里雾里，不过这话给她的感觉还是有那么几分道理的。约翰逊太太也并没有多想什么，毕竟在她看来，现在最重要的就是保全儿子的自由和名声。随后，她确认了一下：

"你的意思是，只要我儿子被无罪释放了，我就得为你支付全额资金？"

"是这样的。"

她皱了皱眉头，然后问："霍克先生，我是不是该先交一笔预付款？"

"你身上有一美元吗？"

她打开了自己的钱包，在里面找了找，然后递给了他一美元。

"约翰逊太太，"霍克律师理了理思路，"你总共需要支付我七万五千美元，现在已经预付了一美元。我向你保证，如果这个案子最终的结果没有达到你的预期要求，我连你预付的这一美元都会退还给你。不过，你可以放心，这种事情不可能发生的，因为我根本不允许自己失败。"此时，霍克律师的脸上再度露出了微笑。

过了一个多月，约翰逊太太又过来了。

这时，霍克律师身穿一件海军蓝的细条纹西装，里面仍旧是一件笔挺的白衬衫，搭配着一条棕色的领带，领带上面的图案非常柔和。鞋子和上次一样，在灯光的照耀下，发出锃亮的光。不过，他今天的表情有些不同，一双深邃的眼睛里透露出些许忧愁与遗憾。从他的表情来看，他似乎对人失望到了极点。

霍克律师见约翰逊太太进来之后，说："你的儿子已经被无罪释放了，检方取消了对他的一切指控，他除了获得了全部的自由之外，还保全了自己的名誉。这些都是非常清楚的事实。"

"没错，这简直太好了，我对这个结果非常满意。不过，那些少女真是太惨了。同时，我也觉得非常遗憾，我认为，我儿子此刻的幸福生活是建立在她们的痛苦之上的。并且，我还觉得……"

"约翰逊太太，"霍克律师并没有等她说完，就打断了她的话，

"既然这件事情处理得干净利落，那么，请将那七万五千美元支付给我吧。"

"可是……"

"我们事先可是谈好了条件的，你不会忘了吧。我非常清楚地记得，我们达成了共识。我们之前已经确定过，价格是七万五千美元，当然，你已经预付的那一块钱我得减掉。"

"可是……"

"虽然我什么事情也没有做，不过我们事先已经考虑过这种情况，哪怕你在离开我的办公室之前，检方已经撤诉，你也得全额支付给我。我记得，我当时还举了一个例子。当时，你可是认可了这些条件的。"

"没错，可是……"

"既然如此，你还在'可是'什么呢，约翰逊太太？"

她挺直了身体，深深地吸了一口气，然后说："那三个女孩都像安娜一样，被活活勒死，而且她们三个人都非常相似，都有着瘦长的体型、金色的头发，而且她们都有一个高额头。她们中的两个人死在城里，剩下的一个死在河对面的蒙克莱，而且她们的脖子上都缠绕着……"

"一条领带。"霍克律师插话道。

"是的，而且是同样的领带。"

"嗯，都是牛津大学凯德曼社团成员的专用领带。"他继续补充道。

她再次深深地吸了一口气，继续说："是的，因此这起案子就是一个有精神障碍的人干的。而且最后遇害的那个人是在蒙克莱，这也说明，凶手可能已经不在本市了。希望如此吧，不过这种事情真的太恐怖了。据说那个人之所以行凶，只是因为看到那些女孩就会想到自己的母亲。"

"抱歉，你在说什么？"霍克律师问。

她连忙回答："噢，这是昨天晚上电视上的一个精神病医生说的，当然，他也只是猜测。"

"没错，而且这种推论听起来很有趣。"霍克律师说。

"可是，问题是……"

"约翰逊太太，你究竟想问什么问题？"霍克律师显得有些不耐烦。

"我想说，我们事先的确达成了某种协议，但是，从另一个角度来说，整个过程中你只去监狱探望过我儿子一次，之后你什么事情都没有做。我儿子之所以会被无罪释放，完全是因为他被关在监狱的时候，那个疯子以同样的工具用同样的手法制造了新的杀人案件，我儿子因此才被证明是无辜的。你不得不承认，对你来说，这七万五千美元简直就是从天而降的一笔意外之财。"

"意外之财？"

"当然。因此，我和我的律师就这件事情简单地商议了一下，他给我的建议是，让你降低费用。"

"这是他给的建议？"

她故意避开了律师的眼睛，然后说："没错，这是他向我提议的，而且我也认为他说得很有道理。不过，我愿意支付给你一笔钱，以此来冲抵整个过程中你的正常开销。虽说，在我看来，你的花销并不大，我可能最多支付五千美元给你。但是，出于对你的感激，我愿意将费用提高一倍，我给你一万美元。事实上，这也是一笔不小的费用了。我的确不缺钱，但是，我也不希望我这七万五千美元就这么平白无故地送给了一个陌生人，再说……"

"哎……人啊，果然，人类中最恶劣的人就是有钱人！"他闭着眼睛说，过了一会儿，他睁开了眼睛，然后盯着站在一旁的约翰逊太太，"可悲的是，只有有钱人才能够支付那高昂的费用，所以，我必须为了最大限度地保护他们的利益而倾尽全力。当处于绝望之中时，他们就会认可彼此间的协议，可一旦稍有希望，他们就会立即背信弃义，食言毁约！"

约翰逊太太连忙说："不，你误会了，我并没有食言，只不过……"

"约翰逊太太，我告诉你一件事情。"霍克律师说。

"嗯？你说。"

"你最好现在就为我开一张全额支票，当然，你可以不这么做，不过我建议你最好听我的，免得你事后后悔。"

"你这是在威胁我吗？"约翰逊太太显得有些生气。

霍克律师的脸上闪过一丝微笑，"我可没有威胁你，我只是向你提出一个忠告罢了。不过，你要是不把钱给我，我还是会将一些事情告诉你。当然，在我看来，你听完之后，一定会将钱付给我的。"

"不好意思，我没有听懂你在说什么。"

"嗯，我猜到了，"霍克律师说，"约翰逊太太，说到费用的问题，你也许会怀疑我在费用里面注水，现在，我将其中的一小部分开销明细说给你听。"

"我不……"

霍克律师根本没给她留出说话的空当，他接着说："约翰逊太太，你听清楚了，我的费用明细会从搭火车去纽约的车费开始算。接着是去肯尼迪机场的出租车费，当然，这里面还包含了过桥费，还有给司机的小费，一共是二十美元整。"

"霍克先生！"

"请仔细听我说，约翰逊太太。接下来是我往返伦敦的机票，要知道,我平时只坐头等舱,在我看来,这是对生活的一种享受。哦,忘了告诉你,这些都是我自费的,我认为,在必要的时候,我需要纵容自己享乐一番。再接着,是我往返于希斯罗机场与牛津之间的租车费用。我们这里的汽油价格已经很高昂了,不过英国的油价更贵。"

说到这里,他将双手放在那凌乱的写字桌上,整个说话的过程,他都显得非常冷静,不过约翰逊太太则在一旁听得目瞪口呆。

"到了牛津之后,我一共去了五家男士服装的专卖店,其中的一家店里,我没有找到要买的凯德曼社团领带,所以我在剩下的四家店中各买了一条。当然,这样做是为了不引起别人的注意。那种领带简直太受人们的欢迎了,淡蓝色的底料,深蓝色的条纹,旁边的两条条纹更窄,其中一条是金色的,而另一条则是鲜绿色的。那种团体统一佩戴的领带我并不喜欢,不过,凯德曼的领带确实做得非常精致。"

"天哪……"

"当然,约翰逊太太,费用可不止这些,不过你放心,剩下的这些是我自费买的,所以,我觉得就没有必要跟你报备了吧?"

"天哪!天哪!!"

"是啊,我几分钟之前就说过,你把钱直接付了就行,其实你也没有必要知道这些内幕消息,而且,我觉得在那种情况下,你会好受一些。"

"我儿子没有杀那个女孩。"

"约翰逊太太,这点我深信不疑,而且相信一定是某个家伙偷走了他的领带,想要嫁祸给他。但是,要想洗清他的嫌疑,证明他是无辜的,这可不是一件轻松的事情。当然,作为一名律师,既然不能完全为他开脱,那么至少可以给陪审团增加一些怀疑的因素。你的儿子也许会被怀疑终身，不过，好在我和你都能确信，他的确是无辜的。"

"他真的是无辜的！"约翰逊太太说。

"是啊，这个凶手真的是个疯子，他专门杀那些能让自己回想起母亲的女孩。不过，约翰逊太太，你现在是打算给我开支票了吗？不过我觉得，你可以稍微等一等再开，因为你的手现在正在发抖呢。你好好坐一会儿，我倒杯水给你，喝完之后，你也许会平静一点。"

确实，后来她开支票的时候，手不再发抖了。随后，她将支票递给了霍克律师。

"非常感谢你，约翰逊太太，这一美元是你之前预付给我的，请收好。"

她接过了那一美元，放回了自己的钱包中。

"希望你能为我们今天的对话保密，不过就算你告诉别人了，其实也没什么太多意义。"

"放心，我什么都不会说的。"

"嗯，你当然不能说。"

"可是，四条领带……"她迟疑了一下，扬了扬眉毛，问，"你刚刚说，你一共买了四条领带，不过只有三个女孩遇害了。"

"没错。"

"那第四条领带呢？"

"噢，第四条啊，它也许在我的五斗柜里面吧，应该说，四条都在吧，它们原封不动地放在里面，甚至连包装都没有拆开过。虽说我大老远地跑去了英国一趟，整个过程有点折腾，不过这四条领带可是非常好的纪念品，至少它能提醒我，我曾经接手了一个这样的案子。"

"啊！"约翰逊太太显得非常惊讶。

"或许，我刚刚说的故事纯属虚构，或许我根本就没有到伦敦去，我也没有去牛津，那四条领带我也不曾购买。也许，整件事都是我胡乱编造的，我也许只是想骗骗你的钱。"

"可是……"

他站起身来，走到了她的椅子边，握着她的手，将她扶了起来，随即将她送到了门边，然后面带微笑地说："噢！亲爱的约翰逊太太，眼前的事情不是皆大欢喜吗？我获得了酬劳，你重新获得了儿子。我们各自的目的都达到了，这不是最完美的结局吗？对了，约翰逊太太，电梯就在你的左手边，如果有需要的话，我非常乐意为你效劳。当然，你也许会将我推荐给你的朋友，但我认为，这种事情还是谨慎一点比较好。"

她直接走到了电梯前，然后按下了按钮，站在那里等着电梯的到来。整个过程中，她都没有回头。是的，一次都没有。

致命信件

为了更加保险，哈德森决定提前赶到那儿。

此时，天色非常阴沉，不时地还飘落一些霏霏细雨。他急急忙忙地爬上了三楼，然后蹲在楼梯上喘了喘气。接着，他又爬到窗户边，意外地发现，窗户居然没有上锁。

既然窗户没上锁，那么他就不必大费周章地去撬锁了。此时，哈德森只觉得，芭比这个人平时太不谨慎了。她的家里毕竟还有一些比较有价值的东西，何况，附近的治安条件并不是特别好，门窗上锁应该是最基本的防卫措施。不过，芭比偏偏没有这样做。

哈德森将屋里的窗帘撩开，一阵淡淡的香水味飘了出来。他向里面看了看，黑乎乎的一片，什么也看不见。他并不打算进到屋内，因为他突然觉得，完全没有这个必要。公寓前门的右边安放了一盏灯，昏暗的灯光照了进来，这也就意味着，屋里的门都是敞开着的。

哈德森躲在一旁的安全楼梯里，跪在台阶上，从外套的口袋里拿出了一支左轮手枪，然后将消音器也拿了出来。这两样东西都是他这两天才买的。他熟练地将消音器安装在了枪口，等着芭比回来。

他非常确信，十五分钟之后，公寓的门一定会打开，而且开门的那个人就是芭比。走道上的昏暗灯光对他非常有利，他刚好能借助这一点微弱的光线准确地击中芭比。

天色渐渐暗了下来，雨一直在淅沥沥地下着，窗外的风依旧非常猛烈，他能够清楚地听到风将楼下的垃圾桶盖吹得一开一合的响声。此时，屋内仍旧不断地散发出一股淡淡的香水味。曾经，这种香味能够轻而易举地勾起他的性欲，不过，此时的他只觉得一阵恶心。

他在楼道里静静地等待着，脑海中浮现的却是自己的妻子伊丽莎白。他今天所做的一切，也都是为了他亲爱的伊丽莎白。此时的他，内心充满忏悔，伊丽莎白是他生命中的唯一，可是他却跟一个叫芭比的女人在鬼混。

芭比很年轻，年纪只有他的一半大。她是一个性感的金发女郎，有着一双水灵灵的大眼睛和高耸的胸脯。一直以来，她都是靠傍大款过日子。哈德森内心非常清楚，芭比之前跟过很多男人，他绝对不是第一个。可是他非常确定，他一定是芭比身边的最后一个男人。

几天之前，哈德森曾经向她提出，想要结束这种同居的关系，没想到，芭比居然敢威胁他。这个女人的胆子简直太大了。想到这里，哈德森内心就非常生气，握着手枪的手连连发抖。

当时的情形，清晰地浮现在了他的眼前：

芭比撅起鲜红而性感的嘴唇，嘴角浮起一丝幼稚的微笑，她眨了眨眼睛，冷冷地对哈德森说："亲爱的，我希望你能留在我的身边。否则，我会和你的老婆见面的，对了，她叫什么名字来着？我想，我应该会那样做的，不过……"

哈德森相信芭比肯定会这么做，不过他万万没有想到会有这么快。

第二天，当哈德森回到家里时，他的太太伊丽莎白正泪眼婆娑地躺在床上，两只眼睛分明都已经哭肿了。她在不久前接到了一个匿名电话，电话是一个年轻女人打来的，那个女人对伊丽莎白说了很多下流的话之后就挂断了电话。

其实，很早之前，哈德森就有一种不安的感觉，他猜测伊丽莎白也许已经开始起疑心了。不过怀疑归怀疑，接到电话则意味着事情的性质有了根本的不同。哈德森暗下决心，这种事情绝对不能再次发生了。

之前，他从没想过要动手干掉她，不过，事情的发展逼迫着他不得不这样做。

最开始的时候，他打算用下毒的方式来干掉她。尽管他已经弄到了一颗毒药，但找不到合适的机会。芭比这个人心眼很多，要对她下手其实并不是一件非常容易的事情。于是，他又想了其他的方式，但都不是特别理想。

直到有一天，他意外地看到了一则新闻报道：最近一段时间，城东接连发生了妇女被枪杀的案件，而且凶手习惯性地将那些深夜里没有拉下窗帘的女性作为枪杀目标。而且非常凑巧的是，芭比居住的地方距离这几起枪杀案的现场非常近。哈德森顿时觉得，这个主意不错。于是，他开始策划自己该怎么做这件事情。他翻了翻报纸，发现之后接连几天都是阴雨天气。接下来，就是等待机会了。

今天不仅下雨，而且刮起了大风，天色早早地就暗了下来，由于天气恶劣，街上也没什么人。哈德森很快就意识到，这是一个动手的好机会。虽然等候的过程非常煎熬，但一想到麻烦事也许就此而彻底结束，他就振作了起来。他不停地在低声默念着："亲爱的伊丽莎白，我知道自己错了，请相信我，你就是我生命的唯一。"
他甚至在想，也许几天之后，他就能带着伊丽莎白去远方旅行，
也算作是两人的第二次蜜月之旅。

就在这时，黑暗中闪过了一道黄色的亮光，公寓的前门被打
开了。这让他有些意外，因为芭比居然提前回来了。按照以往，
她总会在市区的餐厅吃过晚饭之后才回来，一般都是八点左右到
家。不过，他很快就定了定神，觉得这样可以少几分钟的煎熬时间。

他眯起了一只眼睛，用另外一只眼睛瞄准手枪的准心。门口
那一点昏暗的灯光下，有个女人正站在那里。她此时正穿着雨衣，
站在门口显得非常犹豫。她伸出一只手，似乎在摸索着门口的电
灯开关。哈德森起初有些犹豫，但看到她即将开灯，于是立即朝
她开了一枪，只见她的身子向后晃了晃，两只手向上举了起来。
他并没有停下，朝着黑色的人影又连开了几枪。此时，他发现那
个黑色的人影渐渐地向前倒了下去，再也没有起来。

哈德森为了保险起见，再次瞄准了尸体，最后补了两枪。其
实他知道，完全没有那个必要，作为一名优秀的射击手，他对自
己的枪法非常自信，开完第一枪的时候，他就确信自己的任务已
经完成。

随后，他开车回到了自己的家里。这个时候，雨渐渐地小了。
他看了看表，八点三十分。随后，他坐在车里，向车库里望了望，
发现太太的车并没有停在里面。也许她开车出去买东西了，他这
样想着。

他一直坐在车里，回忆着刚才的行动。在回来的路上，他将
那只手枪拆分成了逐个的零件，然后扔进了河中。这样一来，唯
一的作案凶器也不存在了。他非常确信，自己的行动非常干净，
即使警方找到了芭比的尸体，现场也没有任何线索能够表明这是

他干的，而且也没有任何人证物证能够表明他认识这个叫芭比的女人。就连之前两个人偷偷见面的时候，他也会将手碰过的地方擦拭干净，为的就是不留下指纹的线索。当时这样做，并不是为了在将来杀掉芭比，而是出于纯粹的谨慎。他现在很庆幸自己曾经这么做过，这样一来，他和芭比真的就没有一丝半点的关系了。

在确认没有任何问题之后，他从汽车上下来，然后哼着小曲，走进了家中。进屋之后，他发现家里的桌子上有一张纸条。他瞟了一眼，纸条是伊丽莎白留下的。他一边哼着歌，一边看着纸条上的字，潦草的字迹映入了他的眼帘：

> 很抱歉……不过，我已经忍受不了了……我早就听说过芭比这个人……我跟踪过你……迟早我得面对她……我得说清楚……那片钥匙……

看到这里，哈德森的喉咙里发出了一声低沉的呻吟，他为自己百密一疏的行为感到后悔，因为在那天早上，他曾经将芭比的钥匙单独取了下来，然后随手放进了五斗柜的裤子里。

> "……那片钥匙，我打算去找她。如果她不再，我就在公寓里等她……我必须要和她做个了断……我很爱你……亲爱的哈德森，我无法将你拱手让给别人……我做不到……"

纸条突然滑落到了地上，哈德森顿时木在那里，一动不动。

"不！"他起初低声呻吟了一下，随后发疯似的大叫，"不！不会的！不可能的！"他的心中此时极度慌乱。他开始回想开枪时眼前的一幕：那个人是不是比芭比要高一点，好像还要瘦一点？怪不得当时开枪的时候，他的心中总觉得有些不太对劲。当时的那种模糊印象现在又重新浮现在了他的眼前。在极度不安的状态下，这个模糊的印象被无限放大，他顿时觉得呼吸困难，甚至有一种休克的感觉。

他此时惊恐万分，并且不知所措。他一定是杀错人了，一定是，那个人就是自己的太太，是伊丽莎白！

整件事情的来龙去脉一目了然，可是事情的结果却几乎要了他的命。

他瞬间觉得整个天都塌了下来，脑中一阵眩晕。他将自己事先准备好的那颗毒药翻了出来。他回到客厅，从地上捡起那封信，含着泪水，又重新读了一遍。

最后，他吞下了那颗毒药。只过了几分钟，他就只能坐在沙发上大口地喘气了，他显得非常平静，似乎在静静地等待着什么。

此时，门口突然传来了一阵用钥匙开门的声音。门开了，伊丽莎白走了进来。因为下雨的缘故，她的头发被淋得透湿，外套上也全是水。

她意外地发现，哈德森居然在家。

她的眼神中流露出一丝歉意，连忙说：“亲爱的，我原本想在你到家之前赶回来，我想把那封信撕掉，”随后，她叹了一口气，接着说，“我最终还是没敢去，在最紧要的关头，我居然没有勇气去做这个，所以……”她看着坐在沙发上双眼迷离的哈德森，焦急地问：“亲爱的，发生什么事情了？你是不是不太舒服？说话啊……”

他确实是出事了，吞下去的那颗毒药已经在他的胃里开始消化。

自投罗网

"蕾丝？"床上的一个男人睡得迷迷糊糊，随口在梦里咕哝了这样一句。就在这时，他的头顶上出现了一双圆圆的眼睛，虽然不是特别清晰，不过他能看清楚那两只眼睛背后没有面孔，只是孤零零地飘在半空，就像两个黑洞一般，而且好像马上就要爆开了。突然，这两只眼睛朝他猛地冲了下来。

躺在床上的布鲁·史通发出了一声令人窒息的尖叫，自己也从床铺滚到了地上。他躺在那儿，浑身还在瑟瑟发抖，不过意识渐渐地恢复了过来。

原来，他是在做梦，不过回想起那双眼睛，仍旧让他感到不寒而栗。他突然觉得，还好自己刚刚喝醉了，否则清醒地看到这一切，一定得吓个半死。

他挣扎着准备爬上床。这时候，贝蒂从浴室里走了出来。他其实内心非常妒忌贝蒂，看到她那容光焕发的脸，想到她从来不会被失眠困扰，他就觉得心里不平衡。谁让这个女人小他太多呢？要知道，她才二十来岁呢，正是生命力最为旺盛的时候。

由于昨天晚上的狂欢，贝蒂走路的姿势看起来有些不太稳当。当她蹑手蹑脚地走过杯盘狼藉的地板时，不慎碰到空酒瓶和空啤酒罐，它们互相碰撞，然后倒在了地上，发出一连串叮叮当当的声音，听起来非常刺耳。

他躺在床上，痛苦地呻吟着："噢，我的头啊！"

贝蒂俯下身子，看着床上躺着的男人，以一种嘲笑的口吻说："布鲁，看来你昨天晚上又做噩梦了。"这种娇滴滴的声音总能够撩拨起布鲁的神经，不管他的意识有多么不清醒，瞬间他就觉得精神稍微振作了一些。

"哪有，我明明在锻炼身体，"他以一种自嘲的口吻辩解说，"要知道，运动是我每天早晨起床之后的必修功课。"

其实，布鲁并不完全是在开玩笑。早在他认识贝蒂之前，他从来不会像现在这样喝酒。有事没事的时候，他都会自言自语地问："我什么时候搬来这里住的？三四个星期之前吗？为什么我完全没有印象了？"这也是事实，每当他想回忆起搬过来的具体日期时，这段记忆就像被删除了一样，任凭他怎么回想，也找不到一丝印象。他唯一记得的，他是在晚上搬到贝蒂家里来的，而且那天他刚刚离开他的妻子蕾丝。

贝蒂坐在床边，用自己的乳房在布鲁的胸口蹭了蹭，然后发出一阵娇哼的声音。布鲁的脸上看起来有些尴尬，于是用胳膊肘将贝蒂推了推，假装自己要起身抽烟。他翻了翻搭在一旁椅子上的外套，从口袋里拿了一盒烟出来。贝蒂则随手从桌上拿起一个烟灰缸扔到了他的胸口上，布鲁疼得大叫一声。

贝蒂站起身来，说："我给你去买杯咖啡吧。"说完，就朝门口走了过去。

布鲁坐在床边，嘴里咕哝着："搞什么啊？自己在家里煮咖啡就行了啊，真是多此一举。"不过贝蒂似乎并没有听到，"哐"的一声门已经关上了。

床上的布鲁看起来非常烦躁，贝蒂这个人从来不会到厨房去，即使去了，也只是拿点冰块或杯子之类的，下厨是绝不可能的事情。他们每天吃的东西基本上都是店里做好的熟食，就连咖啡都是用他非常讨厌的塑料杯盛着的。布鲁回想起自己当时在家里的情景，不管是一家人在后院愉悦地烤肉，还是全家人兴致勃勃地去郊外野餐，蕾丝一定都会为他准备一个精致的陶瓷杯，让他享受咖啡的美味。

很快，布鲁完全沉浸在对过去的回忆之中，此时，他满脑子都是蕾丝曾经为他准备的东西，包括煎牛排、烤鸭、糖醋排骨……然而，这么多美好的东西，却被他一手摧毁。想到这里，布鲁唏嘘不已。不过，他转念一想：毁了也就罢了，反正结婚二十年，自己从来没有获得过满足感，既然如此，又何必为那次让婚姻彻底决裂的争吵而自责不已呢？自己有的时候确实是会多喝两杯，偶尔回家很晚，但这能算是犯罪吗？想到这里，布鲁心里的自责感慢慢地消退了一些，因为以这样的标准来衡量的话，他也有一堆的事情可以抱怨。

其实，他和蕾丝一样，都是受害者。他很清楚，蕾丝是一个聪明的人，这一点，他早就意识到了，而且也早就受够了。不过，最难以让他忍受的，还是她的性冷淡。关于这个问题，他也明确地和蕾丝说过。

"或许是你的原因，是你不想让我有反应。"蕾丝反驳道。

听到这番话，布鲁勃然大怒地吼道："少跟我扯这些心理问题，你就是冷淡！"

"小点声！你就不怕女儿听见吗？"蕾丝压低了说话的声音，低声恳求说。

他们的女儿已经十八岁，开学将至，她正在楼上自己的房间里收拾学习用品。

"布鲁，你就听我一次劝吧。能不能不要那么固执，也考虑一下其他人的感受？只要我一紧张，你就会生气，对于我的解释也置之不理。"

"够了，蕾丝！结婚这么多年了，我感受最深的就是你的冷漠！你还真会找借口，女儿生病了，你有借口到她的房间里去睡；女儿的病好了，你又能找到新的借口。反正，你就是有找不完的借口。你以为我是什么做的？我告诉你，我是一个人！一个正常的人！"布鲁像一头失控的野兽一样，疯狂地咆哮着，妻子在一旁示意他小点声，但他完全没有理会。

蕾丝也忍不住了，开始抱怨："你知道我为什么这么做吗？那还不是因为你！我跟你说过多少次了？不要在喝完酒之后碰我，我最受不了你那样，你知道你那副模样有多恶心吗？"

布鲁一怒之下便离开了家。他当时开着车，原本打算开到芳威公园去看篮球赛，以此来放松心情，可是由于看错了路标，一不小心将车开到了滑雪区。由于摸不清方向，他不得不走下车，来到路边的一个廉价酒吧问路，顺便喝了一杯。正是在这个地方，他第一次遇见了贝蒂。

想到这儿，布鲁将烟头摁灭在了胸口上的烟灰缸里，然后抬头看着空荡荡的屋子，心中开始抱怨："该死的贝蒂，去哪里买咖啡了，这么长时间还不回来！"此时，他只觉得嘴里发苦，喉咙一阵干涩，脑袋更是疼得不行，仿佛要裂开了一般。

手边的床头柜上就摆着一瓶酒，不过他并不打算喝。在他看来，只有酒鬼才会在一清早就灌酒，他可不想成为蕾丝嘴里说的那种人。尽管在他的心里，对蕾丝有着诸多不满，但过了这么长时间，心中总会不自觉地想到她。她现在过得怎么样呢？到底会因为他的离开感到难过还是欣慰呢？这一类的问题总在布鲁的脑海中一次又一次地浮现。

他坐在床上，以一种厌恶的目光打量着整间屋子：黑色的木质家具杂乱地摆在屋子里，墙壁上的贴纸显得破旧不堪，整个屋子里给人一种非常凌乱的感觉。一想到这些，他的脑袋里瞬间充满了忧郁，这简直无法和之前那整洁的屋子相提并论。想着想着，他又迷迷糊糊地睡着了，不过，先前梦里那索命的小东西又浮现在了他的眼前。他立即从床上蹦了起来，胸口的烟灰缸"砰"的一声翻到了地上。

随后，他低声呻吟着，艰难地从床上爬了起来，用手摸了摸自己的脸，感觉两腮的胡子有些扎手。于是，他决定去洗个澡，顺便把胡子刮掉，这样一来也能让他彻底清醒，不至于再重新回到那恐怖的噩梦之中。

他脱掉衣服，半梦半醒地挪到浴室里，打开了淋浴准备洗澡。正当他打湿肥皂要洗脸的时候，突然就愣在了那里。

布鲁小时候是跟着自己的几个表兄一块儿长大的，那些孩子个个都长得非常漂亮，和他们一比，布鲁就显得非常丑陋了。不过等他长大以后，他看看自己的脸，觉得除了胡子多了些，也算不上丑陋，最多就是相貌平平而已。

然而，眼下镜子里映照出来的这张脸何止是丑陋，看起来简直有些吓人。他两眼之中布满了密密麻麻的血丝，巨大的眼袋分别吊在两只眼睛下面，脸上看不到健康的颜色，发青的脸庞，松弛的嘴角，简直不忍直视。他万万没有想到，只不过过了几个星期，他居然成了这番模样……

看着眼前的自己，心中的愤怒、惊慌还有恐惧瞬间交织在了一起。一瞬间，他的怒火飙升到极点，一拳重重地打在了镜面上，镜子从他的拳头中心向四周裂开。蜘蛛网一般破碎的镜子里，仿佛有无数双怪异的眼睛正在瞪着他。鲜血从他的手上流了下来，一滴一滴地流到了洗手池中。

他打开了水龙头，用凉水冲洗刚刚划破的手，一阵阵酥麻的刺痛钻进了他的心中。他轻声地笑了笑，瞬间想起了小时候的一件事情。当时，他只有十几岁，他的表弟讥笑他，于是他愤怒地掐住了表弟的脖子。幸亏姑妈及时赶到，否则他一定会亲手掐死他的表弟。当时，他的姑妈就冷冷地告诉他："你身上长着一双屠夫的手。"自从发生那件事情之后，他再也没有去过姑妈家，也因此记恨他们一家。

布鲁将毛巾紧紧地缠在手上，茫然地走回了卧室，他并不知道自己要做些什么，站在那里发呆。他意识到今天是星期六，贝蒂会去参加她朋友的例行聚会，这种聚会一般很早就开始了，主要的活动就是喝酒。他们中至少有一半的人会在天黑之前醉得不省人事，剩下的那些人则会继续狂欢，疯狂喝酒。他对于这样的聚会毫无兴趣，并且试图尽量避开。他脑子里此刻正在琢磨：去哪儿好呢？

他将地板上的一张报纸捡了起来，用手抚平，在桌子上铺好，将之前就摆在桌子上的那瓶酒放在了报纸边上，随后开始浏览报纸上的新闻。

体育版的一条新闻吸引了他的目光，那是纽约扬基队与当地红袜队的决赛新闻。此时，布鲁又想到了蕾丝，如果他现在还和蕾丝在一块儿，他们一定会去观看这场比赛，因为今天比赛的这两支队伍刚好他们都喜欢。蕾丝其实在一开始对球赛完全没有什么兴趣，她完全是为了让布鲁高兴，没想到，她的一番迁就，最后却让她成为一个铁杆球迷。想到这儿，布鲁轻轻叹了口气，随后漫不经心地浏览着其他新闻。

突然，布鲁决定鼓起勇气给蕾丝打个电话，邀请蕾丝去看球赛。一想到这里，他突然觉得非常兴奋，和妻子一起看场球赛，这是再正常不过的事情了。当然，最重要的是，他已经厌倦了现在的这种生活，他需要一种新的生活方式让自己振作起来。不过，怎样才能回到之前的那种生活呢？他想了想，除了和蕾丝诚恳地道个歉之外，似乎没有更好的方法了。布鲁现在想得很开，蕾丝其实挺好的，她就是看起来有些冷漠，人还是挺善良的。而且，他非常肯定，只要蕾丝愿意听他解释，他就能让蕾丝回心转意。

不知怎的，布鲁的心情突然变得轻松起来，他开始琢磨，自己该如何实行这番计划。他觉得首先要做的就是得博取蕾丝的同情。比如，由于他们之间发生了争执，他十分伤心，随后躲到一家非常简陋的旅馆中，在里面茶饭不思，看起来十分可怜。他敢保证，如果蕾丝看到他的这般遭遇，再硬的心都会软下来。借着这个机会，他就可以做出保证，自己一定不会再酗酒，也不再乱发脾气，这正是蕾丝对他不满的地方，只要改正了这两点，蕾丝一定会回心转意。

顿时，布鲁感觉内心充满了阳光。他得意地走到电话机前，然后拨通了家里的电话。

很快，电话通了，是女儿接的。布鲁很高兴地问："琳达，你好吗？"

电话那头一阵沉默。

布鲁接着问："琳达，我是爸爸啊，听不出来吗？在学校过得还习惯吗？"

"爸爸？"琳达似乎刚刚从震惊中清醒过来，连忙问，"你现在在哪儿？"

"这你就别管了，我想和妈妈说话，赶快告诉她。"

"和……妈妈？"

"是啊，刚刚不是说得很清楚了吗？"布鲁显得有些不太高兴，潜意识里认为，琳达可能不太愿意让他回去。他想起之前每当他和蕾丝吵架的时候，她总是帮着她妈妈。也许因为他太过于严厉，琳达觉得在他的管教下没有什么自由。

突然，他意识到蕾丝应该是上街买东西去了，以往星期六早上，她都会这样安排。随后他对琳达说："琳达，你听我说，一会儿妈妈回来之后，让她稍微收拾一下，我中午在玫瑰广场旁边的餐厅等她，就是以前一起看球赛时常去的餐厅。"他的声音听起来依然很严厉，不过他试图告诉琳达，他想化解这种争吵。

琳达随口问了问："你说的餐厅，是不是那家意大利餐馆？"

他有些意外，不过，对于女儿的合作感到非常满意，连声回答："是的是的，就是那家，记得告诉妈妈，我中午在那儿等她。"

布鲁此时满怀激动地搓了搓手，觉得自己的计划真是太棒了。他想过，蕾丝有可能会因为愤怒而拒绝他的邀请，不过他相信，善良的蕾丝不会让他一个人在餐厅苦等，因为这种残忍的行为蕾丝根本就做不出来。

他决定立即去换衣服，并打算稍微整理一下自己的面容，希望能给蕾丝留下一个好印象。而且，他必须得先到，这样一来，蕾丝就没有任何借口去责怪他。

整个过程显得非常匆忙，慌乱之中，他踩到了地上的一个空酒瓶，滑了一下。好在他扶住了桌子的一角，才没有摔倒在地。不过，桌子上的酒瓶子倒了下来，酒洒了一桌子。布鲁看着桌上的狼藉样，满不在乎，反正屋里已经是乱糟糟的一片了，多一点少一点都无所谓。此时，他想到如果刚才打翻酒瓶的这一幕被贝蒂看到了，那就好玩了。贝蒂是个爱酒如命的人，最看不得别人浪费酒。一想到贝蒂那惊诧惋惜的表情，他就乐个不停。

他将外衣的扣子扣好之后，然后开始想象自己一会儿会怎样征服蕾丝。等计划成功完成之后，他还可以偶尔回来偷偷情，这样一来，他的生活就完美了，他能同时享有两个女人，其中一个能带给他干净舒适、衣食无忧的生活，另外一个能够满足他非常亢奋的肉体欲望。只要不让蕾丝知道另一个女人的存在，她自然就不会感到伤心了。

他在镜子前仔细地看了看自己，然后吹着口哨，兴奋地走出了门外。

酒从那个打翻的瓶子里淌了出来，慢慢地浸湿了报纸上一个女人的照片，照片下面有几段文字：

凶案组的警察们正在全力追捕布鲁·史通，他是杀死他的妻子蕾丝的头号嫌疑人。

警方接到报案后，在第一时间赶到了现场，根据死者十八岁的女儿琳达的描述：当时她正在楼上整理东西，突然听到父母在吵架，她随即赶到楼下，然后发现母亲已经倒在起居室的地板上，不过并没有在屋里发现父亲的踪影，而她的父亲自那一刻起也再没有出现过。

截至目前，警方仍未获得有关布鲁·史通的任何消息。

罪有应得

就在轮船出事的当晚，马丁杀死了自己的妻子。

那天，轮船开进港口加油，打算在晚上的时候驶往波多黎各。船上满载着汽油桶和其他的货物，按照计划，轮船抵达目的地后，还要装载一些咖啡，最后返回美国。不过，根据当天的天气预报，夜里也许会出现暴风雨。

晚上九点左右，海面上突然狂风呼啸，大雨倾盆。暴风雨果然来了，这种状况大约持续了将近半个小时。出于安全考虑，轮船每隔两分钟就会鸣响一次汽笛。当风雨强度稍微减弱之后，雷蒙德船长也从驾驶舱走了出来，打算回到自己的船舱中去。这个时候，报务员带着严肃的表情走了进来，他的手上拿着一份刚刚接收到的电报。

"副轮机长马丁被控杀妻，立即采取措施，以防逃跑，并等待指示。鲍尔斯。"

读完电报后，船长的脸色也变得非常严肃。报务员离开后，船长就开始考虑接下来该采取怎样的行动。他的个子并不高，长着一张方脸，有一双灰色的眼睛。水手们知道他是一个非常严厉的船长。

随后，他走到办公桌边，拨通了轮机长的电话，听到消息后，轮机长立即从他的船舱赶了过来。轮机长名叫约克，身材高大，而且比船长年长。他读完电报后，非常关切地摇了摇头，然后推了推鼻梁上那副厚厚的牛角边框眼镜，说："在我看来，发生这件事情并不意外。"

"你的意思是，你早就预料到了？"

"也不完全是吧，至少我在船上的这六个月时间里，他偶尔和我说起过这方面的事情。有时是在值夜班的时候，有时则是在机房里，反正或多或少地说了一些。他心里非常清楚，由于他娶的是老板的女儿，因此有很多人嫉妒他，不过，他却告诉我，他宁可与别人换个老婆，不论是谁。他为这件事情痛苦不已。"

"他有没有说原因？"

"他说，他的妻子完全就是一个被宠坏了的人，一点儿也不适合当家庭主妇。她除了会享受生活之外，什么都不会，不会洗衣，不懂做饭。她非常热衷于参加宴会、逛夜总会这一类的事情。曾经，他单纯地以为，只要结婚了，她就会安安心心地和他过日子，不过他想错了。"说到这里，约克突然犹豫了一下，继续补充说，"上次的航行中，他曾经告诉我，他怀疑他的妻子有外遇了，不过当时他正在调查这件事情。你别看他平时非常冲动，但到关键时刻，他总能表现得非常冷静。"

"看来他这次没能冷静地控制住自己。"雷蒙德说，"走，我们去叫醒他，顺便听听他怎么说。"

"他并没有睡呢，我刚刚从他房间经过的时候，发现灯还亮着。我去叫他过来吧，就说你有事情找他。"

随后，马丁跟在轮机长约克的后面走了进来。这件事非同小可，不过马丁却表现出一副满不在乎的样子。马丁年龄并不大，二十来岁，个子不高，人偏瘦，不过却非常帅气，长着一双自信而俊美的棕色眼睛。不过，他的右眼角上面有一道白色伤痕，伤口虽已愈合，但看得出当时伤得很深。那是在一次蒸汽表爆炸的事故中，被玻璃片划伤的。

船长默默地将电报递给他看。

马丁瞟了一眼，随后神态自若地将电报还给了船长，非常坦然地说："我早就猜到了。"

"你真的谋杀了你的妻子？"

"你要这么说，也行。"

"那我还能怎么说？"

"不过，我并不是预谋好了的。怎么说呢，这只是一次巧合罢了。我想你一定还记得，就是因为蒸汽设备爆炸了，导致我们的出发时间晚了十二个小时。我之所以会在出发前一天的十一点离开家，为的就是不影响中午接班。之前我们都是晚上六点出海航行的，我习惯性地会在码头给莎拉打个电话道别。最后一次的时候，我也是这么做的，不过我并没有将出海时间推迟的消息告诉她，因为我怀疑她有外遇，所以，我正好可以借着这个机会，把事情彻头彻尾地弄清楚。"

说完，马丁偷偷看了一眼轮机长，似乎在提醒他，自己曾经和他交过心。

随后，马丁的表情显得很痛苦，他接着说："她的男朋友就在我家里，并且正准备过夜，不过，恰巧被我撞到了。他见到我之后，就急急忙忙地跑出去了。我并没有拦住他，因为当时我只想看看莎拉打算怎么解释。最开始，她显得非常惊恐，随后立即表现得非常镇定。她当时居然还质问我，问我为什么没有出海，为什么在不打电话的情况下就擅自回来，甚至说我的行为太卑鄙！"

说到这里，马丁突然冷笑了一声，"居然说我卑鄙！我顿时就火冒三丈，一把掐住了她的脖子。我当时就觉得，那一下可能就将她的脖子扭断了。反正，我离开的时候，她就躺在客厅的地板上。"

"后来怎么样？"

"后来？"马丁停了停，说，"后来我就直接回到船上了。我很清楚，一两天之后，要是邻居们发现了她的尸体，或者她的男朋友联系不上她时，一定会报警的。"

船长将电报扔在桌子上，非常严肃地说："我必须把你关起来，关在货物管理员的房间里，然后等待公司对你的进一步处置。不过，你可能会被转交给波多黎各的警方，他们会将你引渡。也有另外一种可能，我们会把你留在船上，跟着我们一块儿返回美国。"

"船长！我为什么不能继续留在工作岗位上呢？反正我是逃不了了，又何必因为我的私人问题而影响大家工作呢？"他的话语中透出一丝恳求的意味，并且在说完之后，还偷偷地瞄了约克一眼。

约克担心马丁被关起来之后，人手可能不够，于是对他的请求表示同意。

此时，船长说："明天天亮的时候，我们就会抵达波多黎各，到时候，船会靠岸。"

马丁非常认真地对船长说："我可以向你保证！"

船长看了看马丁，说："你在谋杀你妻子的当晚就已经逃过一次了，我可不想再给你一次机会。"

马丁连忙解释道："那个时候，我的状态确实有点失常，不过我当时只想着赶回船上值班。要是我真的打算逃跑，我为什么还要跑回船上来呢？"

船长皱了皱眉头，"我接到了上级的指示，务必防止你再一次逃跑，所以，还是请你去货物管理员的房间里待着吧。我可不希望船上的水手们不停地抱怨，他们可不希望一同工作生活的人中间混着一个杀人犯。你赶紧去收拾东西，我在下面的货舱等你。"

马丁当时似乎想说些什么难听的话，不过他忍住了，随后，他猛地转身，头也不回地走了出去。船长看了看轮机长，他一直没有说话。

"要是我听从了他的意见，也显得我太无能了。"船长说。

轮机长则显得很温和，"我倒认为，他的态度非常诚恳，他原本就没打算逃跑，我想，即使你让他继续留下来工作，其他人也不会有什么意见的。毕竟他的人缘很好。何况，你也没有必要将电报里的事情告诉其他的每一个人。"

"你会这么说，还不是因为人手不够，而且老板肯定也不会认同你的做法。"船长的话语里透出非常明显的讽刺意味。

随后，船长从办公桌旁边的木板上取下一把钥匙，对轮机长点了点头，然后直接走向了货物管理员的房间，约克则跟在他的后面。

这间房子位于右侧船舷甲板的下面，平时只有在靠岸卸货的时候里面才会住人。房间里面只有一扇门，外加一个通风用的窗户，而且它们都通向装有抽水机的船舱。这里面存放着的大量物品都是甲板上的东西，其中体积最庞大的当数汽油桶了。

船长打开了房间的门窗，开了里面的灯和电扇。随后，马丁提着一个小小的行李袋走了过来。

船长看着马丁，说："我会让厨师明早给你送吃的东西过来，不过，在靠岸的时候，我会让大副过来给你戴上手铐，这样做，是为了防止你逃跑。"

马丁站在那里一言不发，他似乎不屑和他交谈。

之后，他们俩走了出去，只留下马丁一个人。在给房间上锁的时候，雷蒙德还在自我暗喜，认为自己的处理方式一定能获得老板的认同。

凌晨三点，暴风雨再次出现了，船速明显慢了下来。和之前一样，仍旧是两分钟鸣一次汽笛，以此来警告附近的船只保持距离。不过，最终这艘船还是和其他的船只相撞了。

十五分钟之后，驾驶室里接到了一通电话，是轮机长打来的。因为事故，机房已经进水了。大副赶紧将油布雨衣披在身上，然后赶到机房中查探情况。不久，他回来报告称，船身被撞出了一个大洞，破裂的地方刚好位于机房和货舱尾部的连接处，并且船正在下沉。

船长以最快的速度将所有的船员都召集到甲板上，命令所有人弃船逃生，随后通知三副，带着货物管理员房间的钥匙，赶紧将马丁放出来，并且让他坐救生艇逃走。

正当船长在收拾文件时，三副面带沮丧地跑回来求救："船长，马丁出不来了！因为刚刚的事故，巨大的汽油桶堵在了房间的门口。他试着从里面推开那些汽油桶，不过也没有效果。船长，赶紧想想办法吧！"

"窗户呢？"

"窗户也被挡住了一大部分，剩余的空间只允许我伸手把钥匙递给他。"

此时，船已经沉下去一部分了，整条船上一片漆黑，唯有甲板上的几盏照明灯还能借着紧急发电机发出一点微弱的亮光。船长立即抓起一只手电跑上了甲板。左右船舱里都挤满了人，大家都在摸黑解开缆绳，以便将救生艇放到水面，大家都很着急，唯恐船在一瞬间就沉到了海底。船长顺着里面的梯子下到了货舱。

他用手电照了照，眼前全是凌乱的巨型油桶，管理员房间的门确实被堵得死死的。这些油桶原本是要运送到一个新开设的加油站的，当时为了防止这些桶在船舱里肆意滚动，都用木板固定得死死的。估计刚刚的撞船事故，导致固定的木头松开了，所以这些油桶就统统顺着惯性滚到了门口。

看着这种情形，马丁不可能活着出来。当初为了将这些油桶运上船，动用了五吨的起重机，现在，船上既没有起重机，也没有其他的动力设备，更不可能将那非常厚实的船舱钢板切割开。

里面的马丁也放弃了，他安静地坐在里面。船长用手电照了照窗户，发现有很大一部分空间确实也被油桶挡住了。

船长有些沮丧地说："马丁，我没有办法将你救出来。"

"要不是你把我锁在这里，这种事情根本就不会发生！"马丁的声音从里面传了出来，他显得很冷静，但同时也非常痛苦。

"没有办法，我只是奉命行事。"

"昨天晚上，你完全可以不解除我的工作，更没有必要把我关在这个鬼地方。你可以将我反锁在我自己的房间里，并且在靠岸的时候再将我铐起来，你即使这样做了，也根本不会有人发出一句抱怨。"

"我只是采取了最为保险的方案，但我完全没有想到会有这种意外发生。"

"哼！你这么做，只不过是为了讨好你的老板罢了，你只想着通过这件事情让自己往上爬！"

这话一下刺中了船长的要害，他有些恼羞成怒地说："马丁，这可怪不了我，要知道，这完全是你自作自受，你遭遇这种下场是罪有应得！"

"你以为这么说，就可以掩盖掉你良心的不安吗？"

船长没有说话。此时，上层的甲板上已经听不到什么喊叫声了。船长身上并没有披着油布雨衣，所以他早已被雨水淋得湿透了。最后一艘救生艇应该正停在船边焦急地等他。此时，船长用一种绝望的语气告诉马丁："我得走了，马丁，你有什么话需要我转达吗？"

"告诉我的岳父，我非常抱歉。"

"我对这件事情也非常抱歉。"船长如是说，不过他的话语中明显缺乏真诚，"再见！"

此时，另一艘船正停在附近来解救沉船的船员。船长在获救之后，向自己刚刚过来的方向望去，风雨交加的夜晚，眼前一片茫茫，那艘船看来已经沉入了海底。

当救援的船只刚刚到达亚瑟港的时候，一大批联邦调查局的警察就前来了解船只失事的相关情况，同时还包括马丁被困在货舱里的事情。随后，公司的总经理在一间豪华的会议室里举行了调查会。

船长雷蒙德首先做了一个简单的报告。老板鲍尔斯听完之后，愤怒地说："马丁简直就是在胡说八道！那个所谓的男朋友是她的老朋友了，他也有自己的家室。他这次过来是有事情要办。当晚他给莎拉打了电话，莎拉就把他请到了家里来。没想到这个时候，那个鲁莽的家伙居然就冲了进去，简直太无耻了！"

此时，雷蒙德船长倒觉得，马丁的话更有说服力，不过，他可不敢得罪这个牢牢掌握着他命运的人，奉承地说道："当然，马丁必然要为自己寻找理由开脱。"

鲍尔斯随后探过身子，两只手紧紧地握着，放在冰冷而光滑的桌面上。他已经五十多岁了，头上的灰白头发证明了他的年纪，不过魁梧的身躯表明他依然非常强壮。

"其实，从最开始的时候，我就极力反对这桩婚事。他们是在一次鸡尾酒会上认识的，当时单纯的莎拉就因为他英俊的相貌对他一见钟情。而且，她还瞒着我，和这个小子偷偷地结了婚。我本身就管不了她，等她母亲过世之后，就更难管了。马丁这人就是个势利眼，他挖空心思，就为着能当上公司的总工程师。"

雷蒙德船长接话说："对于马丁的死，我感到非常难过，他毕竟是你的女婿。"

"雷蒙德，你有什么好难过的？你只不过是在执行我的命令而已！在我发出那封电报的时候，警方已经打算逮捕他了。我只是不希望他逃跑。你并没有做错什么，所以，你也别放在心上，毕竟他迟早也会被处死。"

随后，公司重新为雷蒙德船长安排了一艘新的轮船，不过，轮机手约克则被调去了别的船上。

时光平静地流逝了三年。三年之后，他们又被卷入马丁的杀妻案件之中。

一天凌晨，天还没亮，雷蒙德驾驶着自己的轮船刚刚靠岸，立马就接到鲍尔斯的紧急通知，于是他连忙赶往总经理办公室。

两人刚见面，鲍尔斯就非常着急地说："雷蒙德船长，我那个杀人犯女婿还活着，至今还逍遥法外呢！"

听到这句话，船长瞪大了眼睛，他用一种难以置信的眼神盯着老板，过了好一会儿，才缓缓地说："不……这绝不可能！"

"约克说，他曾经在伊特岛看见过马丁，当时他们都在一间酒吧里。而且马丁一看到约克，就扔下自己手里的酒，马上从后门溜走了。"

"不，那个人一定只是和马丁长得很像罢了。"

"只是长得像吗？像到右眼眼角刚好也有一道伤疤？虽然约克

没有看得非常清楚，不过他能肯定那个人就是马丁。他现在还蓄胡子了呢，八字胡。"

雷蒙德船长并没有着急说话，想了想，问："约克有没有进一步去打听？"

鲍尔斯显得有些暴躁，"当然打听了啊！他当时就问了那个服务员，不过那个服务员不懂英语，而约克恰巧又不懂西班牙语。比画了半天，好在最后还是让那个服务员明白了他的意思。他向服务员确定了，溜走的那个人就叫马丁。"

"不，我相信这只是一个巧合！"此时，雷蒙德的脑海中浮现的都是那些凌乱的油桶的画面，马丁不可能从那里面逃出来。他心中坚信约克一定认错了人。不过，他转念一想，千万不能让鲍尔斯被愚弄了，所以，他随即转移了话题："约克去伊特岛干什么？"

"他当时是去送货的，那天下午，他只是想下船透透气，就去了那间酒吧，结果居然碰见了马丁。"

雷蒙德船长稍稍退让了一步，说："如果那个人真的是马丁，这简直就是一个奇迹啊！那么，你们有没有报警呢？"

听到这里，鲍尔斯更加烦躁了，他摆了摆手，说："我给检察官打过电话了，不过他们要我出示更为有力的证据。他说现在我们手里的这点信息起不到任何作用。不过，他有可能已经离开那个地方了。我现在只要一想到杀害我女儿的凶手居然还逍遥法外，我就十分恼火。雷蒙德，你当时怎么不给他戴上手铐呢？这样一来，现在的事情根本就不可能发生！"雷蒙德一句话都没有说，因为刚刚鲍尔斯说话的时候，一直死死地盯着他的眼睛。

雷蒙德在回去的路上一直琢磨老板的话，他尤其对最后一句耿耿于怀。这句话表明，老板在质疑他的能力，他担心自己的升迁可能会因此而受到影响。

回到船上之后，雷蒙德突然想到了一个好方法，他打算下次出航的时候，在波多黎各停留三天，这样一来，他就有足够的时间亲自去伊特岛把这件事情弄清楚。要是马丁真的没死，并且还在那儿的话，他就会向美国驻波多黎各的领事求助，然后让他与当地的警方协商，将马丁引渡带回美国。他认为，这是眼下为他在老板面前挽回形象的最好方案。

转眼到了下一次的航行。雷蒙德的船只在一天黄昏抵达了波多黎各，雷蒙德在第二天上午十点，乘船去了伊特岛。帆船上还有几名身穿花衣裳的印度人。帆船的船长是一个大约三十岁的男子，他头戴一顶白色的帽子，一双眼睛不停地打量着前方的航线，从背后看，一身晒得黝黑的肤色显得他非常健康。转头之际，雷蒙德发现，他还留着八字胡。

雷蒙德走到了驾驶室里，向船长做了一番自我介绍。"你好，我是雷蒙德船长，我的船就停在波多黎各的港口。"

帆船船长有点好奇地打量着眼前这个人，随后微笑着说："很高兴认识你，我叫高蒂。你是抽空出来旅游的吗？"

雷蒙德笑了笑，然后说："不，我是因为没有去过伊特岛，而且我们公司最近刚好有船路过这边，所以我打算顺便熟悉一下周围的环境，说不定以后，我的船也有可能停在那儿呢。"

"原来是这样，我想你很快就会喜欢上这个地方的。"

"是的，我也这样认为。之前的时候，我的船曾经路过伊特岛，当时我就喜欢这里了，"说到这儿，雷蒙德船长停了一下，然后问，"据说，过去我们船上一名叫马丁的船员现在就住在那个岛上，我希望这次去能碰见他。"

"马丁？岛上有好几个叫马丁的人，不知道你说的是谁？"

"我说的马丁是个美国人，而且他的右眼上面留着一道疤痕。"

高蒂船长盯着他看了很久，然后说："伊特岛上都是本地人，根本没有外国人，更别说是美国人了。毕竟这个岛也没有什么特别引人注目的东西。"

"看来我的消息有误，也许有人在胡说八道吧。"

此刻，雷蒙德船长心里在琢磨，约克可能搞错了。不过，他相信通过自己的努力，真相一定会很快浮出水面。帆船抵达伊特岛的时候，雷蒙德向高蒂询问，如何去岛上的旅馆，高蒂告诉他可以搭乘出租车，不过，这个时候车子刚好不在。

于是，雷蒙德决定步行走过去。他沿着一条宽阔的泥巴路向前走着，之前在船上的时候，还有清凉的海风吹来，现在正值中午，一点儿风都没有，道路两旁的棕榈树纹丝不动地立在那儿，周边的房屋也没有一丝动静，此刻安静得让人感觉不到里面还居住着当地的居民。

走了一会儿，他终于看见那栋旅馆了，那是一栋两层楼的房子。此时，他的嗓子已经要干得冒烟了，要是此时能喝上一杯冰镇啤酒，那该是多么惬意的事情。这个时候，他身边走过一名皮肤黝黑的小男孩。雷蒙德船长看了看，觉得有些眼熟，随即想到，这个男孩不就是帆船上的服务员吗？

此时，那个男孩也看见了雷蒙德，气喘吁吁地说："雷蒙德先生，高蒂船长让我赶紧过来告诉你，那个叫马丁的美国人要上船了。"

听到这句话，雷蒙德立即掉头往回走，他此刻瞬间觉得干渴可以忍受了，冰镇啤酒也可以暂时不喝了。他连忙问："你们的船长有没有说，那个叫马丁的人为什么要上船？"

"船长别的什么都没说，就让我告诉你这个。"

雷蒙德有些疑惑，他有些不太理解，高蒂船长刚刚还说他不认识那个叫马丁的美国人，现在居然就有了消息，还派人告诉他这个马丁要登船离岛。不过不管怎样，他认为高蒂确实帮了他一个大忙，这样一来，他也不必再到处打听马丁的消息了。

帆船开始卸货，雷蒙德和那个男孩不得不从搬运工的队伍中挤过去。此时，他们发现，高蒂船长正站在登船的地方等着他们。

"马丁先生就坐在下面的船舱里。"

随后，高蒂船长将雷蒙德带到了船舱的楼梯旁，自己则留在了甲板上。雷蒙德走了下去，看到眼前的人，他当时就惊呆了。那人正是马丁，他此时戴着一顶草帽，坐在床边。和三年前一样，他还是那么瘦，不过却被太阳晒得很黑，他现在留着非常浓密的八字胡，右眼角上的伤疤仍然看得非常清楚。

"马丁，你居然还活着！"

马丁的语气显得有些冷淡，"你刚到这里的时候，好像对此非常确定啊。"

他一直坐在床上，并没打算和雷蒙德握手。而雷蒙德则非常疲惫地躺在边上的一张藤椅上。虽然船舱里的电扇此时正开着，但是依旧让人感到闷热。

"什么风，居然把你吹到了这儿？"

"约克曾经对鲍尔斯说在这里发现了你的踪影，我当时根本不信。不过你的岳父说，你仍然逍遥法外，这让他非常懊恼，所以让我来查个水落石出。"

"噢，那你查出什么了吗？"

雷蒙德耸了耸肩，说："我打算告诉你岳父，你的确还活在这个世界上。"

马丁两眼瞪着他，说："雷蒙德船长，三年前，你将我抛弃在沉船的货舱里时，当时你就说，你为此感到抱歉。不过在我看来，根本就不是那么回事。你如果真的感到抱歉，现在怎么又会急着将我送上断头台呢？"

雷蒙德船长的心里突然涌起一阵不安，他故作镇定地说："我内心的确感到非常抱歉。但作为一个有责任心的人，那些该做的事总是要完成的。"

马丁嘲讽地说："比如拍老板的马屁？"

雷蒙德的眉头很快就皱了起来，一脸不悦地说："既然你是这样想的，那你为什么还要露面？很显然，高蒂船长是你的好朋友，他还特地派人把这件事告诉了你。不过，应该是你让他要我来船上找你的吧？你完全可以悄悄地逃走啊！还是说，你打算帮我，让我在老板面前留下一个好印象？"

马丁顿时犹豫了一下，说不出话来。随后，他以一种非常严肃的语气说："既然你这么说，我就要让你知道，你来伊特岛就是一个错误的选择！我想你现在一定非常好奇我到底是怎样逃出来的。这就得说到沉船的那天晚上了。当时，船沉到了海面之下，海水很快就涌进了货仓，里面的东西都浮了起来。我看到一个空的饼干筒一直漂着，突然，我想到了一个逃生的方法。我注意到，水面不断在上升，房间里的空气则从上面的通风管中被挤了出去。所以，我尽量让自己的身子处于通风管的下面，当水快要将整个船舱全部淹没时，我深吸了一口气，然后潜游到窗户的前面。这个时候，笨重的汽油桶就和饼干筒一样，在水里漂浮着，于是，窗口的空间就被重新打开了。此时，房间内外的水压已经一样了，我就从窗口游了出去。途中，我发现了一条长木板，我死死地抱着它，就这样，我在海上一直漂着。第二天早上，我被一群印第安人救了起来。其实，引起他们注意的并不是我，而是那些漂浮在海面的数量庞大的空油桶。"

雷蒙德有些悻悻地说："看来约克说得没错，在关键时刻你总能保持冷静。你是不是该感谢我一下，好在我当时没给你戴手铐。"

此时，一丝轻蔑的微笑浮现在马丁的脸上，他继续说："我随后被这些印第安人转交给了他们的族长，他们都不懂英语，好在族长的一个儿子会说。我随即告诉他，昨晚附近海域发生了一起海难，在黑暗中逃生的时候，我没有被救生艇救走。当时，族长立即打算和美国的领事馆取得联系，不过我告诉他，我暂时不想回去，因为我很喜欢伊特岛。随后他就问了一些我的情况，比如我在船上担任的职务。我觉得，我的运气还是很不错的。这个族长是个有抱负的人，他打算把这座岛屿发展成为一个港口，并邀请我进行策划。于是，我在这里学习了西班牙语，并且和他的小女儿结了婚。"

听到这儿，雷蒙德不禁擦了擦额头上的汗，说："那你没有把你和莎拉的事情告诉她？"

"当然，一切事情我都如实地告诉了她。因为当时族长一直不理解我为什么不与他的女儿结婚，所以我后来将事实告诉了他们，"马丁冷冷地回答，然后继续说，"不过，他们非常同情我的遭遇，包括芭拉。我在这里过得非常好，并且我已经有了一个孩子，另外一个也即将出生了。"

马丁向对面的一个小窗户望了望，说："我在这里的生活一直都过得顺利而平静，一直到几个星期之前，我碰见约克的那天。我当时并不知道外面停着一艘船，虽然我在第一时间溜了出去，不过，从他与服务员当时的简短对话中，我知道他已经发现我了。我随后将这个消息告诉了族长。我知道，之后一定会有人过来打听我的消息。果不其然，今天早上你就向我的连襟……"

雷蒙德有些惊讶，打断了他的话："你的连襟？"

马丁点了点头，继续说："高蒂船长，以及那个前去通知你的男孩，都是我的亲戚。当你离开码头，向旅馆走去的时候，高蒂立即将这件事情通知了族长，也就是我的岳父，他当时害怕你到处去打听我的消息，所以连忙要高蒂船长把你叫回到船上。毕竟，整个岛上只有族长和高蒂两个人知道我的身世。其实，我到船上来，只想知道一件事情，约克到底掌握了多少情况。此时，族长正打算向美国领事馆报告，你曾经专程来到这里向他打听了一个叫马丁的人。并且，他将这个马丁带到了你的面前，不过，你表示你并不认识这个马丁。"

一开始的时候，雷蒙德还在嘲笑马丁，不过听到最后一句话，他的心里突然感到非常恐惧。他瞬间感到喉咙有些发干，全身也开始颤抖。

马丁看了看眼前的雷蒙德，说："一会儿，我走上甲板之后，高蒂还有那个男孩会下来，他们会用枪指着你，然后把你捆起来，并且将你的嘴堵住。在今天晚上去往波多黎各的途中，他们会把你丢到海里，然后高蒂会向当局报告，在航行的过程中，你不慎掉入了水里。"

雷蒙德船长立即从藤椅上站了起来。由于过度恐惧，他的声音瞬间变得沙哑，随即向马丁央求说："马丁，我发誓，我一定不会告发你，你可千万别让他们那么干，求求你了……"

马丁也从床上站起来，严肃地说："雷蒙德船长，此时，我也帮不了你，就像上次你无法帮我一样。族长是个非常固执的人，他可不想让他的女儿失去丈夫，孩子失去父亲。"

马丁走到楼梯口时，回过头来补充道："雷蒙德船长，其实，你就不应该来这儿。这只能怪你自己了，你这就是自作自受，完全是罪有应得。"

绝地反击

最后离开墓园的时候，他回头朝墓碑望了望，灰色的石碑旁生长着淡黄色的小菊花，那是乔伊娜生前最喜欢的花朵了。他轻轻地叹了口气，然后强行将自己疲惫的身躯拖进了破旧的小型货车里。他定了定神，朝家的方向驶去。那里有他和乔伊娜的回忆，掐指一算，前后一共八年。

四月的一个下午，时间已近黄昏，在风的吹拂下，竟还有些凉意。他的汽车从空旷的田野中飞快地穿行而过，其间偶尔也会经过稀稀落落的小树林。这一带的风景原本美丽迷人，也是乔伊娜生前最喜欢的地方，可是如今，这里已经被蜂拥而至的采石者破坏殆尽了，四处堆放着的都是采石过后留下来的石渣，大风一起，尘土满天。

离开了特定的环境，他的心境现在好了很多。每当他准备进城的时候，他的内心就会不自觉地产生一种压抑的感觉，出城之后，他的心情又会重新平静下来。

老汤姆在小镇的边缘处开了一家加油站，他现在把车子开到了那儿，准备加些油。老汤姆远远地就看到了他，并且向他招手示意。他随后将车停在了加油站的一根油管前，正当他将车停稳，从车上下来时，一辆黑色的轿车稳稳地停在了他的车后。一路上，他注意到，这辆车一直跟在他的车后面跑。

他一见到后面车里的三个人，心情瞬间又变回那种糟糕透顶的状态。这三个人，个个都算是城里的那种典型的地痞流氓，带着一种浓重的匪气。

三个人中，有两个人年龄较小，大约二十来岁的样子，头发很长，服装打扮看上去也有些稀奇古怪。后座上坐着第三个人，年纪稍大，差不多有四十来岁，相比之下，他的穿衣风格明显就要守旧得多。他们三个人的脸上丝毫看不出任何善意的表情，每个人的脸上都写满了傲慢与冷酷。那两个年纪小一点的人也从车上下来了，一个站在左边，一个站在右边，用一种极度轻蔑的眼神打量着他和加油站的老汤姆。

其中一个年轻人嘴角一歪，用一种极度不屑的口气对老汤姆说："给我们加油，要最好的那种，而且要加满。"

老汤姆一边点头，一边仍旧朝先来的小货车走去，然后对他们说："麻烦你们稍等一下，你们前面还有一位顾客，他比你们先到一会儿。"

他注意到，老汤姆的话音刚落，说话的那个年轻人的脸色瞬间变得非常难看，为了不招惹这帮混蛋，他对老汤姆说："没事，汤姆，你先给他们加油吧，我不急。"

老汤姆起初犹豫了一下，抬起头看了看他，随后转身向后走去，开始为那辆黑色的轿车加油。

之前说话的那个年轻人冷冷地看了看他，随后对老汤姆说："麻烦你了，老——先生。"

"老"这个音故意被拖得很长，似乎是在强调，由于年龄和体能的差距悬殊，所以才对老人表现出这样一种迁就态度。老汤姆听到这句话，内心感到一阵强烈的不悦，但他强忍住心中的怒火，帮那三个人的车加满了油。不过，老人的手因为生气的原因在不住地颤抖着。

看到这一幕，车上的那三个家伙露出一种得意的表情，在他们看来，老人之所以发抖，完全是因为内心的惧怕感。此时，他们的态度变得更加傲慢了。

看到这一幕之后，他立即将头转了过去，不希望这三个败类再影响他的心情。

油箱加满了，老汤姆将油管关了起来。之前说话的那个年轻人看了看油箱的度量表，确认油箱加满了之后，从身上摸出一把钞票，然后抽了两张出来，塞到了汤姆的手里。正当汤姆准备转身去给他们找零钱的时候，那三个家伙已发动了汽车，然后以最快的速度离开了加油站。

之后，老汤姆给他的车也加满了油，付过钱之后，他也跟老汤姆道别离开了。他的车在山路上行驶，路上拐了几个弯，在穿过一个山谷之后，他回到了自己的农场。

乔伊娜生前一直跟他生活在这里，留下了许多美好的回忆。可是，有一天，乔伊娜去城里买东西的时候，不巧遭遇了强盗打劫，混乱中，她的胸部中了流弹，当场毙命。不过，警方很快便控制了那起事件，但是在事后的了解过程中他才知道，这起劫案之所以会发生，居然只是因为三美元。为了区区三美元的现金，那个劫犯进行了抢劫，也正是这三美元，夺走了他妻子无辜的生命。

他将车子停在了小棚屋的前面，将车上装着的杂物卸了下来，然后开始给草坪上的猪和牛喂食，并且忙着将今天的牛奶挤出来。再过一小时就要天黑了，他必须得快些忙完。

等忙完之后，他突然产生了钓鱼的念头，打算通过钓鱼的方式来散散心，于是便将钓具装进了车里，开着车，朝矿坑的方向开了过去。

他的农场后面原本有一片非常富饶的土地，如今，那片土地的开采权已经出让，众多的采矿者像淘金一样，对那里的资源进行掠夺式的开采，在那些人的眼里，秀美的风光一文不值，远不如开采出来的矿石来得实在，那些天然形成的美景也在这样的开采破坏中毁于一旦。由于乱挖乱堆，原本用来行走的坑道里如今积满了水，也不知道最后经历了怎样奇妙的事情，水里居然还出现了大量鲜活的鲈鱼。

他将车子停在了矿坑的坑口，拿起钓具，沿着台阶，小心翼翼地下到坑的底部。这里清冷而寂静，不容易被人打搅，很适合钓鱼。正当他准备甩开钩子开始垂钓的时候，外面似乎有什么响动，像是有人朝这边走了过来。他随即将钓具放在停靠一旁的小船上，然后沿着台阶爬了上去，想看看到底是什么人。

附近的小孩总喜欢来这里玩耍，每当他在这里看见小孩的时候，他就会习惯性地将他们赶走。这倒不是因为他天生不喜欢孩子，而是因为这里原本是开采矿石的地方，少有保护措施，处处充满危险，实在不适合给孩子们来游玩。他本以为这次又是孩子们偷偷溜过来玩，正当他准备开口时，眼前出现的那几个人让他大吃一惊。他们不是别人，就是在加油站碰见的那三个人。

他们那辆黑色的轿车此时正停放在水坑边，其中那个年纪大一些的人似乎在指挥着什么，只见那两个年轻一些的小伙子打开了车后盖，将一个巨大的帆布包从车尾箱里抬了出来，显得非常吃力的样子。从外形上看，那个帆布包里应该装着某个人的尸体。之后，他们拖着那个巨大的帆布包，慢慢地挪到了水坑的旁边，然后喊着"一！二！三！"那个巨大的包裹被他们合力扔进了坑里，落入水里的时候，激起了巨大的水花。那个包裹冒了几个气泡之后，很快便沉了下去。

他一直躲在台阶旁边，亲眼看着他们将尸体销毁。他原本想跑开，可双脚就如同灌了铅一般，无法挪动。过了一会儿，那三个人在确认尸体已经沉入水底之后，转身便朝那辆黑色的轿车走了过去。然而，就在转头之际，那三个人中间有一个人突然发现了他的身影，然后立即尖叫起来。也正是这样的一声尖叫，使他也如梦初醒一般，拔腿就跑。

船上并没有任何供他藏身的地方，所以肯定不能跑回那里。就在他跑动之际，一声枪响从背后传来，子弹贴着他的头边擦过，尖锐的声音让他顿时感到头皮一阵发麻。

他已经不是个年轻人了，在棱角分明的岩石堆上奔跑确实不是件容易的事情。没跑多久，他只觉得脚底接连传来一阵阵火辣辣的痛感，似乎那锐利的岩石早已撕裂了他那脚底的皮肉。但他此时早已顾不了那么多，他心里只有一个念头，以最快的速度逃跑，赶在他们的前面跑到棚屋里。他快速地穿过了一个又一个的乱石堆，凭借着对地形的熟悉，他知道前面有一条近路，于是跑得更快了。他好不容易爬到了一个小土丘的上面，正当他回过头时，其中一个家伙敏捷地从坑里跑了出来，一边在跟他的同伴联络，一边忙着朝他开枪。

突然，他觉得脚使不上劲了，像是被什么东西重重地打了一下。但紧接着，他听到了身后传来的一声枪响。一颗子弹正好打在他的膝盖上，无法维持平衡的他在地上摔了好几次。他顺势低下头看了看膝盖的伤势，不断有血从裤子破了的地方流出来。血虽然流了不少，但他此时并没有觉得有剧烈的痛感。

他在原地歇息了一会儿，随后用手扶着石壁，颤颤巍巍地站了起来，稍稍找到了一点平衡感之后，他又咬紧牙关，迈开步子跑了起来。最后，他终于克服了重重困难，跑到了棚屋里。可就在他刚刚停稳脚步的时候，他突然意识到，他的选择是多么不明智。小卡车还留在坑口，以他现在这种狼狈的样子，他又能跑多远呢？棚屋现在是不能待了，他必须要找到一个合适的藏身点。

他随即离开了小棚屋。仅仅在他逃走两分钟之后，那三个人便追到了棚屋里。出于一种逃生的本能，他一瘸一拐地来到了院子里，绕到了谷仓的背后，向远处一个极不起眼的角落跑了过去。由于连日春雨的浸泡，泥地变得十分松软，这对他来说无疑是个坏消息。他再次克服了重重困难，爬到了一块小高地上面，这个时候，他再次回头望了望，那三个人暂时没有跟过来，这也就意味着，他现在只要下到这个小高地的背面，他就算脱离了那三个人的视线范围。确认暂时安全之后，他瞬间就瘫坐了下来。

天色渐渐暗了起来，再过一会儿，只要天色全黑，他就有把握从这里逃出去。要是那三个家伙提前找到了他，那么他就必死无疑。

他把衬衫脱了下来，然后从上面扯下一块布，将伤口包扎了一下。此时，他几乎感觉不到痛感，腿早就已经麻木了。包扎之后，出血的状况只是稍微得到了一些遏制，并不能完全止住。

他静静地在地上待了一会儿。现在太阳已经完全沉下去了，气温也渐渐低了下来。现在差不多可以行动了，他将撕破的那件衬衫重新披在了身上，并朝四周打量了一下。不远处码放了一堆干草料，那些草料早在去年秋天的时候就堆在那儿了，最上面还盖着一块很大的帆布，那是他亲自盖上的。

他静下心来，仔细辨别着周围的风吹草动。在确定周围没有敌人之后，他拖着不太利索的腿，摸到了干草堆的旁边。他解开了捆住草堆的绳子，将最上面的那块帆布取了下来，然后紧紧地裹在了身上。由于连日来雨水的浸泡，加上长时间的落灰，整块帆布散发出一股难闻的霉味，不过，这也是没有办法的事情，至少可以御寒，一旦处于饥寒交迫的状态下，体能会消耗得更快。

此时，一阵细碎的脚步声传了过来，他趴在草堆后面偷偷地朝前面望了望，那三个人中，有一个年轻的家伙悄悄地摸到了谷仓的旁边，然后直接躲到他藏身的正对面。那里有水源、有饲料，饲养的那些奶牛平时就在那里过夜。原本睡得好好的奶牛，现在因为陌生人的闯入而纷纷惊醒，并且在谷仓拐角处不停地转来转去，而且看那样子，像是要朝他藏身的干草堆这边涌来。那个年轻人手里还拿着手电筒，看来是准备躲在奶牛群的后面探路。

他躲在干草堆的后面，小心地调整着他的方向，以确保牛群的主体刚好位于两个人的正中间。那个青年男子的警惕性很高，尽管有奶牛群做掩护，但他走路的时候头时不时地还会朝两边看一看。不过，与其说是警惕，倒不如说那个年轻人的内心确实有些紧张。看到这一幕，他顿时信心倍增，于是悄悄地将裹在身上的那张帆布给解了下来，然后用两手抓住帆布的两只角，耐心地等待着时机。

他注意到，那个年轻男人的视线突然转向了旁边，这个时候，他猛地从地上蹿了出来，朝牛群大喊了一声，并且握住帆布的一角，用力地往牛群行进的方向一挥，发出了巨大的响声。面对这样突如其来的声响，牛群显得十分惊慌，连忙掉转了前进的方向，开始向后奔去。那个年轻人也始料未及，被掉头奔跑的牛群撞倒在地。开始还能听到两声惨烈的惊叫声，但很快便被奔涌的牛群给盖过了。

牛群从那个人的身上踩了过去，然后跑向了远方，之前握在手里的那个手电筒掉在了地上，依旧亮着。

这一阵骚乱将在旁边巡逻的另外一个人也引了过来，并且一遍遍地呼喊着那个家伙的名字，很显然，根本不可能有人做出回答。另外那个人不停地用手电筒打探着黑夜下的农庄，不过好像并没有什么收获。

面对新出现的这个敌人，他一点儿也不慌张，抓起之前的那张帆布就往身上一盖，再没发出任何声响。由于没有收到任何答复，后面出来的那个年轻人只觉得一阵恐惧，便畏畏缩缩地离开了。

他松了一口气，相对于最开始的情况，他的胜算增大了一些，不过以一对二的局面仍旧不利于他，更重要的是，他受伤了，但是那两个人并没有。他看了看膝盖，痛感似乎减轻了许多，不过膝盖上的那个伤口像一个漏斗一样，不停地在向外流血。情况依旧紧急，他的伤势不容许他再跟那两个人玩捉迷藏的游戏，不尽快解决的话，仅是流血不止这个问题就足以让他不知不觉地丧命。

在确定安全之后，他一瘸一拐地走进了谷仓。到底是有墙壁的遮挡，没有风的室内比室外要温暖不少，而且也没有室外那么潮湿。终于不用趴在湿漉漉的泥地上了，这样一来，也有利于恢复体温。他在黑暗中不停地摸索着，终于摸到谷仓另一侧的大门。他轻轻地将门打开来一条缝，这样一来，他便能从门缝里窥探到院子里的情况。原来，刚才那个年轻人跑到了汽车边，似乎正在跟他的老板商量什么问题。不管如何，他身处在黑暗中，那两个人发现不了他，他至少现在占据着有利的时机。

那两个人不知道在交头接耳聊些什么，只知道不断地有人在摇头。也许是在商量什么，不过不管怎样，反正他们没有在任何一个意见上达成共识。

他在地上摸了摸，似乎摸到一块砖头样的东西，这让他心中一阵窃喜。于是，他小心翼翼地挪到了门外，往前悄悄地迈了几步，等身子平衡之后，他强忍住膝盖的疼痛，一个侧身，将左膝高高抬起，利用右脚掌握着独立的平衡。这是棒球投手的姿势，虽说有伤在身，但他尽量让动作标准一些。年轻的时候，他可是一名非常杰出的棒球运动员，所以这对他来说，并不算什么困难的事情。之后，他几乎使出了全身的力气，将握在手里的那个砖头块扔了出去。好在宝刀未老，砖块直接打在了那个老板耳边偏上的位置，并且他当即应声倒地。

站在老板旁边的那个人见状立即转身，对着谷仓就是一枪。这一点，他在投出砖块之前就预料到了，所以砖块脱手之后，他就立即闪进了谷仓里，然后以最快的速度趴在地上。这一连串的动作对敏捷性的要求非常高，他的伤口也因为用力过猛而裂开，血流得更快了。

此时，一阵急促的脚步声朝谷仓这边传来，看样子，那个人打算直接冲进来。

他连忙从地上爬了起来，打算用门板当掩护。他屏住呼吸，瞅准时机，正当那个人要破门而入的时候，他猛地一记勾拳，重重地打在了那个人的肚子上。那个人一声惨叫，整个人瞬间失去平衡，摔倒在地，双手捂着肚子，由于疼痛过度，整个身子不自觉地蜷缩了起来。

他没给那个人留下喘息的时间，趁其没有任何反抗能力的时候，他又补了一记重拳，连同这段时间的怒火一齐发泄了出来，用力地打在了他的下巴上。那个人半天没有动弹。

他从谷仓里搜摸到一条结实的麻绳，将昏倒在地的那个人捆了个严严实实，接着，他又从谷仓里找到了另外一条绳子，愤然走出谷仓，打算将那个老板一并捆起来。正当他打开谷仓门板的时候，那个老板颤颤巍巍地打算扶着车子起来，他以最快的速度赶了过去，对着他的肚子猛踹了一脚，然后麻利地将他捆了起来。

此时，他的体力也消耗得差不多了，再也没有多余的力气供他消耗，只觉得一阵眩晕，倒在了地上。但只过了几分钟，他猛地从地上惊醒，费尽最后一点力气，将那两个人拖到了那辆黑色轿车的后座上，并且将他们的绳子相互打了个结，这样一来，脚也捆住了。他摸着黑，将之前被牛踩死的那个家伙也扔进了车尾箱里。

他以一种惊人的毅力完成了这一切的事情，但他并没有停下来，而是重新检查了一下捆绑那两个人的绳索，以确保待会儿在开车的过程中绳子不会自动松开或者被他们解开，从而带来新的麻烦。确保万无一失之后，他坐进了那辆黑色的轿车，发动引擎，将车子倒出了农场，然后朝小镇的方向开了过去。

大约过了几分钟，那个老板晕晕乎乎地醒了过来，之后，另外一个人也恢复了意识。当意识到自己被绳子牢牢地捆死之后，他们开始在车上发出各种各样的叫喊声，并且倾尽全身的力气试图挣脱掉绳索的束缚。很显然，这种挣扎没有任何意义，所以他只管开车，任凭那两个人在后座上喊叫。

那两个人随即转变了战术，开始跟他谈条件：要是把他们放了的话，他们愿意支付一大笔钱。这个条件显然没有任何诱惑力，他连话都懒得跟他们说。之后，他们又试了其他的方式，可以说是软硬兼施，但他仍旧无动于衷。

直到那个老板冷冷地跟他说了这样一句话的时候，他才有了一点反应。

"乡巴佬，你最好考虑一下这样做的后果，你要是把我们交给警方处理的话，我们的人就会想办法弄死你们全家。我说到做到，而且这个人一定存在，另外，我还要告诉你，你的老婆一定是第一个被弄死的！"

听到这句话，他心中暗自琢磨着：要是他们知道乔伊娜早就不在人世的话，他们还会不会用这种方式来进行威胁呢？嗯，应该会，哪怕他们自己不动手，他们在牢里也可以安排其他人动手。想到这里，他猛地踩了一脚刹车，然后在并不宽敞的路面上掉了个头。

没过多久，车子便开回了山路上。他们白天的时候还走过这条路。当看到熟悉的景象时，那两个人脸上微微露出了一丝喜悦的表情，不过，他很快将车子驶离了公路，转上了一条坑坑洼洼的岩石路。此时，他们脸上喜悦的表情瞬间凝固了。

他将车前的大灯关掉，整辆车在漆黑的夜路上前行。最后，他把车子开到了矿坑，并且将车子停在了斜坡上。矿坑的最深处就在这个坡的下面，这种情景是车后座那两个人始料未及的，他们开始在车里疯狂地喊叫，并且在做着最后的挣扎。

他没有理会那两个人，而是径直走下了车。将门关好之后，他松开了汽车的刹车，然后碰了碰操纵器，此时，那辆黑色的轿车开始慢慢地从斜坡上往下滑。受到重力的影响，汽车往下滑的速度越来越快。最后"咣"的一声，应该是汽车的底盘挂到了岩壁的边缘，这也就意味着，汽车直接翻下了斜坡。经过一两秒的沉寂之后，斜坡的下面传来了一阵沉闷的浪花声。

他正站在斜坡上，这一阵浪花声传到了他的耳朵里，心中顿时产生了一种满足感。

那两个人首先就打错了算盘。他们自以为考虑了所有的情况，认为他只有两个选择，要么放过他们，要么将他们送到警察局。

当然，最大的错误在于，他们自以为使出了撒手锏，以他的家人做威胁，可没想到，他是一个感情深厚的人，哪怕他的妻子已经死了，他也不容许其他人对她进行观念上的侵犯。

意外出现的扒手

一天，我正坐在假日酒店的豪华休息室里，悠闲地翻着一本杂志。我注意到，一个身穿暗色粗格子衣的女人正在扒一个白发苍苍的老人的口袋。

那个人叫斯通，手持拐杖，俨然一副老绅士的打扮。他是一位富豪，在加州拥有价值一亿五千万的资产。那个女人的扒窃技术非常漂亮。当时，斯通正从我对面的一部豪华电梯里走出来，那个女人则从大理石的楼梯那边朝斯通走过去。她故意走得很快，装出一副心不在焉的样子，并且好像是设计好了的一样，和斯通迎面撞了个满怀。事后，那个女人对斯通露出美丽的笑容，和气地道了个歉。斯通显得很有礼貌，鞠躬回了个礼，并表示没有关系。趁着这个间隙，她敏捷地将他的皮夹和镶钻的领带夹给扒了下来，整个过程，斯通完全没有注意到，并且没有对这个女人的行为产生丝毫的怀疑。随后，她快步地走向了休息室对面的出口，并且将刚刚收获的东西顺手塞进了手提包中。

我立即从座位上站了起来，谨慎而迅速地朝那个女人跟了过去。她已经快走到玻璃门边了，此时，我离她只有一步之遥，而她的身边，则摆满了一盆盆的植物。

我伸过手，一把抓住了她的肩膀，然后微笑地对她说："小姐，很抱歉，请留步。"

她转过身，一脸惊讶地看着我，对于我的突然出现感到意外，就好像我是从边上的盆景里突然冒出来的一样。随后，她冷冷地问我："你说什么？"

"我觉得，我们有必要谈谈。"

"抱歉，我没有和陌生男人谈话的习惯。"

"我想你的这个习惯要为我破例了。"

她脸上的那双棕色的眼睛里闪过一丝愤怒的神情，然后说："我警告你，放开我的手，不然我就喊人了！"

我不紧不慢地告诉她："有件事，我觉得有必要告诉你，我是这家酒店的保安主任。"

听到我的这句话，她的脸色瞬间白得像一张纸。

随后，我带着她，穿过酒店的拱形大门。我准备带她先到餐厅，事实上，餐厅就在我们左侧不远的地方。她显得很配合，全程没有表现出抗拒的意思。我让她坐在附近一张皮椅上，我则坐在她的正对面。餐厅里，一名身穿蓝色制服的服务生朝我们走了过来，我随即摆了摆手，他便走开了。

隔着桌子，我细细地打量着对面的这个女人。她的头发是褐色的，而且带点儿卷，一张有些古典气质的脸很容易让人将她与纯洁、无辜相联系。从表面上看，她不过二十五岁。

"我敢说，你是我见过的长得最漂亮的三只手。"

"我根本就不知道你在说什么。"

"我说你是最漂亮的扒手。"

她看起来非常愤怒的样子，"你说我是扒手？"

"够了，别装了。装什么傻啊，我都看见了。你扒了那个人的皮夹和镶钻领带夹，当时我就坐在电梯口的对面，跟你只隔着不到十五英尺的距离。"

她痛苦地叹了口气，坐在那儿一言不发，手指有些尴尬地拨弄着手提包的带子。过了一会儿，她才说话："我承认，我刚刚确实偷了那些东西。"

我伸过手，一把将她的提包拿了过来，并且打开检查了一下。里面除了刚刚偷得的那个皮夹和领带夹之外，还有各种女性日用品。我从包里还找到了她的身份证，并且将名字和地址偷偷地记了下来。我把她刚刚偷走的两样东西拿了出来，把包还给了她。

"我……我其实不是小偷，真的……"她很小声地说，并且有些颤抖地咬着下嘴唇，说，"我控制不住我的偷窃癖，而且有的时候，这种欲望很强烈。"

"你有偷窃癖？"

"是的，为此，我前前后后看过三个精神病医生了，但是他们都说，不知道要怎么治疗。"

我表现出一副非常同情的样子，摇摇头说："这简直太糟糕了。"

"嗯，真的……"她连忙点头，然后用一种颤抖的声音说，"如果……这件事情被我爸爸知道了，他……他一定会把我送到精神病医院的！因为……因为他已经警告过我一次了，如果我还有小偷小摸的习惯，就一定会兑现他的话……"

"我觉得，你的父亲应该不会知道今天发生的这一切。"我的语气显得很轻松。

"你没骗我？他不会知道？"

我不紧不慢地说："那是当然，只要斯通先生拿回了他自己的东西。而且，我也没必要将这件事情大肆宣扬，这毕竟对酒店的名声不好。"

她的脸色瞬间变得好看了不少，"你的意思是……放了我？"

"也许我真的是心太软吧。我可以放你走，不过你得答应我，以后不许来这里偷东西了。"说完，我叹了口气。

"行，没问题！"

"要是我以后还在这里看见你，到时候我就一定会把你交给警察！"

"不不不！不会的！"她连忙向我保证，显得非常急切，"明天一早，我就会去看另外一个精神病医生。或许，从明天开始，我就不会有这个困扰了。"

"很好，那么……"我回过头，想看看拱形餐厅门外站着的客人，等我再次回头时，餐厅通向街道的大门正好关上了。坐在我对面的那个女人不见了。

但我并没有急着追上去，而是静静地坐在那儿，仔细回想着和她有关的事情。在我看来，她算是一个手法相当老练的职业扒手了，而且，还非常擅长撒谎。

我只是笑了笑，然后走回了休息室里。不过，我没有回到最开始我坐着的那个地方，而是穿过酒店的玻璃门，走到了街上。我看起来非常漫不经心，就像是一个在逛街的人。

我混入了人群之中，将右手伸进了外套的内侧口袋里。我轻轻地碰了碰那只厚厚的皮夹和领带夹，脑海中突然产生了一种奇怪的感觉——我有点为那个女人感到难过。

其实，早在斯通入住假日酒店的那一天，我就盯上了他。今天，我足足在休息区里守候了三个小时。其实，我当时已经准备下手了，可就在我将要行动的十五秒前，她却意外地出现了。

死亡预言

杰里是一家食品店的老板，大约三十来岁，头发乌黑，整个人看起来非常帅气。他的小办公室里有一张看起来显得粗糙的松木桌子，他此时正坐在桌子的后面。他的太太叫路易斯，头发是红色的，体态非常臃肿，此时，她正拖着胖胖的身躯在办公室外面接待客人。

然而，杰里的脑袋中想到的是另一个女人的身影，那个女人就是约翰太太，她来店里购物的情景，就像放电影一样在他的脑海中快速地掠过。他仿佛觉得，那个气质高雅、身材娇小、说话轻言细语的富有魅力的女人就站在他的面前。她的丈夫是一位非常有名的律师。

一次偶然的机会，杰里看到了约翰。当时，他走到店外去透气，约翰正好从他的店门口走过，要赶往火车站。约翰每天上班都要搭乘火车。他仪表堂堂，从身上穿着的昂贵套装和手里提着的真皮公文包就能看出，他应该是一个有些本事的人，或者可以说，他的收入非常可观。

杰里在心中暗自琢磨，如果他能和约翰享有同等的教育，他也一定能成为一个像约翰一样的优秀律师，能在律师界出人头地。

他甚至还幻想过，他的地位无人能及，能够在法庭中，通过自己过人的口才、独到的经验、缜密的逻辑，将重重谜案一一揭晓。他还幻想过，如果运气够好，他还能成为一名非常有名的外科大夫……

想到这里，他的思绪又绕了回来，回到了那个金发碧眼、惹人怜爱的约翰太太身上。杰里心里很清楚，他暗恋着那个女人。

尽管约翰太太最后一次来他的店里购物时，杰里曾经向她示爱，不过，约翰太太本人根本就没有这样想过。当时的场面瞬间又浮现在了杰里的脑海里。

那天傍晚，杰里提前让路易斯回家准备晚饭了。就在她走后不久，约翰太太来到了他的店里，不过看起来有些气喘吁吁的。"杰里先生，你好！今天天气真不错，真是让人心情愉悦的一天。"

"没错，"杰里回答，"约翰太太，我觉得现在这一刻，你更是让人赏心悦目。"说完，他故意挤出了一个和和气气的笑脸。

杰里仔细地打量着约翰太太的表情。她那双淡绿色的眼睛起初显得惊讶不已，随后就露出一种非常愉悦的眼神。他坚信自己的判断不会有错，他相信，自己是众多女人心目中的偶像，哪怕是那些常来的女顾客也对他颇有好感。这自然也包括约翰太太。她现在沿着货架来回地走动，假装在挑选食品，其实是为了掩盖内心的那一丝愉悦的心情。

过了一会儿，他觉得时机差不多快到了，便漫不经心地对她说："约翰太太，我觉得有些奇怪。你来我这里，只是买肉、买沙拉或者是乳酪，我们之间也只是生意往来上的这种关系，我们的情谊好像还没有发展到其他的方面……所以，我觉得，我们有必要好好交往交往。当然，我所指的是私人的交往。"

她停了停，说："如果到了某个程度之后，我觉得我们的关系是可以进一步深入，但是，我有点不太明白，你具体说的是什么。"
她看起来显得有些惊讶。

"不，我只是想说，能够认识你，并且能够经常在店里看见你，我感到非常高兴。"杰里笑着说。

听完杰里的话，她点了点头，随后非常冷静地问："还有别的原因吗？"

此时，他感到心里激起了一阵冲动。他似乎有些后悔，自己之前为什么没有这么问。"嗯，我就是觉得，我们该好好认识认识。"

"我们该怎么认识？"

"嗯……比如……比如我们可以去喝一杯，而且最好是现在就去。让我先找个合适的地方。"

约翰太太在一旁沉默不语。

杰里继续说："我的妻子已经回家了，她做饭去了，你知道的，我经常很晚才能回去。"

"这我知道。"

"另外，我知道你的先生在城里工作，因为我有时候在这里待到很晚，还能够看见他从火车站走出来。"

"没错，因为他平时每天要工作很久，所以选择走到车站，下班的时候也选择走回来。这是他的运动方式。"她的回答显得非常干脆，"对了，你刚刚说要和我喝一杯，你是说现在吗？"

"我知道，半岛那儿有个不错的地方，之前我去过一次。那里的人既不认识我，也不认识你。不过没有关系，我们可以仅当作在讨论你要宴请客人，该准备什么样的食物，对吧？既然如此，我们在一起喝喝小酒又有什么关系呢？我觉得这种事情，在现在这个年代，根本就不值一提。"

约翰太太立即问："你就这么相信，我会跟你去？"

"我还是希望你去的。不过，我的汽车被我的妻子开走了，但没关系，我们可以……"

"你是想说，我有车，对吗？"

"不，我可以先走回家，然后你开车过来，在半路接我上车。这样一来，别人就会以为，我只不过搭了个便车而已。你觉得这个主意怎么样？"

她摇了摇头，然后认真地看着杰里，"杰里先生，我已经结婚了，我和我的丈夫过得很幸福。他很优秀，我们之间也相互关爱。要是我给你留下了什么不好的印象，还希望你能多多原谅，但是，如果我的某些行为真让你觉得有些什么的话，很抱歉，我是无心的。对了，麻烦你点一下，这堆东西一共多少钱？"

在清点物品的时候，他突然间觉得，他和约翰太太之间是没戏了，不过，他的内心仍旧坚定地认为，约翰太太对他是怀有好感的，只是出于某些原因不便说出来而已。他坚信约翰太太嘴里说的婚姻与幸福都不过是约翰的金钱和利益在作怪，她之所以拒绝，只是担心这一切都变成泡影而已。

要是约翰这层障碍不存在的话，情况会变得怎样呢？要是这种情况真的发生了的话，她又会有怎样的表现呢？杰里心中自言自语道："如果真是这样，约翰太太一定会爱上我的！"

一个冰冷的声音传入了杰里的耳朵，"再见，杰里先生。"此时，约翰太太已经将零钱装进了钱包，并且拎着买好的东西，走出了门外。

这件事发生在三个星期之前，自那之后，约翰太太再也没有来过。他似乎知道这其中的原因，她担心可能把持不住自己，担心信念会发生动摇，这样一来，可能会危及她和约翰之间原本稳定的婚姻关系。所以，只要约翰不在的话……

"杰里！杰里！"办公室门外传来一阵急促的叫声。他一下就分辨出，那是路易斯的声音。路易斯也很清楚，杰里一定把办公室的门给反锁了。这主要是因为，每当他不希望受到其他人的打扰时，路易斯总会不合时宜地出现在他的面前。

"有什么事？"他的声音显得很不耐烦。

"你在干吗呢？"

"有事在忙呢！"

"忙什么啊？"

"在忙需要一个人静下心来做的事情，不希望被别人打扰！"

"那你和我说说看呗。"

"你就没有别的事情要做了吗？就想跟我问这个吗？"

"其实，店里的乳酪卖完了。"

"你打个电话再进点货不就行了吗？"

"你什么时候出来啊？"

杰里已经极不耐烦了。之前，他曾经认为，这个女人极富魅力，但如今……"等我出来的时候，我会跟你说的，你先走吧。"

"你什么时候出来？"

"也许我永远都不会出来了！"

门外似乎安静了，当确认她不再会啰啰唆唆地问一大堆之后，杰里便开始继续憧憬和约翰太太在一起的日子。突然，他用钥匙打开了办公桌上的唯一一个抽屉。现在他的心里只想着约翰，想着这个唯一阻碍他成功地得到约翰太太的人。他在做着各种设想，只要约翰不在了，约翰太太就会对他投怀送抱，所以，只要……

想到这里，他立即从抽屉里面拿了一张纸出来，将桌上的一支笔握在手里，然后开始满脑子无边无际地幻想。他是一个擅长写信的人，之前有很多人曾经问他，为什么不把这种才能用于小说的创作之中，这样一来，不仅能够获得一笔不菲的收入，同时还能收获大量的名望。但这一切放在目前来看，都是以后再说的事情，眼下要做的，是另一件更为要紧的事情。他随即提笔写道：

亲爱的约翰太太：

尽管你只是我店里的一名顾客，但我一直以来都对你敬仰不已。听到你先生约翰过世的消息，我感到万分难过，谨以一封短信表示慰问，还希望你能多多保重。

杰里夫妇敬上

看着已经写好的信，杰里读了一遍又一遍。然而，他的心中丝毫没有感觉到舒畅，而且一种莫名的沮丧感涌上了心头。如果这封信里说的事情成为事实的话，该是一件多么让人高兴的事情啊。不过，他相信，总有一天，这封信能够发挥它的作用。他将信小心翼翼地折好，并且放回了抽屉里。随后，他锁好了抽屉，关好店门，然后回家向他的太太路易斯发泄情绪去了。

那天晚上，他在床上翻来覆去睡不着，满脑子想着的都是约翰太太。他最后不得不从床上爬了起来，坐在客厅的沙发上发呆。他此时只在琢磨一件事情，如何让自己梦想的那件事情转变为事实……

第二天，他像往常一样来到了店里。不过，他的脸整天都是阴沉沉的，坐在店里一言不发。看着杰里的样子，路易斯有些焦急地问："你到底怎么了？坐在那里就知道发呆，连骂都不骂我了。快跟我说说看，到底发生什么事情了？"

他仍旧只是呆呆地坐在那儿，一声不吭。

"你有什么心事，说来让我听听。"

杰里终于说话了："路易斯，这跟你有关吗？"

"我就是想知道，你到底出什么事情了。"路易斯回答。

"你回去做饭吧，我想吃通心粉沙拉。"

等到家之后，杰里匆匆忙忙地吃完晚饭，然后起身对路易斯说："晚上我会很晚才回来，今天得把账目算清了。"

"哦，那你去吧……"

"对了，别有事没事打电话，我需要工作，不要跟我用电话聊天，我不喜欢，你明白吗？"

"好吧……我真是搞不懂你。"

等他开车离开家里的时候，最后一次在店里见到约翰太太时的情景又浮现在他的眼前。他坚信，约翰太太眼里流露出来的，是对他的款款深情。不过，要是她对失去丈夫以及财产都表现得非常淡然，那又该怎么办呢？

杰里转而想到，一旦把约翰除掉，约翰太太仍旧能够将约翰名下的财产和保险统统继承下来，而且这样一来，横亘在他们之间的障碍就消除了，他和约翰太太就能在感情上自由往来了，而且这是不言而喻的事情。只要开头做好了，他就能和约翰太太长相厮守地过一辈子。接下来，他只需要跟路易斯离婚，然后便能和约翰太太永远在一起了。

他开着车来到图书馆，在索引上寻找书目，最后来到指定的书架旁，将有关汽车修理的书借了出来。他仔细地在书中寻找有关弯铁钩、锉钥匙以及热金属线的知识，然后将找到的一切资料都仔仔细细地记录在了自己带来的笔记本上。离开图书馆之后，他又去了火车站，拿了一份详细的列车时刻表。回到店里之后，他仔细阅读了从火车站和图书馆里弄来的两份资料。

天黑之后，他从办公室里面走了出来，来到了店门口附近的窗前，他熄了灯，静静地坐在那儿。过了一会儿，一个身材瘦高、手拿公文包的人影出现在了窗外的街道上。随即，杰里很快就判断出了约翰搭乘的火车车次——八点零六分的那趟。

第二天一早，杰里让路易斯看店，他开车去半岛那边的一个小镇上购买了一些工具，随后开车回到了家里，并将新买的工具存放在车库中。他在车库里设置了一个小小的工作台。他把钥匙放进口袋里，然后开始了他的实验过程。对于机械方面的内容，他似乎很有天分，一点就透。大约到中午时分，他就已经能够熟练地掌握一门新技术了。他现在即使不用自己的车钥匙，也能打开车门并且发动引擎了。看到这一切，他露出了一个满意的微笑。随后，他在车库里找了一个旧箱子，将这些工具放到了箱子的底部，接着装出一副若无其事的样子回到了店里。

"整整一个上午，你又去哪儿了？"看见杰里的身影，路易斯连忙问。

他没有回答，只是随意浏览了一下货架，然后说："凉拌生菜丝快没有了，该添一点了。"

之后整整一个星期的晚上，他都蹲守在店里。正如他所掌握的情况那样，约翰会在每天晚上的同一时间经过他的店门口。这时，杰里就会悄悄地跟在他的身后，探清他的路线。约翰的生活非常有规律，他每天都坐同一趟车回家，每天走同一条路，甚至是马路的同一侧；他会在同一个街角拐弯，然后回到他宽敞而明亮的家里。约翰太太也清楚地知道这一点，所以每天都会准时地打开家门，迎接他回家。

星期五的晚上，他和平时一样跟踪到了约翰家附近，他又一次目睹了约翰太太的热烈欢迎仪式。不过，和以往不同的是，杰里的心早已飞了出去，他假想自己已经代替了约翰，在接受约翰太太的拥抱。

等他回到家里的时候，路易斯又开始了往日的抱怨。他现在每天晚上都要出门，这让路易斯非常不高兴。不过，对于路易斯的抱怨，杰里根本没有放在心上，相反，他现在的内心非常激动，因为他开始精心安排星期一的伟大计划了。

星期一的晚上，距离约翰平时搭乘的火车到站还有半个小时，杰里带着从镇上购买的工具、一副薄皮手套外加一只小手电，然后开车出门了。临走前，他告诉路易斯，他去店里，要将这段时间的账目清理一下。

通过连日来的跟踪，他发现，路上的两棵大橡树下面总是停放着一辆蓝色的轿车。他决定将这辆车拿下。一方面，这辆车停放的地方刚好属于他所居住的小区，另一方面，这里距离约翰夫妇居住的高级公寓不是太远，只有三公里。

在距离那辆蓝色小车两条街之外的地方，他挑了一个位置停车，然后带着必要的工具，非常镇定地走下车来。在打探过周围的情况之后，他很高兴上天为他设立了这样一个绝妙的环境。此时，周围一个人都没有，而且正对着的院子里也根本没有灯光，人们应该都在后院活动。

他熟练地戴上了手套，借着手电的光亮，轻松地发动了这辆蓝色的小车。他开着车飞速地跑了三公里，停在了事先计划好的位置上，但并没有关掉引擎。这里是约翰下班的必经之路，而且再过五分钟，他就会从这里经过了。杰里屏住呼吸，静待约翰的出现。时间就像停滞了一样，他能够清楚地听见自己的呼吸声，而且握着方向盘的手在微微颤抖。

突然，透过小车的后视镜，杰里看见了一个熟悉的身影。那个人正是约翰，他出现在了小轿车的后面，然后缓缓地从车旁经过，朝前面的十字路口走了过去。

杰里仍旧在车里耐心地等着，当他发现约翰走下了人行道，准备横跨马路的时候，他一脚踩下了油门，整个车轮瞬间开始高速旋转，橡胶与地面发生激烈的摩擦，不住地传来打滑的"吱吱"声，随后，车子立马全速驶向路口。约翰正走在马路中间，面对突然朝他驶来的汽车，他先是有些犹豫，随后露出惊慌的表情，本能地朝路边一闪。接下来，就像梦一般，整件事情就这样过去了……

杰里并没有停下来，他仍旧开着这辆蓝色的小车在飞驰着，直到开出距离事发地三条街远的地方，他才从车里跳了下来，然后用跑步的方式远离那台肇事车辆。他一口气跑回了家，并且将作案用的工具放回了车库的那个箱子里。等他走到屋里的时候，路易斯仍旧和往常一样在不停地抱怨他。

杰里似乎已经对此产生免疫了，就像什么都没有发生一样，径直地回到卧室休息。他似乎在等待着什么，或许是电话铃响，或许是门铃响。但等了一个通宵，什么也没有发生。

尽管一个晚上都没有合眼，但杰里第二天一早就像什么都没有发生一样，开着车，带着路易斯往店里驶去。他装出一副精神抖擞的样子，并且在路上买了一份当地的早报。他注意到，报纸的头版就是约翰遭遇的意外事件。对于其他的新闻，他看都没有多看一眼。到店之后，他立即去了办公室，然后开始仔细阅读头版上刊登的这条新闻：

（本报讯）著名律师约翰遭遇横祸，命悬一线。本镇著名律师约翰昨天晚上下班回家的路上意外遭遇车祸，伤势严重，肇事者从现场逃逸，至本报发稿时止，仍没有肇事者的任何信息。另据警方透露，在案发前的数分钟，警方曾接到肇事汽车的车主报案，车主声称停在家门口的汽车被盗……

杰里看到这里时，脸上露出了会心的微笑。他将眼前的报纸揉作一团，然后扔进了垃圾桶里。现在，最大的问题已经解决了，他相信自己做得非常完美，一点痕迹都没有留下，他觉得，是时候考虑一下未来的计划了。

　　他从口袋里摸出一把钥匙，打开了办公桌的抽屉。他想起了那封之前就已经写好，但一直没有寄出去的信。

　　可是，他惊讶地发现，那封信居然不见了。他坐在椅子上，心中一阵不安。然后，他突然像是想到了什么一样，勉强地从座位上站了起来，然后挪到了办公室外面，冲着正在忙碌的路易斯大喊："你是不是翻过我的抽屉？"杰里显得非常生气。

　　路易斯起初只是眨了眨眼，然后瞬间就脸红了，结结巴巴地说："我……我……"

　　"快说！"杰里咆哮道。

　　"因为……我觉得你最近的行为都太不正常了，我觉得你对我异常冷淡，所以有些担心你。而且，我有些嫉妒，我觉得你的抽屉里可能藏着什么秘密。我觉得你可能在外面有什么人，所以将一些东西藏在了抽屉里，也许只是她的名字，也许只是她的电话号码。我知道抽屉有一把备用钥匙，而且就放在家里的五斗柜中。所以，三天之前，我就悄悄地拿着钥匙，将抽屉打开了。我当时在里面发现了一封信，由于你正好进来，我就没有细看。

　　"那天晚上，你吃了饭出门之后，我就悄悄地看了那封信。当时，我就觉得心中一阵愧疚。杰里，真的非常抱歉，我根本就不知道约翰先生去世的消息。你知道的，约翰太太是个好人，她跟我买过几次东西，我当时就觉得这个人非常有礼貌，所以我对她印象非常深刻。

　　"你的体贴与温馨也让我感到意外，居然想到给她写一封慰问信。我当时以为，你可能写好之后忘记把信寄出去了，所以我还特地从电话簿上找到了他们的地址，然后套上信封，贴好邮票，帮你把信寄了出去。我原本想把这件事情告诉你的，但我又怕你生气，怕你怪我偷偷翻你的抽屉……"

此时，摆在墙边的电话铃声突然响了。杰里两只眼睛死死地盯着路易斯，嘴里喘着粗气，退到了电话机旁，然后摘下听筒。过了好久，他才觉得自己能开口说话了。"喂！"

电话那头传来了一个熟悉的声音："请问你是杰里先生吗？"

"是我。"瞬间，他的声音就软了下来，好像在耳际窃窃私语一样。

"我今天早上收到了一封信，是你两天之前寄来的……"瞬间，那冰冷的声音似乎就冻结了，过了好一会儿，电话那头突然传来了一阵尖叫声，"你怎么会在两天前知道，我会变成寡妇的！"

杰里只是握着听筒，站在墙边发愣。他似乎能够预想到，接下来会发生什么事情了。一旁的路易斯以一种近乎恳求的眼神在凝视着他，不过，杰里此时眼中只剩下了绝望的愤怒，在他的眼里，路易斯的影像渐渐地变得模糊了。

与杀手谈判

　　玛丽收到了一封信，信封上面并没有附注寄信人的信息，说不定是一封广告信。她无精打采地将信封拆开，快速地扫了一眼信件的正文，顿时就惊呆了。

　　"天哪，这……这不可能是真的！"她惊呼道。

　　她的丈夫吉米抬了抬头，将早报放了下来，皱着眉问："什么事情大惊小怪的？"

　　"这封信……刚刚这封信，说的居然是我们的邻居赫文，怎么说呢，或者说跟他有关，反正……哎呀，我也说不清楚，你自己看好了……"说着，她就把信递给了吉米。

　　玛丽在年轻的时候，曼妙的身材着实迷倒过不少人，但因为管不住自己的嘴，硬是将自己吃成了一个大胖子。尽管她现在只有四十来岁，但看起来远远不止这个岁数。至于吉米，差不多五十岁的样子，整个人保养得很不错，身体很健康，给人感觉像一个体育明星。由于昨天晚上在乡村俱乐部里喝多了，他的脑子直到现在都晕晕乎乎的。他把报纸放到一旁，然后接过了玛丽手里的信，尽量让自己集中精神，想看看到底发生了什么。

　　信纸最上面是一排手写的大字，格外引人注目："你还想让这个畜生跟你们生活在一块儿吗？"

紧接着，下面粘贴着一张影印的剪报，根据日期来看，这是三年前出版于芝加哥的一份报纸。

（本报讯）警方今日逮捕了一名叫作哈利的男子，现年四十九岁，主要从事涉黑生意。现被人指控为职业杀手做介绍人。据记者了解，如果有人试图谋害同行，只要能够支付相应额度的现金，哈利就能以中介的身份介绍杀手，让雇佣方达到目的。

据悉，哈利被捕前，曾与一名年轻女子在湖滨公寓同居，警方遂将两人带回警局审问。过去的四年中，哈利与九桩凶案有直接联系，其中一部分受害人死于黑社会的凶杀，还有一部分人的死亡则被故意伪装成了意外事件。与他同居的这名年轻女子名叫珍妮，警方经过审讯，认为她与凶案没有直接关系，被警局释放。

警方没有就案件的细节做过多披露，但据记者从警方高层所了解到的信息来看，哈利在每一起凶案中都起到了中介人的作用。多年以来，哈利一直是警方严密监控的对象，这一次，是哈利首次因为相关罪名被捕。

这篇报道的旁边还附了一张照片，上面那个白发男人穿戴整齐，另一只手还挽着一个身穿超短裙的黑发女郎。从照片上看，这两个人刚刚走出电梯，而警方则围在两旁，像是要冲上去。虽说影印的照片有些模糊，不过，能够确定的是，那个男人正是赫文，而那个女人，必然就是赫文的太太了。

下面还夹着另一张剪报，也是影印出来的，和上一张剪报相比，这已经是几个星期之后的事情了。

剪报上的硕大标题非常引人注目：

谋杀案因证据不足作罢

（本报讯）数星期前，哈利因为涉嫌为一连串的商人谋杀案充当中介被捕，但今日却被意外释放。首席检察官不愿就个中详情做过多披露，据悉，本案的关键证人突然失踪，使得本案的侦破陷入泥潭……

吉米顿时感到一阵惊恐，他似乎觉得整个胃都沉了下来。他万万没有想到，赫文这个平日看起来斯斯文文的老好人，居然会是黑社会！如果报纸上说的都是真的，那么……

玛丽在一旁显得很高兴，甚至有些幸灾乐祸，"我早就说了，赫文一家肯定有问题。你看看他的太太，那年纪，都足够当他的女儿了。还有，他们家的生意也做得神神秘秘的，肯定有鬼……"

"不，我不相信。我很欣赏赫文这个人，虽然他有的时候是会表现出一点流氓气，而且我相信，只要你强迫他，多出格的事情他都有可能做出来，但做杀手的中介这种事情，嗯……我觉得可能性非常小。"

"你就自以为是吧，以为自己能够看清别人。"玛丽皱了皱眉，随手点燃了一根烟，然后说，"你知道的，他们搬来的第一天，我就特别讨厌赫文那个人。要知道，你可是赫文的介绍人，大家都是因为你才认识赫文的，他能进乡村俱乐部也是你引荐的，还有……"

这时，电话铃声突然响了。玛丽摇摇摆摆地走到电话机旁，然后拿起了听筒。

"什么？……洛克，你们家也收到了？……亨利家也是？……还有史密斯家？……嗯……嗯……我完全同意你说的……是啊，太可怕了……嗯，我知道……嗯，他在呢，你稍等啊。"她随即转过身，将听筒递给了她的丈夫吉米，"洛克找你呢。"

洛克之前在村子里担任村长，并且是银行的一名高级职员，现在，他成了乡村俱乐部的委员会主席。

"吉米，早上好啊。"洛克慢吞吞地说，但语气中带着几分强硬，吉米也听出了这一点，"我想说的是，那封剪报，貌似我们周边的所有人都收到了，我觉得……我们有必要做些什么。"

"不，我觉得现在就采取行动，未免有些太早了，因为我们并没有太多可靠的证据，而且这些信息很有可能都是捏造的。你知道的，赫文有时候有些想法比较激进，尤其是关于政治这一方面，所以，不排除有人恶作剧……"吉米的回答显得非常谨慎。

不过，洛克似乎并没有耐心听他讲那么多，硬生生地打断了他，"你说的这些我都知道，我们今天晚上要开个会，太太们也都会到场。我们在会前可以先喝一点鸡尾酒，之后，我们就可以去俱乐部聚餐。时间是今天晚上六点，希望你们能准时到达。"

说完之后，洛克立即将电话挂断了。这通电话的针对性很强，如果他和玛丽缺席了今天晚上的会议，至少意味着，吉米今后就不太可能继续参加这个村子的社交活动了。

吉米权衡了一下，未来还是更加重要一些，他作为证券业务部的经理，要是没有村子里这些富豪的支持，他的业务根本就做不起来。

六点，吉米和玛丽准时赴约了。当他们到达洛克家里的时候，已经有十二对夫妇比他们先到了，他们都是整个村子里的社交精英。吉米从桌上端了一杯酒，然后就悄悄地溜到了某个角落里。他要尽量回避这件事情，对于这趟浑水，他的想法是能不蹚就最好不蹚。因为他始终不相信，赫文会做出那种事情。

从一开始，吉米和赫文夫妇的关系就处得很好。在吉米眼中，赫文对于一切事情都看得很淡。他曾经想成为一名演员，不过由于妻子的坚持，他最终过上了一种非常呆板的生活。

赫文太太就更不用说了，她和一般的女人不同，她年轻貌美，而且很有学识，谈到股票和投资方面的时候，她更是如鱼得水，除此之外，并没有什么特殊的癖好，是一个很好相处的人。赫文夫妇之前也在吉米的证券公司开过一个户头，之前，每当赫文要进行投资，基本上都是由他太太做决定。想到这些，吉米更加坚信，他们都是遵纪守法的优秀公民，绝对不会与杀人扯上任何关系。

洛克示意到场的诸位保持安静。他认真地说："很明显，现在我们必须建立一个委员会，只有通过这种方式，才能真正地保证我们自己的安全。我希望大家能够达成共识，我们绝对不能和这种败类生活在一起！"

"没错，在这件事情上，我们绝对不能退让！这种消息一旦传出去，我们村的名声也会毁于一旦，对于当地的房地产事业，更是一种毁灭性的打击！"村长非常严厉地说。

旁边的一位太太也插话道："何止是这些，你们想想看，还有我们的孩子，要是我们与这种人生活在一起，他们甚至可能……"

吉米在一旁喝酒，似乎喝高了一些，已经管不住自己的嘴了，"嗯，大家现在安静，听我说一句……"这个时候，他似乎又有些后悔，可是，在这个场面，话已经说出口了，不能不继续，于是，他深深地吸了口气，然后说，"要是剪报上对于赫文一家的评价属实，我想，最着急的应该就是我了。但是，我还是认为，我们不要太过于冲动，因为报纸上的那些信息很有可能是恶作剧，是假的。"

"我觉得……"洛克看了吉米一眼，然后接着说，"吉米说的这种情况不太可能出现，如果这些被散布的假消息一眼就被人看穿了，那么寄信的人何必要这般大费周折呢？我觉得，我们还是接受眼前的现实吧。赫文的确是一个非常奇怪的人，因为他从来不提及他的过去，哪怕是提了，也都是急急忙忙地一语带过，生怕我们从中窥探出什么，而且从来没有人知道，他到底依靠什么来维持日常的开销。”

“他根本就不是一般人，我曾经听他说过，他觉得我们的村子里需要一家上档次的成人书店，你们不觉得他的这种想法很奇怪吗？”

“他的太太也很奇怪，你看看她在泳池边穿的那身比基尼，你们不觉得有点像……”另外一个女人连忙插话道。

“好了，各位，大家先静一静。”洛克打断了大家的话，然后清了清嗓子，说，“我觉得，至少我们达成了一个共识，我们需要选出一个人来与赫文对质，要是他对此矢口否认，我觉得，我们就有必要把这个情况反映给警察局了，让他们向芝加哥的警察局提出申请，协同调查。”

此时，旁边一个男人的脸色看起来非常沉重，“要是他承认了这件事情，他必须立马从这里滚出去！”

村长则非常公道地说：“不可能的，短时间内搬不走的。你想想啊，他的家装修得那么豪华，要碰上个合适的买主怎么也得好几个月，而如果真有这件事情，估计要想卖出去就更难了。”

“这件事交给我来安排。”洛克想了想，说，“其实很简单，我们将那栋房子买下来就是，今天到会的所有人，都出点钱来买房子。如果我们还能向银行贷款的话，那就更好了，这样一来，我们要从口袋里掏的钱就更少了。甚至，我们还可以将房子抵给律师，让他来处理，等有合适的买主之后，我们再将房子过户，这样一来，我们就能很快地将他们赶走了。据我初步估算，也就差不多一个星期吧。"

村长似乎松口了，"我觉得这个办法也许行得通，可是，谁来跟他谈呢？"

"很明显啊，吉米就是最合适的人选啦。"说着，洛克看了看吉米，"吉米，你觉得这个提议如何？我们所有人里面，应该数你跟他最熟了吧。而且我记得，他之所以能进俱乐部，还是因为你引荐的。不过你也不要担心，哪怕这件事情是真的，我们也不会怪你，哪怕他真的和黑社会势力有瓜葛，我们也会分开来看，不会将这件事情怪罪到你的头上。"

洛克虽然这么说，但是他的话仍旧带着很强的责备语气，似乎在暗示大家，这一切都是由吉米造成的。随后，洛克说："这样吧，事情紧急，你明天就去他那里，将这一切都挑明了跟他说。你要跟他表明我们的态度，如果他的那些事情都是真的，他最好的处理方式就是将房子卖给我们，然后以最快的速度从这里搬出去，否则……"

第二天一早，吉米就出门了。他穿过马路，往赫文家走去。

此时，他的情绪简直糟糕透了。这件事情，足足让他和玛丽吵了大半个晚上。最开始的时候，玛丽的抱怨还只是局限于洛克身上，抱怨洛克逼着他去找赫文，后来，玛丽的重点转移到了吉米的身上，说他太容易受骗了，会有这样的遭遇就是活该。可这个话题还没吵完，他们就开始为其他的事情争吵了，甚至牵涉他们的爱是否真心一类的话题。到最后，两个人都失去了理智，开始相互咒骂指责。如今，吉米忧心忡忡地站在冰冷的阳光里，不知道该怎么办才好，不知所措的他渐渐地觉得胃开始疼了起来。

他慢慢地挪到了赫文家的大门口，刚站稳脚，门就打开了，赫文太太随即从里面走了出来。尽管吉米现在情绪糟透了，但当他看到年轻貌美的赫文太太时，心中还是泛起了一丝嫉妒。赫文那么大的年纪了，妻子却仍旧这么美丽诱人。

赫文太太差不多三十岁的样子，头发乌黑亮丽，身材曼妙多姿，一件剪裁得体的短套装更是突出了她的婀娜线条，手里拎着的那个皮包也显得很有品位。看到门口的吉米，她面带微笑地问："哟，吉米先生，今天是星期天，你也起得这么早啊？"

"是啊。对了，赫文在家吗？我找他有点事情。"吉米非常和气地说。

"他在里面呢。现在我要开车进城办点事情，刚好我哥哥今天也坐飞机过来了，算起来，我们差不多有半年没有见面了，我顺路也去看看他。对了，今天晚上，你和玛丽一起过来吃个便饭吧，我们也有很长时间没有好好聚一聚了。"

"谢谢你的邀请，但是我们今天晚上刚好有别的活动，所以有些抱歉了。"

一阵寒暄过后，赫文太太走到马路对面，钻进了自己的车里。从背面看来，赫文太太的身姿真是无比迷人啊，仅是想一想，就已经够刺激的了。

他紧紧地握了握拳头，然后深吸一口气，进入了赫文的家里。他想好了，一定要跟赫文好好地谈一谈。

进门之后，他发现赫文正坐在沙发上，一边喝酒，一边看着电视。

此时，赫文也抬头看了看门外，随后咧嘴一笑，对吉米说："嗨，一块儿喝一杯吧。你的脸色不太好，也许喝一杯就好了。"

"不，你太客气了。"说完，吉米就歪坐在了椅子上，看起来很不舒服，"没错，我心里确实有些烦心事，当然，要澄清这些事情还需要你的帮忙。你看看，就是这些东西，你觉得谁最可能给我寄这些东西？"说完，他就从口袋里将那些影印的剪报拿了出来，递给赫文。

赫文皱了皱眉，并且关掉了电视，然后仔细地盯着那些影印文件看。他看了很长时间，看完之后，又一动不动地在那儿坐了很久，看起来也没有最开始那么开心了。随后，赫文用一种非常疲惫的声音说："真该死，他们居然发现这些事情了……"

"他们？"

"嗯，我说的是芝加哥的那些警察，他们总是盯着我不放。之前，我们住在佛罗里达、加利福尼亚的时候，也发生过类似的事情。因为他们没有足够的证据，没法在法庭上以正当的方式整我，所以就用这种卑鄙的手段干扰我的生活。只要我换了个新的地方，并且在那里安顿下来之后，他们就会……"

"你的意思是，上面说的这些事情都是真的？你其实不叫赫文，你叫哈利？而且，你平时主要为黑帮服务？"

"噢，你先别紧张。的确，从报纸上看，似乎我是一个非常可怕的人物……"

吉米瞬间变得火冒三丈，"你真该死！你简直太可怕了！你应该清楚一点，你欺骗我，所以你连累了我！我居然还把你介绍进了俱乐部。亏我昨天还在为你辩护，我试图告诉大家，你是被人冤枉的，看来我真是多此一举啊。赫文，我现在告诉你，你和你的太太赶紧把这栋房子卖了，然后从这里搬出去！立刻！"

"你让我搬，我就一定要搬？"

"这可不是我一个人说的。洛克昨天组建了一个委员会，这也是他们的意思。如果剪报上的那些事情都是真的，那么就由我通知你，立刻从这里搬走。这算是最后的通牒，否则，我们会想尽一切办法，让你们没法在这里安安心心地住下去！"

"不，我可没有打算搬走的意思。"赫文慢吞吞地说，"之前，我被人从加利福尼亚赶走，随后，又被人从佛罗里达赶走，现在，无论如何我都不会从这里搬走了。"

"你就别傻了，你知道你这样做，会给你带来什么样的麻烦吗？"

"麻烦？这我还真不知道，你帮我分析分析。"赫文突然在椅子上坐正了，非常认真地盯着吉米看，然后接着说，"你们首先肯定会将我从俱乐部除名，其实，说老实话，那个俱乐部我也不想再待下去了，因为我走在街上时，那些人哪怕看到我，也会装作没看见一样。对了，有一种可能，过一段时间之后，我也许会在半夜接到一两个匿名电话……"

"还过一段时间之后……别开玩笑了！"吉米连忙打断了他，"你简直太低估我们了，洛克说得非常清楚，你们的这种事情，对于本地的房地产价格会有很严重的影响，所以，我们会想尽一切办法将你们赶走，并且会不断有人给你们打骚扰电话，甚至不排除一些恶意破坏的行为。此外，外界和官方也会对你们施加压力，哪怕你们向警方求助，他们也会对此不予理睬，你们甚至会被盯得更紧。要是你们开车出现违规，相关部门就会以最快的速度对你们做出处罚。还不仅仅是这样，政府的相关部门甚至会找出各种理由来刁难你，而且你也可能因此而承受比常人更高的税率。估计有一天，你们家的垃圾连清洁工都不愿意去清理。当然，如果你们连所有这些都能忍受的话，我们也不怕，总有一天，当我们受不了的时候，就会一把火烧了你的房子，并且将它夷为平地。对了，消防局的人肯定会赶到现场，但那一定是在所有东西统统烧光了之后。最后，你要搞清楚一点，并不仅仅只有我一个人支持这种做法，当然，如果……"

赫文考虑了一会儿，然后说："我只有一个要求，别让我的妻子成为众矢之的，其他的好说。但你也知道，要想将我这栋房子卖掉并不是一件很容易的事情，这块地并不小，而且最近的房地产市场也不是很景气……"

"这你不用担心，委员会会以高价购买你这栋房子。"

"噢，这听起来很不错。那么，你能不能帮我们再找个新地方呢？最好是没有人知道的地方。"

"这个嘛……恕我抱歉，你既然决定为黑社会做事，就应该事先有这种觉悟。"说着，吉米从椅子上站起身来，"不过……"

"请等一下！"赫文似乎用一种命令的语气在对吉米说话，"等你回到那个自以为是的委员会的时候，麻烦你将我的话传达给那些委员们。首先，当我第一次做这件事情的时候，我的第一位太太并没有死，但是她残疾了，需要不断地接受治疗。渐渐地，高昂的医药费压得我喘不过气来，因为这件事情，我花光了所有的积蓄。随后，银行不愿意给我贷款，我走投无路，才被迫为黑社会效力，因为他们愿意借钱给我。可是，我最后无法偿还这笔债务，所以他们告诉我，只要我愿意为他们效力，之前欠下的所有债务就能一笔勾销。出于无奈，我接受了他们的要求，毕竟，我不能放任我的太太不管。可是，到最后，我的太太仍旧去世了，而我这个时候也因为陷得太深，脱不了身了。"

吉米说："我能理解你的情况，但是，为杀手做中介这种事情……"

"我是没有办法才这样做的。当我知道他们说的'效力'指的是什么时，我已经没有回头的余地了。如果我在这个时候改变主意，我和我的太太都只有死路一条。何况，那些找杀手的人，也都有自己的苦衷的。"

"赫文，你是在为自己的罪行做辩解吗？"

"没有那个必要，我只不过在向你陈述一个事实罢了。如果一个商人到了要请杀手的地步，他一定是被逼上绝路了。对了，我想告诉你一件事情，剪报上面的那些新闻不全是真的，因为警方知道我的情况，所以就想把所有无法侦破的案子都往我身上推。但有一点，我可以向你保证，我介入的每个案子，那些被害人都是该死的，他们在生意场上，为了赚钱，用尽各种卑劣的手段，所以，必须将他们杀掉，才能保全另一个人的安全。不过，这里面有一个例外。"

赫文稍微停了停，然后接着说："我希望这件事情，你知道就够了，不要传给委员会的其他人。那名被害人是一个人的妻子，但她平时凶得跟个母老虎一样，她的丈夫实在忍受不了了，所以找到了我，然后我把他的情况告诉了我的经纪人。"

"你还有经纪人？"

"嗯，我平时就是这样称呼那个人的，事实上，我从来就没有见过他。我所掌握的信息，只不过是他的一个电话号码而已。如果有需求，我就会给他打电话，将委托人的名字告诉他。我们之间也不会有过多的通话，他会根据我所说的信息着手进行调查。至于后面的事情，他会和委托人单独联系，价格、交易、动手时间等，都是他和委托人敲定的。基本上，出手一次的费用差不多是一万五到两万，如果需要让整个事情看起来像一场意外的话，还得额外多加五千元。不过，现在经济不景气，货币贬值了，可能价格还得高一点。"

赫文的身后摆着一张桌子，上面放着一张照片。里面的赫文太太穿着性感的比基尼站在泳池旁边，那身姿，简直是诱人极了。

桌子后面的窗户正对着吉米的家，此时，他看见玛丽笨拙地朝门外走了出来，她的身体被裹在一件非常贴身的衣服里，鼓鼓囊囊的，显得丑陋极了。

吉米突然慢悠悠地问："对了，那个号码，你应该还留着吧？"

当天晚上，赫文太太从城里回来了。她将皮包放在了厨房的桌子上，然后坐下来说："看样子，洛克召集了一个委员会，怪不得吉米今天早上看起来非常古怪。哎……这种状况，简直跟我们在加利福尼亚和佛罗里达遇到的情况一模一样。"

"那是当然。"赫文给他的太太也倒了一杯酒，他们愉快地碰了一下杯，然后他说，"我觉得，这些剪报真是太成功了。首先，我们用这些假消息搞得邻居人心惶惶，他们居然愿意出高价将我们这栋房子买下来。其次，还有些很容易上当的傻瓜，居然真的给我们送钱了，原来他们也有雇凶杀人的需求。我估计，他们根本想都不敢想，我这辈子连一个真正的歹徒都没有遇到过，帮黑社会做中介的事情就更不用提了。"

"现在一共有几个人了？"

"现在一共有五个，居然还有洛克和吉米。洛克想把他的上司除掉，这样一来，他就能爬到最顶层的职位了。至于吉米，他想杀掉他的妻子。我觉得，据我的保守估计，等我们从这里搬走的时候，至少可以赚个二三十万。对了，你的哥哥可以扮演经纪人，这样一来，就有人和他们去谈价格了。对了，他会为这种根本不会发生的杀人案而收钱吗？"

赫文太太喝了一口酒，然后略微思考了一下，说："为什么不呢？我觉得，我们这一招真是绝了，如果那些蠢货发现自己受骗了，他们连警都不能报。如果他们要告发我们，他们自己也要背着教唆杀人的罪名，得不偿失。不过也没关系，真到了那个时候，我们早就不知道跑到世界的哪个角落了。话说回来，洛克会这样做，我并不觉得意外，不过，吉米这个老好人居然也……"

"其实，我只是用了一个小诱饵。我告诉他，我之前接过一个委托，委托人让我干掉他的泼妇妻子。没想到这句话刚说完，他就上钩了。因为我相信，他肯定会上钩的。我不是和你说过吗，对于每个人的人性，我其实看得很准的。"赫文得意地说。

证词的破绽

　　"下面请被告以及律师进行最后的答辩。现在传被告华伦。"法警喊道。

　　"传被告到前台宣誓。"

　　"被告华伦，你是否愿意郑重地发誓，证明你说的一切证词都是事实，并且没有任何捏造的信息？"

　　"我愿意。"华伦发誓说。

　　"请交代你的姓名和职业。"

　　"我叫华伦，在小镇上开了一家电器商店。"

　　"你可以坐下说话。请问，你今年多大了？"

　　"四十六岁。"

　　"是否结过婚？"

　　"已经结婚二十多年了。"

　　"平时住什么地方？"

　　"新泽西，不过是在靠近边界的地方。"

　　"也就是说，差不多是五十公里之外的地方了，那么，你每天往返都是自己驾车吗？"

　　"是的，星期六也是，像这样的往返，我一周差不多要进行六次。"

"你在维克翰镇开的那家商店几年了？"

"差不多四年吧。"

"你为什么会把商店开在那个地方？"

"由于父亲的去世，我继承了一笔遗产。之前，我一直都有做生意的念头，所以我决定用这笔钱来投资。选了很久之后，最终决定将商店开在那儿。直到目前，那都是维克翰唯一一家卖电器的商店。"

"生意如何？"

"还可以，但是和我的预期还是有很大差距的，而且，镇子上的居民似乎有些排外，加上现在……"

"嗯……华伦，检察官现在想确认一件事情。你曾经给玛丽送过一台电视机，那么我想确认一下，这台标注了'第十六号物证'的电视机，是否正是你送给玛丽的那台？"

"没错，就是我送的。"

"电视机是什么品牌的？"

"没有品牌，因为那台电视机是我自己组装的。"

"组装的？"

"没错，我只是想试验一下新的电路而已……而且，你知道的，对于一切新东西，我都非常好奇，想试验一下。"

"不过，我们发现，电视机的外面贴着一个品牌的标签，上面明确地写着，这台电视是'麦克牌'的。"

"因为组装的时候，我利用了一个旧电视机的外壳，主要是因为尺寸刚好合适，所以我就废物利用了一下，并且对它进行了一些处理，让它看起来像个新的。"

"你组装这台电视大概花了多少钱？"

"如果不算时间成本的话，其他的零件加起来差不多两百元吧。"

"我可以这么理解吗，你只不过是送给了玛丽一堆价值两百元的零件，而不是一台电视机？"

"当然，你要这么想也没什么问题。不过，先生，我想说，整个事情中我都没有考虑钱这个问题，因为她喜欢，我就送了，就是这么简单。"

"她是亲眼看见你组装的吗？"

"嗯，没错，她是我们店里的常客，所以，只要没有顾客上门，我就会去店里的办公室帮她装这台电视机。"

"看来，她也经常出入你店里的办公室了？"

"经常……我不知道什么样的频率能够算是经常。"

"比如说，每天都去，或者一个星期去两次，都可以算吧。"

"每天倒算不上，差不多隔两三天去一次吧。"

"如果可以的话，请你告诉我们，你第一次认识玛丽是什么时候。"

"那差不多是她中学刚刚毕业的事情了。那个时候她会经常到我店里买一些唱片，就像大多数的孩子一样，会在放学的途中到我的店里来逛一逛，顺便买唱片。"

"之后呢？"

"其实我也说不太清楚，总之，聊着聊着，渐渐地就开始互相信任了。她虽然是个学生，但感觉思想上、心智上都比一般的学生要成熟稳重得多。"

"看来，她一定长得很漂亮。"

"嗯，长得的确是不错，不过她貌似在学校并没有谈男朋友，感觉很孤单的样子。但之后没过多久，我就知道她为什么喜欢跟我聊天了。"

"华伦，如果方便的话，还希望你将她的性格告诉我们，或许会对我们的庭审工作有帮助。你现在可以陈述一下你所分析的原因。"

"或许，她在心目中把我当父亲或者伯父一样看待吧，毕竟她之前从来没有过，而且一直希望有。"

"什么叫'从来没有过，一直希望有'？这个我不太明白。"

"不好意思，我刚刚没有说清楚。她从小就不知道自己的亲生父亲是谁，一直是被继父抚养长大的。但是，她的继父有酗酒的习惯，而且是个为老不尊的老色鬼，性格也很乖戾，对于她也一直心存非分之想。此外，她的继父还得照顾一堆孩子，那些孩子都是那老色鬼和他的前妻所生的。据我所知，他的前妻是主动与他分手的。玛丽成长期间基本上得不到继父的照顾，并且每天还要干很多粗活，缺少应得的关爱。等她能够自己照顾自己的时候，她就选择了脱离家庭。"

"噢，那时候她大概多大年纪？"

"也就十三四岁的样子吧。"

"她那个时候住哪里？"

"她好像和她的一个姐姐住了一段时间，之后又换了好几个地方，但都是她朋友的住所。反正就是这个家里一个月、那个家里几个星期之类的。"

"那她有没有跟你说过和其他男人同居的事情？"

"不，她从来没有说过这一类的话题。"

"那你觉得她像是一个在外面鬼混的人吗？"

"不像，至少她在读书的时候，给我留下的印象不是这样的。我刚刚说了，她留给我最深的印象，就是她那与年龄不相称的成熟，不过，她似乎的确很容易轻信他人。"

"她信任你吗？"

"嗯，给我的感觉，她好像很想让别人同情她，所以总是表现出一副小鸟依人的样子。但我的直觉告诉我，她对我怀有发自内心的信任，不然她不会每天都跟我聊天。不过，我们的对话内容从来都不涉及她是否有男朋友，她提到的内容大多是糟糕的家庭环境、继父的恶劣行径，然后就是她多么希望能够早日毕业，然后开始工作，这样就能经济独立了。不过，好像她一直没能如愿。"

"你为什么会这么说？"

"她的功课并不好，有很多的科目不及格，所以，她连中学都没有读完，最后，她和其他一些类似的女孩被送到了一所救济学校，在那里学会了打字，外加一些秘书相关的工作，也正是在那儿，她学会了一些基本的生存技能。不过，她后来也给我打过很多次电话，她跟我诉苦，说那里的条件太差，而且和她一块儿生活的女孩很粗野，甚至有些还吸毒。她只在那里待了两个月，之后就离开了。后来，她就回来住了，自己租了一间房子，并且找了一份工作，一直到她遇害。"

"华伦，你觉得，玛丽有没有可能爱上你了？你要实话实说。"

"这个……我……我觉得有可能吧，不过，也许她的爱很特别。之前她也跟我说过，她希望能够找到一个爱她的人。"

"对此，你有没有鼓励过她？"

"鼓励她什么？爱我吗？不不不，先生，我不能这么做。"

"为什么呢？"

"这……我也不知道该怎么回答了，或许是因为，我对她怀有一份同情，也可能因为我和她的年龄差距太大了，也可能因为我已经结了婚，我不能背弃我的妻子。不过，说实话，我的确对玛丽心存好感，但并不是大家想象的那种感情。那种感觉很特别，跟对女儿的那种关爱不太一样。不过，从本质上来说，是差不多的，都是一种爱的保护，因为她的童年本来就很凄惨了，我不希望她在长大之后还受到别人的伤害。"

"那么，你有没有跟她说过这个？"

"我觉得这种事情不用说吧，她应该能够感受得到。所以，当她后来发现自己怀孕的时候，就把所有的事情都告诉我了。"

"她和你交代了，她跟另外一个男人之间有恋情？"

"嗯，她很快就告诉我了，差不多是几个星期之后吧。而当她发现自己怀孕的时候，就以最快的速度告诉我了，因为她当时非常紧张，根本就不知道该怎么办。我觉得她心里可能有些顾虑，她怕跟我说了这件事情之后，就无法跟我继续做朋友了。"

"你听到这件事情的时候，脑子里是什么反应呢？"

"我还能有什么反应呢？其实，当我知道她跟那个男人在一起之后，我就觉得，那个男人肯定会给她惹麻烦。他们是在之前的一次晚宴上认识的，两个人似乎一见钟情，很快就在一起了。我觉得，那应该是她的第一次恋爱经历吧。我不是很喜欢那个男的，不过对于他们的恋情，我也不加干涉，不想让她扫兴。她在恋爱初期，简直怀有一种近乎疯狂的高兴，根本就不在乎那个男的是有家室的人。她当时就认准了一点，他会跟他的太太离婚。其实，我当时就认为，这种事情根本不可能发生，不过，我并没有对她说什么。整个过程中，她都表现出非常高兴的样子，这种状况一直持续到她怀孕。"

"接下来呢？"

"其实这个麻烦我早就预料到了，我在听到这个消息的时候，可以说是悲痛欲绝。这个时候，她的看法发生了改变，她认为那个人并不是什么好东西，虽说平日里算是个有头有脸的人物，不过跟她在一起的时候，他什么都不是。平时，那个人一般会带她去很远的地方，这样一来，就不会有人发现他们在干什么了。不过，当知道玛丽怀孕之后，那个人可谓气愤到了极点，一个劲儿地指责，说玛丽不小心，并且威胁说，如果不接受他的钱把孩子打掉，以后就不要再跟他见面了。"

"他打算给钱，让玛丽去做流产？"

"是的，据说是给了五百元，玛丽把怀孕的事情告诉他的时候就给了。"

"这一切，玛丽都告诉你了？"

"嗯，都告诉我了。"

"你接着说下去。"

"当时，她并不知道该怎么办，一方面，她想继续和那个人保持关系，但与此同时，这种做法确实伤透了她的心，她恨那个人。我给她提了一个建议，让她去看望一个神父，不过，她并没有同意，并且把我的建议只当作一种精神上的慰藉。她还向我征求了意见，问我该如何处理肚子里的孩子。"

"你怎么跟她说的？"

"我当时就跟她说，一旦她选择了流产，那么她以后可能都怀不上孩子了，那个时候，她或许会更加痛苦。我费了很大的劲，我想让她知道，如果她把孩子生下来，那么她也算是找到了生命的托付。如果觉得抚养孩子有困难的话，完全可以将孩子交给别人来寄养，而且现在有很多这样的机构，至少这样，不会让她因为剥夺了一个鲜活的生命而在心中留下愧疚。而且我认为，从当时的现实情况来看，交给别人抚养，比她自己抚养更加可靠。"

"她对于你的建议有什么样的看法？"

"具体的我不太清楚，我只知道，她离开的那一刻感到非常开心。"

"也就是说，你并不知道她具体做了什么样的决定？"

"没错。不过我估计，那个男人肯定会威胁她，逼她把孩子打掉。"

"你恨那个人吗？"

"或许是这样的吧，反正对他没有好感。"

"你之前见过他吗？"

"不，从来没见过。"

"她也没有跟你提过那个人？比如说，名字、身份之类的？"

"从来没有，这似乎是他们之间的一个承诺，她答应过，不将他的信息告诉任何人。"

"那么，对于那个人，你有没有一点头绪？能不能大概猜一猜？"

"法官大人，我提出抗议。被告律师应该很清楚，他不应该让证人以任何的言辞影射他人。"

法官点点头说："伯斯先生，你的问题确实有些离谱了。"

"很抱歉，法官大人，我只是想，或许能够从证人那里获取到什么线索。"

"那么请注意你的提问方式。现在开始吧。"

"华伦，玛丽有没有告诉过你，那个男人到底是谁？"

"没有。"

"那么，她把怀孕的事情，以及那个男人给她五百元的事情告诉你，是什么时候？"

"差不多在她遇害之前一个月吧。"

"华伦，我想你应该非常清楚，玛丽遇害当天的详细情形是整个案件的关键点，所以，我希望你能将当时的情况一五一十地向法官陈述清楚。"

"好的。那天下午五点一刻，她给我打了一通电话，那应该是她刚刚下班的时候。"

"是她主动给你打电话的？"

"嗯，那个时候好像是因为，她打开电视，然后发现电视播不出图像，然后问我能不能等商店关门后去她那儿看看。然后我就告诉她，我会过去看看，有可能是焊接的地方出了点小问题罢了。我知道，她对于那台电视机怀有一种特殊的感情，只要她在家，就会把电视打开，不管有没有好看的节目，都会开着，从早开到晚。你也知道，因为她小时候的遭遇，她什么都没有，更不会有人送礼物给她。那天，我在店里打烊之后，就带着工具箱直接去她家了。其实我的店面离她家并不近，要走过二十多条街。"

"你之前有没有去过她住的地方？"

"去过几次，但都是在我的店关门之后，顺便把她送回家。如果要说进到她的家里，我只去过一次，就是送电视机的时候。那是唯一的一次，而且我也没有在她的家里待很久，也就几分钟吧。"

"那是什么时候的事情了？"

"一个星期之前。"

"你再没进去过？"

"没有。那儿其实连公寓都不算，她只租了一个小隔间。那栋房子很旧了，她的房间一面对着马路，一面对着过道和楼梯。"

"你有没有见过房东？"

"从来没有。"

"案发那天，你是在打烊之后，就直接开车去了她住的地方？"

"是的，那天其实天已经黑了。我到她楼下的时候，看见窗口的灯是亮着的，甚至还能听见电视机的声音。我走到楼上敲门，敲了很久，但是一直都没有人来开门。然后我就拧了拧门的把手，发现没有上锁。由于沙发挡着的，我开始没有看见她。我注意到，电视里应该是在播卡通片，不过我不确定，因为电视机那时只有声音，屏幕上并没有图像。"

"然后呢？"

"我在屋里喊她的名字，但是没有人回答我。我开始还以为她去房东那儿了，也可能去洗澡了。我就绕到了房子中间，这时，我才发现，她一动不动地倒在沙发前面的地上，脸都已经发乌了。我用手摸了摸她的脉搏，那时她已经什么生命迹象都没有了……"

"你后面隔了多久才报警的？"

"至于具体有多久，我也不确定，反正差不多十分钟吧，也可能十五分钟。"

"然后他们就以杀人的罪名将你逮捕了？"

"没错。"

"那么，华伦，我问你，请你认真地回答我，玛丽是不是你杀的？"

"不，我对天发誓，玛丽绝不是我杀的。"

"华伦，现在法官大人同意我将你转交给检察官先生，接下来的盘问将会由他进行。等他问完之后，我还有问题要问你。"

"好的，先生。"

随后，伯斯律师面向检察官说："哈克先生，现在是你提问的时间了。"

检察官随即说道："华伦啊，你知道吗，你的律师试图将你塑造成一个集慷慨、仁慈于一身的人，你对那个女孩心怀着一种父亲般的慈爱。根据你的证词，你的意思是，那个女孩因为那个并不清楚姓名的男子而怀孕，并且被他所杀。而且，在被害之前还遭遇那名男子的威胁，要她拿着他给的钱去做流产，而后因为那名男子的一次暴怒，那女孩被残忍地杀害。如果你说的这一切都是真的，那么他不仅仅杀害了那个女孩，而且还有她腹内的孩子，我想，这大概就是你要表述的内容，我概括得对吗？"

"法官大人，我抗议，检察官居然在陈词中使用这种明显带有中伤性的词语！"

"抗议无效！哈克先生，请继续。"法官说。

"如果我的言辞不慎冒犯了这位学识渊博的律师先生，我提前向你道歉。不过，我一眼就看出了他的当事人的真面目，因为他的当事人是个极度凶残、内心邪恶、善于攻心的杀手。正是他，跟这个年龄还不到他一半的小女孩保持着暧昧的关系，在发生了一些事情之后，为了摆脱自己的责任，处心积虑地编造了这样一则故事。他口口声声地说那个女孩另有情人，然后来表示自己的清白，以这种善良的举动和小女孩的悲惨遭遇来博得陪审团的同情，从而达到颠倒是非黑白的目的。我完全不相信他刚刚说的话，另外，我也请陪审团注意其他证人的证词，他们都提供了一些犯罪事实，而且他们都发过誓，当事人与被害人之间有一种非同寻常的关系，我希望陪审团不要被当事人的花言巧语给蒙蔽了。"

"检察官，你是要做辩论总结了吗？"

"不是，很抱歉，法官大人。"

"请你注意你的言辞，不要长篇大论，并且要注意向被告提问的范围。"

"华伦先生，你的店员们向我们证明，玛丽经常出入你的店，而且进入你的办公室都不需要敲门，每次进去，一待就是好几个小时，你承认这一点吗？而且，他们有好几次都亲眼看见打烊之后，你开车送她回家，这一点，你承认吗？"

"我都承认，这些都是事实。不过，他们的理解有误，我们之间没有发生过任何不正当关系。"

"真的没有发生过？你是想说，像你这样一个成熟健硕的英俊男子，在看到那样一个年轻貌美的姑娘时，心中不会产生其他的想法？你难道会坐怀不乱？不会受宠若惊？不会产生激烈的反应？"

"我承认我受宠若惊了，但并没有表现出你所说的那种激烈反应，更不是你说的那样。"

"我说的哪样？我可什么都还没说啊。"

"我知道你要说什么，你想说，我和她之间存在恋爱关系。"

"没错，我接下来要问的正是这个，现在请你告诉我，你和玛丽之间是否发生过性行为？"

"没有，我发誓，绝对没有！"

"那么，你能证明这一点吗？"

"法官大人，我抗议！"伯斯律师说。

"抗议有效。"法官说。

"抱歉，那么你是否承认，你跟她有发生婚外恋的可能？"

"法官大人，我再次提出抗议！"伯斯律师又说。

"抗议无效，我觉得这个问题提得很好。请被告回答这个问题。"

"我不否认。的确，我有好几次都开车送她回家了，这一点，我没办法找证人来证明。同样，我也无法证明，我直接从商店开车把她送回了家，或者说，我从来没有进过她住的房间，甚至说从来没有跟她在外面幽会过，做一些见不得人的事情。话说回来，有一点我承认，我的确有做这些事情的机会。"

"好的，那么华伦先生，我们现在来聊聊礼物的事情。你平时是不是一个非常慷慨的人？"

"我不理解你的平常是什么意思。"

"那么，你会不会给你的所有店员和顾客送礼物？"

"当然不会。"

"那么，你会不会为一部分顾客准备礼物？"

"偶尔吧。"

"你举个例子证明一下。"

"这没什么好证明的，我也没有那么多典型的例子。总之，如果我觉得一个人不错，我就会送一点小礼物，比如一张唱片。"

"不过，你从来都不送电视机，对吧。"

"当然不送。"

"但是，相比之下，你却送了一台彩色电视机给玛丽。那么，你还有没有给她送过其他的礼物？"

"圣诞节的时候，还有她生日的时候我可能会送。"

"只有那些时候吗？你没有给她送过钱？"

"钱我当然给过，但也只是偶尔给。"

"偶尔，那么，你偶尔给多少呢？"

"也许这次给十元，下次给五元之类的，一般都是在她手头很紧的时候，我只是不想她过得太艰难。"

"你都做到这份儿上了，你觉得陪审团会相信，你和那个女孩之间只是保持着纯洁的友谊关系吗？"

"的确，就是纯洁的友谊关系。"

"玛丽的这些事情，你的太太知道吗？"

"法官大人，我抗议检察官提出的这类问题。我不觉得，这些问题跟凶案本身有什么关系。而且，这些问题被告的妻子已经进行了证明。检察官现在的言辞，有故意诱导陪审团判断的嫌疑。"伯斯律师说。

"法官大人，我觉得那位学识渊博的被告律师说得不对，我现在提这个问题，完全是为了展现证人的性格，并非无意义的问题。"

"抗议驳回。"

"我的太太不知道，因为我从来没有向她说过。"

"不过，玛丽知道，你是个有家室的男人。"

"没错。"

"那么，你作为一个已婚男人，难道不知道，在已经结婚的情况下，和一个少女保持这样的暧昧关系是不正确的行为吗？你居然还想让旁人听信你的谣言！什么叫作另有一个她认识了四个月的已婚男人？被告根本不能提供任何证据来证明那个人的身份，所以，法官大人，我想说的是，这个案件中，根本就不存在第三者。我也希望陪审团的各位女士们和先生们注意，不要被这个骗子的花言巧语给蒙蔽了，他就是……"

"哈克先生！我要敲多少下法槌才能引起你的注意？作为陪审团，他们能够自行做出判断，不需要你来引导他们做出结论。"

"法官大人，对于刚才的言辞我非常抱歉。那么华伦先生，请你回答我的问题，如果确实存在这个第三者，请注意我说的是'如果确实存在'，在你的口中，他是一个非常重视名誉的人，那么，你觉得他杀害玛丽的动机是什么？"

"很简单，玛丽告诉他，她不打算堕胎，所以，他听到这个消息之后，勃然大怒，在情绪失控的情况下失手将她打死了。"

"这是你的猜测？"

"没错，我猜的。"

"华伦先生，我总结一下你所说的。你承认了跟这个女孩有关系，然后你让我们相信，你是一个品德高尚的人；你承认你给她送礼物，然后你让我们相信，你是一个非常慷慨、没有其他心眼的人；案发后，警方到达现场时，整个现场只有你在场，然后你让我们相信，你留在那儿，并不是因为没有逃跑，而是出于一份责任；很多人做证，你开车送她回家，但你让我们相信，你平时都在她家外面，只进去过一次，而且只待了几分钟。你说整个案子有第三者存在，但是到目前为止，你却给不出证明这个第三者存在的任何理由。不仅如此，之前的所有内容也都没有证据。请问，你所说的这一切，我们要怎么相信？"

"无所谓，因为我只是在陈述事实而已。"

"那么，我再问你一个问题，你前面不是说那个男人给了她五百元吗？钱呢？警方在现场并没有找到，调查过她的户头之后，发现她也没有存银行，而且也没有买什么大件物品。我想知道，她把那笔你所假定的五百元给放到哪里了。你不会告诉我，她不小心丢了吧？"

"这我不清楚，也有可能她还给那个人了。"

"法官大人，我要问的问题已经问完了。"

法官看了看伯斯律师，问："请问，伯斯律师是否还有问题要询问证人？"

"法官大人，我决定先仔细研究一下这份证词，其他的问题我想等到后天再问。"

"检察官对此是否有异议？"

"没有。"

"很好，那么现在休庭，下次开庭时间是星期四上午的十点。"

时间转眼到了周四。

"现在开庭，今日由杰姆法官来进行主审。"

"先提醒被告，上一场庭审中，你的誓言依旧有效。现在，请伯斯律师对被告进行提问。"

"法官大人，我有一个请求，在我询问被告之前，不知是否允许我的助手带一个插头上来，我想插在电视机上，也就是案件的第十六号物证上。"

"请问，你这样做是出于什么目的？"法官问。

"被告之前曾经说过，玛丽的电视机出了故障，需要进行修理，我只是想对此做一番证明。"

"请问检察官对此是否有异议？"

"报告法官大人，没有异议。"

"好的，你可以进行试验了。"

"杰克，麻烦你帮我把插头的那一头插上……好的，谢谢！华伦，你说玛丽给你打过电话，请你去她那儿修理电视。不过，等你到那儿之后，你看到的情况是，电视没有图像，但有声音，对吧？"

"没错。"

"很好，现在请你离开被告席，把电视打开。"

"你是让我打开电视机的开关吗？"

"没错，就是这样。现在打开了吗？不过，我现在只能看到黑黑的屏幕，别说图像了，就是线条都没有，好像根本没打开一样。对吗，华伦？"

"是这样的。"

"尽管如此，但我们还是能够听到电视机里发出来的声音……嗯……这像是第七频道的节目，没错吧？"

"是的，的确是第七频道。"

"法官大人，我现在想请维克翰镇的高尔警官来做证，可以让他暂时离席吗？"

"可以，传高尔警官到证人席。"法官说。

"警官先生，现在麻烦你回忆一下案发现场，你们到达的时候，电视机响了吗？"

"没有。"

"那么，这台电视在被送去警察局的这段时间里，你们有没有人碰过它？或者说，有没有人打算修理一下它？"

"也没有，我们只是在上面撒了一些药粉，因为要提取指纹，别的什么都没有碰过。"

"好的，那么你们的检查结果如何？是不是只有两个人的指纹？一个是被害人的，另一个是被告的？"

"的确如此。"

"好的，警官，谢谢你。现在，我想请被告回到证人席上。华伦，有关于这台电视机的详细情况，我还要咨询一下你。你之前说过，它是你亲自组装的，对吗？"

"没错，从里到外都是我组装的，用的零件不是我原来剩下的，就是重新买的。"

"我可不可以这样认为，你对这台电视机非常了解？"

"没错，我非常熟悉。"

"很好，那么，我想让你就在这个地方把它修好，你能做到吗？"

"法官大人，我抗议！被告律师做的这种表演没有任何意义！简直就是在浪费庭审的时间！"检察官说。

"伯斯律师，你能给出合理的理由吗？"

"法官大人，这台电视机很可能关乎被告是否有罪，所以，我希望法庭不要轻易否决他证明自己的每一个机会。"

"很好。抗议无效，你继续。"

"谢谢法官大人。华伦，现在请你将工具袋拿出来，也就是本案的第二十四号物证，你看看，用这里面的东西，能否将电视机修好。"

"那么，我试试看。"

"法官大人，我希望在接下来的部分，你能够仔细地进行记录。现在，被告将整台电视机都翻转了过来，他用起子拧开了铰接的螺丝，然后将组合盘取了出来，现在，他在对电路进行检查。华伦，请问你现在有没有找到问题的所在？"

"我想我找到了。和我最开始估计的情况一样，有一个接头松了，只要稍微焊接一下，问题就能解决了。"华伦熟练地用电焊焊接了一下，然后说，"好了，现在再打开电视的话，就能看到图像了。稍等一下……嗯，现在有了！"

伯斯律师看了看电视机，然后说："法官大人，我刚刚说得没错，的确是第七频道。色彩非常鲜艳。好的，华伦，谢谢你。现在请你把电视机关掉，然后回到证人席。华伦，请你再回答我几个问题。这台电视机的机壳你是从哪里弄来的？"

"机壳原本是一台旧的'麦克牌'电视，那台电视坏了，我就把壳子拆了下来，然后在里面重新安装了新的零件。'麦克牌'电视的外壳都很轻，这是优点，所以我留下来了，新换的零件都是我精心配制的，所以，电视调控起来很方便。"

"你说的调控指的是这个音量大小的控制钮吗？"

"没错。"

"好的，华伦，现在请你告诉我，你的这台电视机上，不管是它的外壳，还是这个音量的控制钮，或者说其他的地方，有什么东西能证明这台电视机是彩色电视呢？"

"没有。"

"噢，那么，你在给出证词的时候，或者说我们在进行问话答话的过程中，我们两个人里面，谁提到过这台电视机是彩色的？"

"我们都没有提过。"

"为什么我们不提呢？"

"因为这件事情，我们俩都知道，如果另外还有人知道的话，就只有玛丽的那个情人了。"

"好的，我们是不是在一开始就知道，玛丽的那个情人究竟是谁？"

"是的，这点我们早就知道，不过，我们证据不足，无法证明。"

"那么，我们是怎么知道的？"

"因为玛丽亲口告诉我的。"

"也就是说，你之前在证词中撒了谎？"

"是的，这一点，我承认。"

"那么，你为什么要撒谎呢？好吧，这个问题我来回答。法官大人，华伦的撒谎是经过我的同意的，首先，我还请你能够原谅我的这种行为。那么为什么华伦或者说我们俩要撒这样一个谎呢？"伯斯律师问。

华伦说："因为我们知道，真正的凶手是一个有权有势的人，单凭我个人的一面之词，根本不可能指控他，所以……所以我们冒了一个险，我们赌他会在庭审过程中说一些事情，问一些话，然后从这里面发现破绽，再揭露事情的真相。"

"可是，华伦，现在很多电视都是彩色的啊，他完全可以用猜，而且猜中的概率很大。"

"没错，的确有这种可能。不过，除了我们之外，只有他知道第一次遇见玛丽的时间。那是四个月前的事情了。关于这个细节，我格外小心，自始至终都没有提过。"

伯斯律师看着法官，然后说："哈克先生，我的问题已经问完了，现在，证人交给你了。"

此时，作为检察官的哈克，却在法庭上当着众人的面哭了起来。

完美合作

赫伯在门边站着，一只瘦弱的手里抓着一顶高帽子，外加一把折叠伞，另一只手则搭在半掩着的门的把手上。他回过头说："妈妈，我走了。"声音打破了清晨的宁静。

"祝你今天过得愉快！"身后的卧室里传来了一阵甜甜的声音，不过，那声音听上去似乎没有多少精神，"孩子，你今天晚上会不会迟到？"

"妈妈，我会准时到的。"

"记得是七点钟！"

"嗯，我记得呢。"他附和道，表现出一副心不在焉的样子。他环视了一下起居室，心中不免一动。家里陈设着优雅的家具，墙边的红木橱柜里摆放着母亲多年以来收集到的精美瓷器。角落里还有个饰品架，上面有很多做工精巧的小玩意儿。可是如今，这些都只能留作怀念了。

在赫伯的眼中，这个房间一度是他的骄傲，在晨光的映照下，里面的每件家具都闪耀着华丽的光辉。现在，所有的东西都已经褪色了，看上去显得陈旧而疲惫，这其中甚至包括他的母亲。这一切，都因为 1929 年生意场上的意外，之后不久，母亲又成了寡妇。由于赫伯的薪资非常微薄，不足以维持整个家庭的开支，所以，母亲自始至终都在坚持工作，从未放弃。

赫伯最后回头望了望，他的母亲身披一件法兰绒袍子，然后走进了厨房。他轻轻地跟她道别，等厨房里传来了一句熟悉的"再见"时，他随手关上了房门。

他走进电梯，按了按钮。这部电梯很有年份了，里面刻满了年轻人的名字，他们都是这栋楼的住户。然而，他的名字并不在其中，想到这里，他的内心突然觉得有些伤感。他已经四十岁了，在这栋楼里住了整整三十年，他曾经想过在上面刻下自己名字的缩写，但也只是想想而已，事实是直到现在也没有刻成。他用手摸了摸放在胸前内袋里的那块怀表，它的末端配有一把迷你金刀。当时，他心中涌起一股冲动，准备拿起刀子刻字，不过，由于生性胆怯，加上他的道德约束，他的手又从口袋里抽了出来，什么都没有拿。他只是轻轻地叹了口气，知道自己再也不可能有这样的机会了。

赫伯做事一丝不苟，但是非常拘泥于形式；平时生活很有规律，却枯燥乏味。此时，他已经走出了电梯，沐浴在清晨的阳光里。他今天要完成一个五十万的偷窃计划，而且必须在日落之前完成。他没有过多的想法，只是微微一笑，像是在给自己打气。

和平时一样，他在第三节车厢的后面选了一个位置坐下来，并且将今天新买的《纽约时报》整整齐齐地叠成整张报纸的四分之一大小，然后用他那有些近视的眼睛浏览报纸上的新闻。

过了一会儿，列车到达华尔街车站。此时，车厢里包括赫伯在内的很多人都站起身来。赫伯跟着那些身穿黑色西装，头上戴着圆礼帽，手里还拿着一把雨伞的人下了车，并且沿着马路走了一小段，然后拐进了路边的一栋灰色的大楼。进门之后，他们都朝门口站着的保安点了点头，然后搭乘电梯去了大楼的十六层。走出电梯之后，赫伯在一扇不透明的玻璃门前停了下来。他注意到，玻璃门上刻着：泰波父子公司，成立于1848年，现为纽交所公会会员。

他沿着通道朝里面走去，将里面一扇栏杆门推开，一块黑板呈现在他的面前，上面记载着前一天各大公司的股票收盘情况，不过，他看也没看，直接走进了里面一间小办公室里。整个房间里只有一扇窗户，形状看起来像个鸟笼。房间里面一共摆放了六张办公桌，每张桌子上都嵌着一个用玻璃做成的档案柜。赫伯的办公桌与其他人的桌子是分开的，以此来表明，他是这家公司的老员工，已经工作了整整二十三年了。

大约九点的时候，办公室里的其他员工陆陆续续都到了。比利也算是一个老员工，他在公司干的时间只比赫伯少两年。高高瘦瘦、略显憔悴的他在见到赫伯之后，匆忙地打了声招呼，然后便坐到了自己的工位上。芬迪小姐很有才干，年纪也不大，差不多三十岁的样子，赫伯看到她的时候，她正在补妆，完事之后，便坐在了桌子后面的工位上。她的工位紧挨着通往泰波副经理办公室的橡树门。接下来走进来的是公司的两名低级员工，他们入职的时间都不长。最后进来的人叫劳伦斯，他的妈妈是副经理的妹妹。他前脚刚踏进办公室的门，副经理就从办公室里走了出来，准备检查员工的出勤情况。当看到所有员工都按时到岗时，副经理心中非常高兴，随后，他示意芬迪小姐去一趟他的办公室。

大约过了一个半小时，芬迪小姐从办公室里出来了，接着，副经理也跟了出来，并且走到赫伯身边，假模假式地说："早上好，赫伯，最近过得好吗？"

"挺好的，泰波先生，谢谢你的关心。"赫伯回答。

"对了，今天已经是星期五了，下午的时候，会有一批特种债券送到公司，你负责清点一下。那些债券都是可以在市场上流通的，不过暂时要先存放到公司的仓库里。"

赫伯点了点头。

这个时候，劳伦斯突然走到了泰波的身边，然后说："舅舅，要不也让我锻炼锻炼？"

"赫伯，你怎么看？"泰波看了看赫伯，然后问道。

很显然，赫伯早就打好算盘了，他拒绝了劳伦斯的提议，对泰波说："这不是什么麻烦事，我一个人就能搞定。"

"好的，那就交给你了。"泰波点了点头。

此时，劳伦斯坐回了自己的工位，泰波也转身回到了他的办公室。赫伯环视了一下整个办公室的情况，大家都在忙着自己手里的事情，于是他提起电话的听筒，先后打了三通电话：第一通电话打给了他的母亲；第二通电话似乎是约了某个人见面，地点就在附近的一家自助餐厅；最后一通电话则打到了楼下的地产公司。

等打完三通电话之后，他将办公桌中间的抽屉拉开，在里面翻出了一叠空白的假收据。这些收据，还是他上个月想办法从一家运输公司里面弄出来的。碰巧，今天下午送债券的也是这家公司。

他拿起一支笔，开始填写这些空白的收据。等到差不多中午的时候，这些收据就都填好了，他将这些收据重新放回原地，并且锁好了抽屉，然后戴着帽子、披着外套走出了公司。

他走出电梯之后，直接来到了马路上，沿着人行道快速向前走着，一直走了五个街区，最后来到一家小的自助餐厅。

他从取餐区拿了几种食物，然后端着盘子，在两名男子身边坐了下来。他们两个人，一个叫布朗，看起来身材魁梧，另一个叫斯通，看上去则显得有些弱不禁风。他们都是黑社会的外围人物，为了找到他们，赫伯在纽约的大小酒吧一共转悠了三个星期。

赫伯和他们俩一块儿吃的中饭，并且向他们解释了为什么要叫他们过来。起初，他们都表现得很平静，可当赫伯将具体的金额告诉他们时，他们简直惊呆了。

"有一点你们可以放心，这件事情做起来绝对安全，因为计划做得相当完美。"赫伯跟他们交了个底，然后将详细的行动步骤告诉了他们。

整个计划当中，时间是最重要的因素。赫伯很清楚，星期五那天，所有的同事一般都会提前下班，因此，斯通和布朗最好提前赶到楼下的地产公司，然后假装坐在里面谈业务，事情完成之后，就直接从消防楼梯逃走。至于芬迪小姐，她习惯在下班前的五分钟去厕所的洗手池前化妆，所以抢劫计划也要避开这个时间段。

整个计划其实没有什么难度。斯通和布朗事先埋伏好，等赫伯带着那批债券打算进入泰波的办公室时，他们俩就要悄悄跟进去，然后拔出手枪，从赫伯的手里抢过债券，然后还要把泰波打晕。为了不让他人怀疑，他们也要打赫伯。不过，赫伯对此特地跟他们强调："不许对我造成人身伤害。"

"要是芬迪提前回来了，那我们岂不是很麻烦？"斯通问。

"嗯，一旦整栋楼被封锁了，所有的人都要接受搜身调查，这样一来，他们肯定就会找到那些债券的。"布朗跟着附和道。

"不，这点你放心，他们找不到的。至少，债券不会在你们身上。"赫伯非常自信地说。

斯通和布朗听赫伯这样说，不自觉地扬起了眉毛。

"接下来，我要说最后一个细节了。"赫伯示意那两个人凑过来一些，然后小声地说，"你们注意，抢完之后，就把那两卷债券扔进旁边的废纸篓里，另外，我会故意留一些废纸在桌子上，等你们离开的时候，顺手将那些废纸扫到地上，把那些债券挡住就行。然后，你们就按我刚才说的，从消防通道出去。记得把面罩摘掉，然后装作什么都没有发生一样，坐电梯下去。"

"照你这么说，即使有人触发了报警的警铃，我们也不用担心了？"布朗问。

"那是当然。"

斯通想了想，然后问：等等，我有个问题。扔在垃圾桶里的债券最后怎么弄出去？"

"这很简单。到时候，警方肯定会过来找我谈话，而且，他最后肯定会认为，我是无辜的。当他们完成调查，从办公室离开之后，我就会把那些债券从废纸篓里拿出来，然后装进我的手提箱里，这样，我和债券就都出来了。"

"这个主意不错。我们轻轻松松地就能把五十万弄到手，而且还不用冒着被抓的风险。"

斯通问的问题则更加实际："如果我们拿到那些债券之后，可以卖多少钱？我记得你之前说过，那些债券很好脱手。"

"我们大约可以换到二十五万，这个你们可以放心。我们现在再合计一下时间的问题。"赫伯说。

他们三个的脑袋凑在一块儿，将整个计划的步骤重新梳理了一遍。之后，赫伯从座位上站起来，将那顶圆礼帽戴在了头上，非常严肃地说："那么，再见了，下午四点五十八分，我们准时见面！"

大约三点半的时候，那批特别债券被送到公司。布朗和斯通在四点左右也进入了大厦。

四点十五分的时候，劳伦斯已经提前下班了，接着，那两个年轻的低级职员也离开了办公室。赫伯从抽屉里取出一张黄色的收据，他开始在上面登记一些根本不存在的假项目。过了一会儿之后，比利也离开了。

他看了看时间，居然已经四点五十五了。看来，斯通和布朗准备从楼下的办公室离开了，这个时候，芬迪应该要去洗手间化妆才对。

果不其然，芬迪打开她的抽屉，从里面拿出一个大大的手提包，然后转身走进了洗手间。经过赫伯的桌子旁边时，芬迪还朝他笑了笑。

这时，他迅速地将一个纸篓放在了提前计划好的地方，并且在桌子旁边放了十来张废纸，而且有几张纸故意就罩在纸篓上。他站起身，仔细地打量了一下布置的场面，觉得非常满意之后，他用橡皮筋将那些债券捆了起来，并且压得紧紧的。

一切就绪之后，他就站在那里看着时间。现在已经四点五十八分了，那两个人应该要出现了。

赫伯将眼睛闭了起来，然后又缓缓地张开。此时，他发现，办公室的大门开了一条缝，两个戴着面罩的人闪进了办公室。

整个抢劫的过程，完全按照计划设想的那样进行着。赫伯倒在地上，用眼角的余光看见捆好的债券被扔进了废纸篓里，桌上的那些废纸也按照计划落到地上，并且刚好将债券给挡住了。

接着，他看见四条腿快速地离开了办公室。

一个小时之后，警方已经完成了对整个案发现场的勘察。警官首先询问了芬迪小姐和泰波副经理，接着，便开始询问赫伯。

"赫伯先生，你的意思是，你并没有看清歹徒的面孔？"警官坐在赫伯工位的桌子上问，两只脚悬空着，时不时还晃两下。

"没错，他们都戴着面罩。不过，他们两个人中，一个高高瘦瘦的，另一个刚好相反，矮矮胖胖的。"

警官拿起一张号码单，然后问："这上面列着的，就是这次被抢走的债券号码吗？"

"嗯，没错。"

泰波副经理问："警官先生，你还有什么问题要问我们吗？"

"你们俩我没有什么要问的了，不过我可能还有几个问题要问赫伯先生。"

"那我们就先走了。"说完，泰波带着芬迪离开了办公室。

这个警官在问话的时候，脚总是来回不停地摆动，他的脚无意中踢到了放在一旁的废纸篓，纸篓当时就晃了一下，好在没有翻倒。不过，赫伯心里还是不免惊了一下，因为他看到，盖在上面的一张废纸落在了地上，有一捆债券已经露出来了。

不过，警官似乎并没有注意到这些。

他站起身来，仔细地打量着泰波副经理的办公室。此时，赫伯则装作不经意的样子，将桌上剩下的废纸给推进了废纸篓里。

他跟着警官来到了副经理的办公室。此时，他注意到，一个满脸皱纹的老女人推着一辆手推车走进了办公室，手推车上还放着一个大麻袋。

警官朝那个老女人看了看，然后说："是你们大楼的清洁工吧。"说完，便将赫伯拉进了办公室里。

赫伯将当时的情况详细地向警官叙述了一遍。在这个过程中，他感觉到，外面有人在擦桌子，还听到了一阵细微的响动，应该是有人拿起了那个垃圾篓，然后将里面的东西倒了出来。

几分钟之后，他们两个人从办公室里走了出来，赫伯则急急忙忙地回到了自己的办公室，他一低头，那个原本装满废纸的纸篓，现在居然空了！

　　刚刚那个清洁工推着手推车，走出了办公室的大门。他盯着那个行走在走廊里的背影，心中一阵紧张。

　　警官之后与赫伯又聊了半个小时，然后，跟他一块儿搭电梯下楼，从大楼走了出去。

　　警官坐着警车离开了，赫伯此时赶紧跑到街道的拐角处，然后叫了一辆出租车。出租车直奔机场而去。车刚停稳，赫伯连忙打开车门，飞奔出去。

　　当他跑进候机大厅的时候，喇叭响了起来："各位旅客请注意，现在是最后一次播报，请乘坐706航班，去往里约热内卢的旅客，从4C号登机口登机。"

　　他立即赶到了4C登机口前。此时，一位身穿黑色大衣、头戴花边帽的女人正背对着他站在登机口，身边还有两个大行李箱。

　　赫伯连忙走上前去，然后轻轻地拍了拍那个人的肩膀，然后说："妈，还好我及时赶到了。"

　　"真是太好了，一切都顺利吗？"她的声音仍旧那么甜蜜，和早上不同的是，她现在显得有精神多了。

　　"嗯，挺顺利的。"说完，赫伯接过了两个大行李箱，然后朝登机口走了过去。整个人看起来特别高兴。

　　他的妈妈之前是泰波父子公司的清洁工，从今往后，她再也不用去了。

爱的代价

瓦特回家的时候，那瓶杜松子酒还没有开封，而现在，那瓶酒已经被喝掉一半了。

屋里有一个女人正卖弄风情，用一种黏黏糊糊的声音对他说："瓦特，你打算把我怎么样？"然后用一种非常迷蒙的眼神打量着坐在桌子边的瓦特。

她现在看上去非常燥热的样子，连穿在外面的毛衣都脱掉了，一双肥嘟嘟的手搭在桌子上。青春不再的安娜如今俨然一副人老珠黄的模样，不仅双手失去了迷人的光泽，连大腿上也是青筋毕现。每当瓦特看到那条糟糕的腿，再强烈的欲望都会消退一半。

眼见瓦特没有任何动作，她又问了一遍："瓦特，你要把我怎么样嘛……"说完，她探过身子，将两只丰满而肥大的乳房搁在了桌面上。"你现在还不打算带我上楼吗？我觉得，你可以不用再喝了，刚才那些足够助兴了……"

虽然瓦特并没打算把她带上楼，但内心对她还是留有一种温情的。安娜其实挺可怜的，没有人相信，她头上的金发居然是假的，乌黑靓丽的睫毛是因为涂了睫毛膏的缘故……他不想伤害她，更不想惹她伤心，一旦泪水混合着黑黑的睫毛膏流到脸上，那就更难看了。

安娜是一个很坚强的女人，所以，她应该不会轻易流下眼泪。但即使是这样，他现在也不能将真相告诉她。或许她已经猜到了什么，但重点在于，他现在根本就没有勇气，开不了口。

他又往两个酒杯中倒了一些酒。

安娜说："瓦特，如果我们再这样喝下去的话，今天晚上你就得自己做饭了，要知道，我原本准备今晚给你做大餐的。"

瓦特什么也没有问，只是说："不必了，我吃了下午茶，现在还不饿。"说完，他端起杯子，猛地喝了一口。

坐在对面的安娜也喝了一口，然后朝着瓦特微微一笑，那种笑容非常深邃，似乎暗含着一丝忧虑，也可以说带着几分关切。

过了一会儿，安娜突然问："瓦特，你是不是遇到什么麻烦了？被解雇了吗？"

他摇摇头，仍旧无法开口说话，不过那并不是因为懦弱。瓦特顿时觉得，想要打破眼前的这种僵局，真不是一件容易的事情。他端起杯子，将里面剩下的酒一饮而尽。此时，他意识到，就这么逃避等待也不是办法，而且再这么喝下去的话，今天的话肯定也谈不成了。他鼓起勇气，权当是为了他自己的将来，这件事情，无论如何，今天晚上必须解决。

"安娜……我……"他终于开口了。本来，他打算大声地喊出来，可真的开口之后，声音却又变得无比柔和了，里面甚至还夹杂着些许哽咽，"安娜……我要离开这个家了……"

安娜眨了眨眼睛，看着眼前的瓦特，她确信瓦特喝醉了，所以根本没有把他的话当一回事。安娜不停地安慰瓦特，让他不要胡思乱想。

"不，安娜，我是跟你说真的……我……我没喝醉。我真的要走了，我不得不离开你，而且就在今天晚上。本来，我打算打电话给你说这些事情的，或者采取写信的方式。不过，我后面想了想，我不能做那么无情的事情，所以，我决定鼓起勇气，要当面把这件事跟你说清楚。"瓦特说这些话的时候，显得特别认真，丝毫不像是在开玩笑。

听到这句话，安娜瞬间吓呆了，她的牙齿咬在嘴唇上，身子不住地在发抖，原本肥胖的脸瞬间塌了下去。凭着多年来的生活经验，她确信瓦特没有对他撒谎。她坐在椅子上，过了好一会儿才缓过神来。她有些茫然地看着瓦特，然后问："我是不是做了什么对不起你的事情，惹你不高兴了？"

"不，安娜，一直以来，你都做得非常好，你是一位很好的太太，从开始到现在，你一直都是。"

她听完瓦特的话，怎么也弄不明白。"可是，你刚刚明明说了，你要离开我……"

"我的确要离开……"

"你想去哪里？"

瓦特知道，安娜一定会问这个问题，与其到头来让她发现，不如现在直截了当地跟她说清楚。"我要去另一个女人身边……"他的声音很小，同时，也显得极不情愿。

"另一个女人？"听到瓦特的回答，她丝毫没有生气，也没有表现出非常伤心的样子，好像只是很不理解瓦特为什么要这么做。

"我想知道，她是谁？叫什么名字？"

"莉丝。"瓦特小声地回答。

安娜像是突然想起了什么一样，吃惊地看着瓦特，过了好久之后，又用一种不敢相信的口吻确认了一遍："你说的是……莉丝？"

瓦特坐在椅子上，耐心地等待着安娜的爆发。他心里很清楚，这对于一个女人的自尊来说，是一种莫大的伤害。而且，这种伤害是持续性的，一时半会儿根本不可能缓和过来。

她平复了一下情绪，然后问："你说的莉丝……难道是住在白兰地胡同的那个？你说的是那个莉丝吗？"

"没错。"瓦特点了点头。

安娜将手中的酒杯放了下来，好像不敢相信自己的耳朵。她摇摇头说："你再说一遍？"

"你没听错，就是她。"

"你现在急着跟我分手，为的就是能跟她一块儿同居吗？"

"嗯。"瓦特的声音已经小到快听不见了。

"你们打算同居多久？永远吗？"

"差不多吧，安娜，至少我是这样想的。"

"我想起来了，那次参加大会的时候，她也在，我注意到你还偷偷瞟了她几次。"

"嗯。"

"对了，你们在酒吧也见过！"

"嗯，我根本就没想到，你会注意到这些细节。"瓦特说。

"居然是那个老莉丝！那个老女人！瓦特，你没搞错吧？她那么老了，年纪比我大，甚至比你还大！"

"我知道……"

"而且她还很胖，比我还胖！"

"或许是这样的。"

"凭什么！她既不是玛丽莲·梦露，又不是索菲亚·罗兰，那么她凭什么……"

"是的，她什么都不是。"

"那你倒是告诉我啊，到底是为什么？她很有钱吗？依我看到的情况，她不像个有钱人啊。瓦特，你告诉我，她是不是跟你保证了什么东西？比如说，她保证你跟她在一起，会有享不尽的荣华富贵？"

"不……我原来的工作还是继续要做，我白天仍然要上班，做跟之前一样的事情，晚上……"

"然后你打算晚上直接去她那儿，不再回我这里了？"安娜连忙接话道，"瓦特，你真的打算跟我离婚吗？"

"如果可以的话，我觉得离婚比较好……"

安娜立即给自己倒了满满一杯酒，然后一口就喝完了。她非常不理解地说："我真搞不明白，莉丝那么老，那么胖，而且也没钱，这些你都不在乎吗？你到底是瞎了眼，还是脑子有问题？你告诉我！"

"不，都不是……"瓦特的内心很纠结，但他知道，他必须将这件事情跟安娜说清楚，毕竟，安娜对他一直很好，她应该知道事情的真相。

"那到底是为什么？她的丈夫才死了没多久，尸骨未寒，她都不用守丧的吗？老贝尔啊，死了才不到一年，她居然就做这种事情，你不觉得，这种女人很可怕吗？"

"安娜，你说得没错，问题就在这里。"瓦特觉得这是个好机会，于是连忙打断了安娜的话，"老贝尔之所以会死，和我有很大的关系。"

安娜的脸上再次显露出了迷茫的表情，她完全不明白瓦特到底在说什么。

"其实，莉丝已经喜欢我很久了，至于原因，你就不要问了，我也不知道该怎么跟你说。不过，我很清楚，她一直对我有好感，所以，她会时不时地跟我说一些悄悄话，或者是邀请我一块儿出去玩。我当时就告诫过她了，希望她不要这样做，这是不好的行为。我甚至明确跟她说了，她已经是有丈夫的人了，勾引其他男人的这种事情不要做。可是，她对我的忠告根本不予理睬，不管我说什么，她都回答我一句话：'我从不勾引男人，除了你。'直到参加完老贝尔的葬礼，她才告诉我：'现在，贝尔不再是我们之间交往的障碍了。我给他的饭菜中加了砒霜，现在，我重新成了一个自由的女人了。'"

听完之后，安娜非常吃惊地说了一句："天哪……砒霜！"

"没错，也就是老鼠药。安娜，你现在能明白了吗？"

"不，我不明白。"

"老贝尔是因为我而死的，因为她喜欢我，想跟我在一起，所以杀死了老贝尔。她为了跟我在一起，居然会去犯罪。这种听都没听过的事情，居然发生在了我的身上……"

"天哪，这的确是一件闻所未闻的事情！"

"安娜，我想，你还是没有弄明白。我从来没有想过她那样做就是对的，或者说，她那样做是一件合法的事情，是一件好事，因为对老贝尔来说，这是一件非常糟糕的事情。不过，如果站在我的角度来看，我现在已经四十六岁了，并不是什么有权有势的人，不过是律师事务所的一个小职员而已，但是居然有一个女人会为我做这种事情，我只是觉得受宠若惊而已。"

安娜并没有继续往杯子里倒酒，而是有些无奈地看着眼前的这个男人。"瓦特，我根本就没有想到，你居然这么轻易就被别人给勾走了……"

"其实，我觉得这件事情挺浪漫的。"瓦特回答。

"浪漫？瓦特，你居然懂浪漫？"安娜显得非常惊讶。

"懂一点儿吧，至少我觉得，莉丝因为我而杀死了老贝尔，我为她的行为而感动。"

"你简直是个怪物。"安娜摇摇头，然后突然想到了什么，转而问，"你刚刚说，莉丝是用砒霜毒死老贝尔的？"

"没错。"

"警方对此没有说什么吗？"

"他们对这种小案子根本没兴趣。"

"我可以把这个细节透露给警方，我想，他们会对这种蓄意杀人案感兴趣的。"

"安娜，你千万不要那么做，那只会给你蒙羞。在外人看来，你这样做不过是因为嫉妒另外一个女人，从而想方设法对她进行诬告而已。更重要的是，我会出面否认你的观点，莉丝也绝对不会承认的。"

安娜看着瓦特，眼睛眯成一条缝，然后说："这不是什么难事，开棺验尸，一切问题就都解决了，因为吃下去的砒霜不会排出体外。再说了，这种事情发生得还少吗？到底是不是死于投毒，查一查就知道了。"

"你倒说得轻松，"瓦特摇了摇头，然后极力争辩道，"首先，你必须要让警方相信你的话，你得让他们相信，老贝尔的确不是自然死亡。老贝尔一直就有胃病，那些厚厚的病历单就是最好的证据。开棺验尸是一件非常烦琐的事情，前前后后手续一大堆，警方更不会因为你一个人的怀疑而去做这件麻烦事。所以，安娜，到此为止吧，不要再争了。这就是最后的结果。我现在找到了一个新的爱人，我相信你也能找到一个更好的。"

安娜的眼中顿时就涌满了泪水，并且夺眶而出，每流下一滴，脸上就多一条黑黑的泪痕。这是瓦特最不想看到的场面，所以，他连忙从椅子上站起身来，走到了面向花园的窗户前。此时，夕阳的余晖洒满了院子的每个角落，但静静的暮光丝毫削减不了他内心的波澜。而安娜仍旧坐在桌子旁，正在用手帕大声地擤鼻涕。

在他看来，安娜会哭是意料之中的事情，她现在有权利这么做，所以，就让她先哭着吧。如果他将这番话说出来之后，安娜面无表情，像什么都没发生一样，那才是他最大的失败。

他站在窗口，静静地听着安娜的哭声。那种难过的情绪持续了至少有三四分钟，中途，他听见了一个声音，安娜也许打开了手提包，在从里面拿新手帕擦脸，当然，也有可能是用围裙擦脸。瓦特心想：唉……由她去吧。

过了一会儿，哭声慢慢地停了下来，瓦特觉得，这个时候差不多可以转身了。回过头的他发现，安娜现在的脸果然很难看，一张肥嘟嘟的脸布满了黑色泪痕，头发也显得格外凌乱。好在她已经停止了哭泣，嘴巴紧紧地抿着，看起来很坚强。

"我觉得，你应该不会留在家里吃晚饭了吧？"安娜问。

瓦特摇了摇头，说："行李我已经都收拾好了，其他的东西暂时先放在你这儿，我到时候会过来取。"

"瓦特，你真的决定要离开这个家吗？"

"嗯，没错。"

她用一种楚楚可怜的眼神打量着瓦特，看到这一幕，原本十分坚定的瓦特瞬间心软了。最开始他简单地认为，跟安娜说出这件事是最难的，没想到，从家里走出去比开口说出事实还要难一些。

瓦特坐在桌子的对面，然后开始往杯子里倒酒。他鼓起勇气对安娜说："安娜，不要这样，我们干一杯吧，为了我们过去共同经历的那些美好岁月。"说完，他高高举起酒杯，做出要向安娜敬酒的样子，之后，一口干了杯里的酒。但是，安娜并没有那样做，只是象征性地抿了一小口。

瓦特把杯子放回了桌上，然后说："我将年轻力壮的时候统统给了你，现在虽然变成莉丝来照顾我了，但我的身体也开始逐渐衰老。所以，你并没有损失什么。安娜，我们再喝一杯！"

他一直不停地在喝。与其说他是在安慰安娜，倒不如说，他是在鼓励自己，给他自己打气。最后，他一个人将剩下的那半瓶杜松子酒喝完了。

现在，他决定了，他要离开，他不想再看见安娜那副愁眉苦脸的表情了。他很快地上了楼，行李早就收拾好了，就放在床下，他只需将行李箱拖出来就行了。接着，他挑了一顶帽子戴在头上。一想到待会儿就要到莉丝那里去了，他竟然有些激动。在瓦特看来，世界上再找不出第二个女人能像莉丝这样富有热情了。

他在镜子面前照了很久，不停地变换着帽子的戴法。在这个过程中，他不住地问自己："我究竟有什么魅力，竟有两个女人如此痴狂地爱着我？"他看了很久，也没看出个所以然来，不过，他自己这张脸的确很耐看。他对自己做了一个微笑，然后拖着箱子准备下楼。

等他走到楼下的时候，突然觉得全身有些发麻。他把行李箱暂时搁在一旁，然后在楼梯上坐了下来。难道是刚刚酒喝多了？

他坐在楼梯上不停地眨眼睛，过道的光线原本就很昏暗，现在越发看不清了。他将帽子摘了下来，但眼前的光线依旧很暗。

此时，安娜走了过来，低下头，看着坐在楼梯上的瓦特，用一种关切的声音问："瓦特，你怎么了？"

"不知道……"

她也坐到了楼梯上，紧紧地挨着瓦特，一只手搭在他的肩膀上，然后用一种非常温柔的声音说："瓦特，我在酒里下了安眠药。我下了整整一盒呢，而且都是新鲜的，今天刚刚才带回来的。我一点儿都没剩下。"

听完安娜的话，瓦特一点儿也没有生气，只是有些好奇地问："你是什么时候放进去的？"

"你站在窗口看夕阳的时候。那时，你背对着我，刚好，我的手提包就放在身边。我故意哭得很大声，而且用力擤鼻涕，为的就是不让你注意。我只有一个目的，我不想你去莉丝那儿。她为了爱情，把不想要的人毒死了，而我，为了爱情，把最想要的人毒死了。我觉得，我比她更爱你，你难道不这么觉得吗？"

没错，安娜一直深爱着瓦特。瓦特什么也没说，只是头微微一沉，靠在了她的肩膀上。

"瓦特，安安心心地睡吧，做个好梦……"安娜非常温柔地安慰道。

致命跟踪

　　我做事情向来很有条理，但在遇到一些自己也拿不定的事情时，心里就会烦躁。当然，不论是什么样的情况，我都会为自己所做的事情负责。这也是我去跟踪尼尔森的原因。

　　我的妻子戴安娜在一年前被杀，我知道凶手就是尼尔森，可是，由于他在动手之前做好了周密的安排，所以直到现在，没有人证，也没有其他有力的物证证明他有罪，律师们也不敢接这个案子，因为没有什么把握能胜诉。

　　戴安娜生前曾经与尼尔森私通，但尼尔森渐渐认为这件事情开始影响他的婚姻，这让他非常头疼。而且，加上经济条件的恶化，他不想让这种关系继续发展下去，所以他直接掐死了戴安娜。并且，他唆使证人做伪证，说案发的时候，他并不在现场，而是在距离现场足足一千里之外的地方。

　　但是，我所掌握的情况不是这样的。其实，我那天晚上一直在跟踪戴安娜，我亲眼看见尼尔森跟她约会，并且杀掉了她。没错，虽然她与尼尔森私通，但归根结底，她终究是我的太太。他杀了人，这是事实。

　　我如今在丹佛，正悄悄地跟踪尼尔森。由于工作的原因，他不得不游走于全国各地。为此，我也不得不动用我的积蓄，在全国各地尾随。现在我敢肯定，他打算去一家专门的鸡尾酒酒吧，这是他最喜欢去的地方。

事情果然不出我所料。我跟着他也走了进去。他此时坐在吧台边，而我则挑了一个能清楚地观察到他的位置，然后坐了下来。他其实知道我跟了进来，但我不仅不在乎，反而会故意装作不小心，暴露一点行踪，好让他看见我。他向服务生点了一杯酒，正当他抬头的时候，他从镜子里看到了我，我们俩的视线在镜子上相遇了。我注意到，此时他那张英俊而结实的面庞上微微显现出些许红色。我每天都这样紧紧地跟着他，这让他感到极度烦躁。

当然，尼尔森有可能会走到我的座位边，也许他会跟我聊聊天，也许会将整件事对我和盘托出。我也知道该怎么处理，谈话没有问题，但我不会把这个变成他的一种减压方式。我知道他为什么而烦恼，我更知道他为什么而害怕。

他端起酒杯，缓缓地走到了我的座位旁。尽管他现在有些发福，小腹有些突出，但由于他穿着一件剪裁合身的西装外套，搭配了一条黑色西裤，不仅将他身形的缺陷完全掩盖了，而且使他整个人看起来非常健壮，如同一个运动员一般。一般来说，这样的男人对于女人有着一种强烈的吸引力。

"帕尼，你要到什么时候才肯放弃呢？"

"尼尔森，这种问题你还需要我来告诉你吗？我是不可能放弃的，永远都不会。"尽管他不喜欢我直接叫他的名字，但我偏偏喜欢这样叫。我有必要为他考虑吗？

"我不明白，你每天这样跟着我，到底有什么意义呢？你图什么呢？"他直接在我的身边坐了下来，尽管我根本就没请他坐。

不过，这种小事，我也没必要跟他计较，我显得非常平静，然后缓缓地说：“很简单，我太太是被你杀死的，所以你必须得为此偿命。”

“我根本就没有杀你的太太！”尼尔森非常生气地说，那种样子，好像我真的冤枉他了一样。他随即补充道，“何况，警方已经说过了，那桩案子早就结案了。整个调查过程中，没有任何证据表明，我跟你太太的死有任何关系，而且事实也是如此，我本来就是清白的。”

“那是警方的事，但我不这么认为。”

他坐在座位上，发出了一阵长长的笑声。当他停下来之后，看着我，用一种非常自信的语气说：“伙计，我跟你说了，我就是清白的，你说警方的话不算数，难道他们会相信你的一面之词吗？你就不要在这上面浪费时间了。何况，戴安娜早就在你和我之间做出了选择，你知道她并不爱你了，既然如此，你何必去为一个不爱你的女人而伤心呢？她现在死了，跟你又有什么关系呢？”说完，他端起杯子，喝了一大口。

“你根本就不懂。”

“不懂？嗯，我的确不懂。我想不明白，案子的调查早就结束了，就算你一直跟着我，哪怕跟到我死，你又能怎样呢？这个事情难道还会发生改变吗？当然，如果你打算以此来恐吓我，而且想借机对我造成伤害的话，我肯定会寻求法律途径来进行自我保护。如果你把我杀了，警察肯定也不会放过你。”

“我知道。”事实上，我跟尼尔森之前就谈过这个话题。他明确地告诉我，他给他的律师留了一封信，并且告诉他的律师，只要他意外死亡，就将这封信递往法院。这封信的大致内容是：我一直在跟踪尼尔森，并且诬陷他是凶手。我这样做的原因则在于，在我看来，尼尔森杀掉戴安娜的事情根本就不是什么秘密。

"你心里其实很清楚，你根本没有证据，所以你改变不了任何事实。"尼尔森说。

"噢，你以为我真的证明不了吗？"我端起酒杯，慢慢地喝了一口，然后非常冷静地说，"在我看来，你就得坐牢。因为你杀了戴安娜，所以你就必须过着等死的日子。到那个时候，你每天就只能掰着手指头数剩下的日子了。而且最后，你不得不在心里默数，看看你还有几分钟就要被送到行刑室里。说不定，你还会倒数读秒。"

"见你的鬼去吧！"此时，尼尔森的脸上布满了细密的汗珠，握着酒杯的手也在不停地发抖。

"不过，"我耸了耸肩，说，"你其实说得没错，我的确是没有证据。"

"那你为什么不停地跟踪我？"他那黑色的眉毛瞬间拧了起来，像是打了一个结，一双眼睛死死地瞪着我。

"噢，没什么，只不过碰巧跟你顺路。"

他的牙齿紧紧地咬着下嘴唇，一双眼睛仍旧死死地盯着我看。过了一会儿，他从椅子上站起身来，然后走出了酒吧。过了一会儿，我也起身走了出去，紧紧地跟在他的身后。

尼尔森其实说得没错，我的确证明不了，否则，我也不至于拖到这个时候。但我心里清楚，总有办法让他接受应有的惩罚，作恶的人就应该为他的行为付出代价。

他走进了一家旅馆，我也跟着走了进去，因为我们都住在这儿。我是故意的，这样一来，我就好跟着他。当然，我现在没必要盯得那么紧了，连日的跟踪使他现在躲都懒得躲了，他似乎想通了，躲我根本就是徒劳，即便他想方设法将我甩掉，我又会在另一个地方重新盯上他。我对他的情况可以说是了如指掌，最不济的情况下，我甚至可以直接在他的家门口蹲守，我等也能把他等出来。好在，这个备用方案，直到目前都还没有启用过。

正当我跟回旅馆的时候，我想到了尼尔森提前准备的那封信。我相信他写了，而且相信他把信放在了他的律师那儿。在他看来，这是保障他安全的最好方式。想到这里，我不免笑了一下，因为从头到尾，我都没想过要加害于他，因为我知道，那样做是违法的。

在那一个月里，我一路跟着尼尔森，先后去了圣路易、印第安纳波利斯、芝加哥，最后去了底特律。我对于他的行踪可以说摸得一清二楚，我甚至可以提前乘飞机去下一个地点等他。尽管如此，我并没有那么做，我不希望我的整个计划因为一些意外因素而被破坏，所以，我一直紧紧地跟着他，让他时时刻刻都出现在我的视线之内。我就是要把他弄到崩溃，不过，看现在这个样子，他差不多就要崩溃了。

当我跟到印第安纳波利斯的时候，他在当地的一家酒吧里扬言要揍我一顿。我当时就让酒吧的侍者去报警，最终因为害怕，他冷静了下来。

现在，我跟尼尔森离得很近，我甚至能够清楚地听到他打电话的内容。他现在正在预订一张机票，打算飞往迈阿密。我并不是一个容易情绪激动的人，而且我对于他做出这一类型的决定一点儿也不意外。不过，让我不理解的是：他为什么要去迈阿密呢？这个地方并不在他的巡回路线上啊。

过了一会儿，我给那家航空公司也打了一个电话，而且跟尼尔森订的是同一趟航班。一直以来，我都是这样做的，而且我还喜欢挑他前面的位置坐下来，这样一来，他想不看到我都难，我的后脑勺会时不时地出现在他的眼前。

抵达迈阿密之后，尼尔森在机场租了一辆车，然后朝城郊一间相当豪华的大旅馆开了过去。这一回，我没有跟着他住进同一家旅馆，而是去了一家我所了解的著名旅馆。那儿有高档的娱乐区，外加私人专享的海滩。这家旅馆一直非常火爆，常年挤满了人。不过，我很幸运，提前预订了一间中央楼层的房间，在那里，我能看见楼下人来人往的热闹街市。整个房间布置得十分讲究，室内环境极为优雅。和周围的喧嚣相比，这里显得非常宁静，这对我来说，是一个非常有利的条件。

我给尼尔森打了一通骚扰电话，并且将我的住址告诉了他。我相信，他一定会赶到我这里来的。

果然不出我所料，天黑之前，他出现在了我的房间门口，毕竟他不希望在这件事情上浪费太多的时间。我刚刚将门开了一条小缝，他就打算强行挤进来。我没有反抗，而是略微向后退了几步，将门打开，让他能大大方方地走进来。我的这一举动让他十分意外。

"你居然会亲自登门，我真是感到荣幸万分！"我说。

他朝四周望了望，像是在检查房间。见到窗帘全部拉得严严实实之后，他从西装外套的内袋里摸出了一把手枪。

"看样子，你是想杀我了？"我又说。

"你说对了！"尼尔森咧着一张大嘴对我说，眼睛里还充斥着浓重的仇恨，"这怪不得别人，是你自己找死！这也是让你不再跟踪我的唯一方法！"

"你打算杀我，难道你就不怕被捕？"

"你别想用这种问题吓到我，我化名来到这里旅行，而且会沿用这个化名在今晚返回，这样一来，根本就不会有人注意到我来到了迈阿密。为了以防万一，我还买通了一个证人，他会为我做不在场的证明。按照我制订的计划，我现在应该是在我预订的旅馆房间里玩牌。"

"噢，对了，当年戴安娜被害的时候，你说你在赛马场，对吧？"

"没错，我还有票根作为证明。"尼尔森回答。

"看来，你真的挺聪明。"我开始表扬他。

"你其实也挺聪明的。可惜了，你就是聪明反被聪明误。你给人的感觉，就像一只鸽子一样，急匆匆地飞过来，却没有任何人知道你究竟在哪儿。你应该知道，你这样做有多么冒险。当他们发现你的尸体时，我早就赶回底特律了。而且，即使警方介入，他们也不会怀疑到我的头上，因为我连杀死你的动机都没有。"

"是吗？那么，如果他们知道你是因为受到了我的引诱才过来杀我的呢？"

"你根本伤不了我的！"尼尔森起初脸都白了，但过了一会儿，他极力让自己保持镇定，然后说，"小子，难道你不记得了吗？我在我的律师那儿留了一封信！"

"我记得。"

"那就好，赶紧给我到卧室里去！"他提高了声音，看样子，他准备动手了。他用手枪顶住我的后背，并且一把将我推进了卧室里。

"你一定会坐牢的。"我淡定地说。

"你给我闭嘴！"说完，他用枕头包住了枪口。

我感觉子弹进入了我的胸膛，不过，我并没有听见枪声。随后，我渐渐失去平衡，整个人仰面倒在了床上。他一定很不理解，我已经被他杀死了，为什么我的脸上仍旧挂着微笑。

因为，他并不知道，我的口袋里藏着一只微型录音机，此外，我也给我的律师留了一封信。

杀手的委托

"罗伊！"一个温柔的声音喊道。

原本处于睡梦之中的罗伊瞬间醒了过来，他从床上坐起来，揉了揉眼睛，似乎在让迷蒙的双眼适应黑暗的环境。此时，房间里的灯突然打开了，位于天花板的顶灯发出耀眼的亮光。他瞬间觉得看不清东西，眼前一片白茫茫。过了一会儿他才发现，一个穿戴整齐、个头不高的人正在床尾站着，一双眼睛直直地盯着他看。

罗伊似乎并没有完全清醒，他使劲地眨了眨眼睛，像是在调节眼睛的焦距。过了几秒他才反应过来，原来那个人手里正举着一把装了消音器的大口径自动手枪，枪口正对着他。此时，他彻底清醒了，并且非常痛心地说："唉……终究是来了，看来这种日子要到头了。但我怎么都没有想到，居然是以这样的方式结束的，我的生命居然要了结在西班牙的巴塞罗那，而且是一个又破又旧的小旅社里。"

那个人完全没有理会他的动情倾诉，而是冷冷地说："你够了，这只不过是一场时间的游戏而已。考利昂先生雇用我已经有九个月了，这九个月里，我的日子过得一点都不舒坦。中间还有几次，我一度以为自己不小心把你给跟丢了。不过现在看来，这场猫捉老鼠的游戏还真是挺有趣的。我们差不多算是环游世界了。从加拿大开始，然后到墨西哥、中美洲、南非、摩洛哥，现在，我们到了欧洲。"

那个人是个杀手，他的语气听起来有些自傲，并且显露出了浓重的成就感。罗伊则将手慢慢地伸到了枕头下面，他在枕头下藏了一把枪，枪里还有子弹，为的就是能在出现意外的情况下防身。罗伊此时正在幻想着，希望能趁着那个杀手说话的空隙，一把掏出手枪，然后在那个人出手之前，朝他先开一枪。

谁知道那个杀手用一种极为不屑的口吻说："你还想找手枪？我早就把它拿走了。还有，我真想说，这种无聊的把戏我已经陪你玩够了。"

听到这里，罗伊的心里顿时凉了半截，他的手已经伸到枕头边了。不过，他深吸了一口气，然后用一种敬畏的语气说道："按平时来说，我也算是一个警惕性很高的人，如今，你不但能悄无声息地潜入我的房间，还能在我丝毫没有察觉的情况下，将我枕头下的手枪拿走，你真不简单。你到底是什么人，至少，在我死前，我应该知道是被谁杀死的。"

那个杀手点了点头，然后说："戈登·威廉，我觉得我可以算得上是这一行中的佼佼者，我的身价也不低，而且你应该是考利昂先生的重点关照对象，否则，他也不会为此花那么大的价钱。"

听到这里，罗伊只是笑了笑，表现出一副无奈的样子，然后说："其实，这也是整件事情当中最有意思的地方。考利昂他根本不需要怕什么，我其实也不是针对他，只是不喜欢帮里面做的那些事情罢了，所以，经过再三考虑之后，我打算离开。从头到尾，我都没有想过要出卖他，那只不过是他一厢情愿地认为罢了。"

"也许你说的都是事实，不过，我的任务还是得继续执行下去。

所以，留给你的时间不多了。"戈登非常有礼貌地说。

罗伊此时已经能够意识到，他逃不过这一劫了，额头上的汗珠越来越密，越来越大。此时，他突然用哀求的口吻对戈登说："我想知道，现在这种局面有没有什么办法可以挽回，如果你要钱的话，我可以给你很多，我不缺钱。"

面对罗伊的哀求，戈登显得无动于衷。他非常平静地说："很抱歉，作为一名职业杀手，就得遵守职业操守，要是我接受了委托而不完成的话，我以后估计很难在这一行继续做下去，即便做下去，名声也会大打折扣。我想，这个道理不需要我多说。"

"好吧……"罗伊显得很无奈，他停了一会儿，然后用非常温和的语气说道，"既然如此，在你杀掉我之后，我希望你能帮我做一件事情。你身后有张写字台，中间的抽屉里放了一个信封。你等会儿可以打开信封读一读，然后再把它转交给考利昂。不知道这个忙你能不能帮？"

"没问题。"说完，他便在没有任何征兆的情况下扣动了扳机。由于消音器的缘故，子弹出膛的时候几乎没有发出太大的声响。罗伊额头的正中间有一个枪眼，由于子弹的冲力，他仰面朝床上倒了下去，四肢张开摆成了一个"大"字。

之后，戈登熟练地把枪收了起来，然后拿出随身携带的一台微型照相机，拍了一些罗伊的尸体照片。这也是他工作的一部分，最后交差全靠这些照片了。

正当他准备走出房间的时候，他突然想起了罗伊死之前跟他说过的话。于是，他打开了写字台的中间抽屉，将那个信封拆开，拿出了装在里面的纸条。他快速地浏览了一下，然后便装回了信封里。他在房间里看了看，然后打开门，朝走廊里探查了一下，在确认没有什么异常状况之后，他便离开了罗伊的房间。

考利昂的耐性很差，当他第一眼看到戈登从西班牙完成任务回来之后，便迫不及待地冲到戈登的面前，一把抓住他的手，然后非常激动地说："哎呀，你可回来了，我的这块心病你终于给我除掉了。你根本体会不到我的感受，只要那个人多活一天，我心里就要多难受一天。好在现在问题已经彻底解决了。对了，拍照片了吗？让我看看。"

戈登一句话都没有说，默默地拿出已经冲洗好的照片。考利昂一把将照片抢了过来，从头到尾，反反复复地看了好几遍，越看越高兴。看来，对于戈登的这次行动，他非常满意。"戈登啊，辛苦你了。所有的酬金，我都会派人全额打入你在瑞士银行的户头里。对了，我想知道，你在干掉他之前，他到底是怎样一副痛苦的表情？他有没有哭呢？有没有用卑微的姿态乞求你不要杀掉他呢？嗯，我觉得他一定这样做了，因为他本身就是个胆小鬼。"

"不，"戈登面无表情地看着考利昂，然后冷冷地说，"跟你预料的情况刚好相反，他表现得非常从容，可以说，他面临死亡所表现出来的那种态度，比我见过的任何人都要好。"

听到这句话，考利昂似乎非常不高兴，语气瞬间变得粗鲁起来："噢，是吗。你去休息吧，这么远的距离，估计累坏了。你走吧！"

"请等一下，"戈登冷冷地笑了一声，然后说，"罗伊给你留了一封信，我觉得，你至少应该读一读。"说完，他便把那个信封递给了考利昂。

这显然超出了考利昂的预料，他打开信封，拿出了里面的那封信。信件的内容是用铅字打印出来的，感觉非常整齐。

"考利昂先生，我知道你雇了杀手一路追踪我。不过，为了公平起见，如果你指派的杀手把这封信转交给了你，那也就意味着，他同样接受了我的委托，并且会'以牙还牙'。因为我在信封里装了两万元的酬金。所以，考利昂先生，永别了。"

　　那封信从考利昂的手中滑落下来，整个人直接被吓瘫了，一屁股直接跌到了地上。不过，早在他落地之前，他前额的正中央也出现了一个圆圆的枪眼，那种场面，简直跟罗伊当时的情况一模一样。

连环案

那天晚上，深沉的秋夜就像一阵浓雾一样，将刚刚翻过土的农田和穿越而过的州际公路笼罩了起来。

农舍的前方一片黑暗，一个高大男人的身影隐隐约约地在附近徘徊。他在农舍附近悄悄地徘徊着，就跟一个影子一样，时而飘到这边，时而飘到那里。最后，他在农舍的大门口停了下来，仔细地打量着门口发出微弱亮光的一盏小灯。尽管窗户被窗帘遮盖得严严实实，但在浓重黑夜的映衬下，窗帘里仍旧透过了些许光亮。此时，他摇了摇头，似乎在为敲前门还是敲后门的问题而苦恼。

他站了一会儿，然后迈开步子，大步向前走去。门口的那盏昏暗的小灯照亮了他的面容：那个人有着一双有神的眼睛，两撇浓密的眉毛，一个挺拔的鼻梁外加一张宽大的嘴巴。等他走到前门门口的时候，他将耳朵朝门口贴近，想听听屋里的动静。此时，里面传来了一阵男人说话的声音。他将耳朵贴得更近了，过了一会儿，他听出来了，那个声音应该是从电视机或者收音机里传出来的。

"……警方出动了众多警力，全力追堵从州立精神病院里逃走的精神病患者。据悉，该名病患在逃走之前，持刀杀死了医院的一名职员。警方在此特别提醒民众注意安全，由于该名病患看起来身形瘦弱，不具备攻击性，人们往往容易对其放松戒备，不过只要处于发病期，他将具有极高的暴力伤害能力。警方将会进一步追查此事，我们也会继续做跟进报道。另据一位目击者称，一名金发女子在郊区一所偏僻的加油站实施抢劫时……"

他一直静静地守候在门口，等他听到里面不再播放新闻，而是插播广告的时候，他敲响了大门。此时，原本充斥在整间屋子里的声音突然中断了，取而代之的是一阵由远及近的脚步声，随后，脚步声也停了下来。

敲门的时候，他就知道外面的纱窗门并没有上锁，但是很明显，里面的木门是锁了的。根据刚才脚步声的判断，屋子的主人此时应该正通过门上的猫眼在窥探他。他则表现出一副很不在乎的样子，用眼睛瞟了瞟四周，然后低下头，打量了一下他自己的脚。此时，摆放在门口的一张蓝色踏脚垫进入了他的视野，上面清清楚楚地写了两个白色的字——莫迪。

他等了一会儿，似乎并没有人开门，于是，他又敲了敲，并且说："请问，家里有人吗？我是比恩，是迈克家里新来的长工，是他让我过来借工具的。"

话音刚落，他又听见屋子里传来的脚步声。这回门开了，门里站着的，是一个头发乌黑、身材瘦弱的女人，她有些好奇地打量着门外的那个男人。

"请问你是莫迪太太吗？"那个男人通过纱窗门问道。

"你有什么事？"

"真不好意思，这么晚了还来打扰你，迈克先生让我过来借一套工具，就是有螺旋钳的那一套。如果你不清楚的话，你可以问问你家先生，他一定知道的。"

里面的莫迪太太皱了皱眉头，一脸的不高兴，然后用手撩了撩垂下来的一缕头发，不耐烦地说："我不知道那个东西放在哪儿。"

"嗯，莫迪太太，你之前从来没见过我，所以有些疑心很正常，我确实是今天才过来的。如果方便的话，还麻烦跟莫迪先生说一下，他应该知道的。"

"我先生啊，他……他现在不在家。"

比恩用手搓了搓下巴，然后非常认真地说："看来，我得等他回来了。因为迈克先生带着他的太太和孩子去看电影了，也正是因为这样，他才让我过来拿工具的。明天一大早，他就需要用那套工具。所以我觉得，最好的方法就是在这里等你的先生回家。对了，他应该很快就会回来了吧？"

"不。"莫迪太太很快地回绝了他，随后又面带微笑地说，"噢，我没有别的意思，只是觉得，你明天早上来比较好，那个时候他肯定在。"说完，她便准备把门关上。

"太太，请等一下，也许有些冒犯，不过，你能给我倒杯水吗？毕竟从迈克先生家里走过来还是有些距离的。"

"没问题，我这就去给你拿。"说完，她转身就走进了屋子里。

此时，比恩也立即跟了进去，然后轻轻地走过客厅。此时，她已经接了满满一杯水，正准备转过身给他端出去，回头却发现，他居然就在厨房的门口站着。

她顿时就吓了一跳，瞪大眼睛望着他，杯子里的水也洒出来一些，然后怒斥道："谁准你进来了？"

"太太，请不要生气，我不会伤害你的。"

"你为什么要突然出现在我的身后？你知不知道，你刚刚吓到我了！"

"我知道，而且我知道你要说什么。我这个人就是块头大，长得也不好看，而且脑袋有些笨。如果你想说的话，你随时都可以说，我习惯了。"此时，他微笑地点了点头，努力做出一些温和的表情，想让他那张难看的脸能够让她看得下去。

"不，比恩先生，我并不是那个意思，如果刚才的话伤害了你，我向你道歉。对了，水给你倒好了，喝完之后，就麻烦你离开这里吧。"

他一口就把水给喝完了，好像很久没有喝过水一样。此时，她伸过手，准备接过他手里的杯子。不过，他并没有把杯子还给她，而是对她说："太太，今天晚上并不安全，你一个人待在家里其实挺危险的。"

"噢，谢谢关心，我现在很好，麻烦你现在离开。"

"我今天听了新闻，据说有一个精神病的患者从医院里逃了出来，而且那家医院好像就在这附近，我觉得，他有可能在附近出没。你知道的，那些人一旦发起疯来，是一件很麻烦的事情。特别是当他们知道你一个人在家的话……你想想看，难道你不觉得害怕吗？"

"这些问题我自己会解决，谢谢你。不过，你得离开了，我要锁门了，这些事情不需要你操心，我自己知道怎么做。"

比恩一个劲儿地摇头，那只硕大的脑袋此刻就像一个大号的拨浪鼓，"莫迪太太，我想你可能还没有意识到那些人的危险性。如果他们真的发起疯来，门窗根本起不到任何作用。他们能够轻易地破门而入，然后自由地出入你的家门，而且他们可能用爆发出来的蛮力，打破、摧毁甚至是杀害所有的东西。更让人头疼的是，单单从外表上看，他们跟普通人几乎没什么差别，你很难辨别出来。说不定迎面朝你走来的那个人就是病人，但是你心里根本就无法提前预知，更别说做出防御的准备了。"

比恩笑了笑，似乎想告诉她，他刚刚说的都是真的，"另外，我还想告诉你一点，说不定今天逃出来的那个人就会到你家门口敲门，而你可能仅凭第一眼的印象就毫无防备地开门了，甚至可能让他进到家里来。毕竟他看起来跟普通人没什么差别，最多不过是从眼神里透露出一丝疯狂的气息。他们可能会编一些理由来博得你的同情，比如汽车在半路上抛锚、突发意外借个电话等，这种理由谁都编得出来。如果他发现，你现在是一个人在家，而且你的男人一时半会儿不会回来，那么他很可能立马就对你翻脸，要是情况更糟的话，说不定你还会丧命。要知道，你不可能按常理去推断他的行为。"

此时，莫迪太太的脸都吓白了，她吃惊地盯着眼前这个人看了好半天，然后说："你……你为什么这么了解精神病院里的那些人？"

"因为我之前在里面待过两年时间。"

"什么？"她简直不敢相信自己的耳朵，慌张地朝后面退了两步，身子撞到了水槽的边缘，嘴里不停地默念着："不……不……"

比恩似乎明白了什么，连忙解释道："噢，太太，你可能误会了，我不是那里的病人，我只不过是医院的园丁罢了，算是医院的管理员。我差不多三年前从那儿辞职的。"

听到这里，她松了一口气，然后说："唔……你刚才都快吓死我了……"

比恩咧开他那张大嘴，然后笑着说："你知道，由于我的长相问题，你可能会把我误认为从精神病院里逃出来的那个病患。不过，有句话说得好，人不可貌相，其实，精神病院里面有很多女病患，她们看上去跟你差不多，而且给人一种乖巧甜美的感觉，如果不是事先知道的话，很多人都不会将她们与粗鲁残暴联系在一块儿。"

"嗯，这个我明白。但是，我还是认为，你不需要留在这里等莫迪回来。我也可以向你保证，我不会轻易放任何陌生人进来，所以，你只管放心。"

"这就对了，太太，如果你一个人在家的话，一定要按我之前告诉你的去做。最好不要随便搭理那些门口的陌生人，凭我在精神病院工作的经验来看，他们都是一等一的好演员，他们的话你都不要轻信，如果他们真的跟你说了，你就当作没听见，这是最保险的方式。"

"好的，我会记住的，现在请你离开吧，等你出门之后，我就会把门窗都锁起来。我向你保证，我绝对不会为陌生人开门，甚至连话都不会跟他说。"说完之后，她再次将手伸向比恩手里的杯子，这一次，他把杯子递给了她。

比恩接着说："太太，真是非常感谢你，感谢你耐心地听我说了那么多。我之前也遇见过一些太太，她们根本就不想跟我多说话，我知道那是因为我的相貌问题，所以她们可能会寻找各种理由避免跟我交谈，有时候还会直接逃跑，甚至高喊救命。也正是这个原因，我基本上都没跟什么女人好好地说过话。我之所以跟到厨房来，就是想跟你聊聊天，我想你也许能体会到我的感受，其实，只要能站在这里好好地说说话，我就会非常高兴了。"

"噢，那随时欢迎你过来。"莫迪太太面带微笑地说。

此时，一阵急促的敲门声响了起来。比恩注意到，她的脸上显露出一种惊恐的表情，然后便开始不住地摇头，那种情景就好像一只跌入陷阱的野兽在绝望地寻找出路一般，她甚至张开嘴似乎马上就要尖叫起来。比恩立即冲到她的身边，用一只巨大的手掌捂住了她的大半边脸。好在他站的位置非常巧妙，外面的人无法通过纱窗门直接看到他们。

此时，她开始极力反抗，想挣脱那只手掌，但很明显，她的力量根本无法与比恩相抗衡。比恩用力将她推到冰箱旁边，并且用魁梧的身子顶住她，这样一来，她便无法从他身边跑开了。过了一会儿，敲门声又响了起来。

比恩随后用略高于耳语的声音对她说："莫迪太太，希望你不要尖叫，否则别人还以为你遇到了危险，说不定他们还会误把我当作凶手，这样一来，我可能会被迈克先生解雇。如果刚才的动作太过于粗鲁，还希望你能原谅，我只是想让你冷静下来，等你冷静下来之后，我就会让你去开门。"

此时，他能感觉到，被手掌捂着的那张嘴似乎要说话。她的身子仍旧在不停地扭动，似乎想要极力挣脱开来。

"莫迪太太，身子放轻松，刚刚我们聊天时的那种状态就挺好的。你也别紧张，敲门的可能是你的朋友，也可能是附近的邻居。如果是熟人的话，他看一看也就明白了，我们可能正在聊天；要是门口站着的是陌生人，你也不要紧张，交给我对付就行。有我在，我能保证你不受伤害。"

此时，比恩慢慢地将手松开，然后扶着她，慢慢地走到门口。接着，比恩停了下来，而她则继续往前走了两步，通过纱窗门看了看门外站着的人。比恩也看了看，发现门外站着一位身形苗条的金发女郎。

莫迪太太不安地问道："你是谁啊？"

"我可能需要你帮忙，我的车爆胎了。"金发女郎回答道。

"噢，那你进来吧。"

此时，比恩一声不吭地站在后面，一双眼睛认真地打量着进来的那名女子。她看上去非常年轻，身上穿着一件黑色的毛衣，外加一条长裤。外面披着一件军装风格的风衣，不仅皱巴巴的，而且还沾满了油污，尺码也明显不对，套在身上松松垮垮的。

"我的车在附近的公路上爆胎了，距离这里不是很远，因为我不会换轮胎，所以想找人帮个忙。如果你们不信的话，可以过来看一看。"金发女郎说道。

莫迪太太连忙回答道："这个人是我的先生，也许你可以让他去帮你换轮胎。"

比恩起初愣了一下，然后立马反应过来了。她还真是聪明，眼前这个女人她并不认识，所以要他去应付。

门口那个金发女郎随即回答："噢，那简直太棒了。"说完，她面向比恩，然后面带微笑地说："你真是太可爱了。"

比恩的脸上微微地红了一下，因为她的这句夸奖。但是，比恩很快就意识到，她说这句话并不是出自真心——他碰见过那么多女人，没有一个人夸过他可爱。于是，他冷静地看着眼前这个撒谎的女人，抑制住内心的怒火说："你们这些女人就是这样，当需要男人来为你们干活的时候，你们就会说些违心的好话来哄男人，但是，当我这样的男人只是想要跟你们聊聊天时，你们就会找各种借口来回避……所以，很抱歉，你去找别人帮你换轮胎吧。"

此时，那个金发女郎将手伸进了外套的口袋里，摸出了一把左轮手枪。她用枪口抵住了比恩的胸口，说："老兄，你要这么说，那就怪不得我了。现在，我明确地告诉你，我要你的车，还有，你太太也一块儿出来。"说完，她身子向后退了一步，并且挥动着手枪，让他们往前走。

他回过头，然后对莫迪太太说："我们走！"

"不……不要……"莫迪太太显得非常害怕。

此时，比恩突然想到了之前在门口听到的那段新闻，里面提到有个金发女子在郊外的加油站抢劫。他看了看眼前的这个女人，头发刚好也是金色的，而且手里还拿着一把手枪。他突然意识到，这个女人，应该就是新闻里提到的那个抢劫犯。

"快点啊，该死的东西！"那个金发女人喊道。

此时，比恩的心中涌起一阵怒火，脸上的五官更是拧成了一副丑陋的面具。他板着脸走出门外，然后趁着那个女人不注意的时候，猛地挥手，直接打在了她拿着枪的手臂上。她的手一滑，枪从手里飞了出去，然后落在地板上，直接滑到了墙角。然后比恩一个箭步冲到她的身边，一把抓住了她的双手。她似乎还想用手指甲和脚来挣扎一番，但比恩更加迅速地挥出一拳，重重地打在了她的下巴上。她瞬间晕了过去，倒在了地板上。正当比恩打算挪步离开那个金发女郎时，耳边传来了一阵枪声。子弹打到了旁边的墙壁上，飞起的石灰粉末落在了他的脑袋上。比恩随即愤怒地大吼了一声，然后以最快的速度穿过客厅，冲进了房间。原来莫迪太太捡起了落在墙角的手枪，并且在慌乱中开了一枪。此时，她似乎没有要放下枪的意思，而且准备再开一枪。

比恩用力一撞，将她撞得退了好几步，然后顺势往前跨了几步，用手托住了她，免得她摔倒在地。她像是受到了很大的惊吓，不停地喊着，极力想从他的手里挣脱开来，并且仍然试图开枪。比恩用力将她手里的枪打落在地，然后伸手猛地切了一下她的后脖颈，她瞬间就晕了过去，整个身子软了下来，然后瘫坐在地上。

比恩也受了不小的惊吓，整个人不停地在喘着粗气。他站在房间的中央，将地上的手枪捡了起来，然后看了看那个倒在地上的金发女郎，心中满是疑惑，一边摇头，一边嘀咕道："估计这种女人怎么也想不明白，为什么一提到我的外貌我就会朝她发那么大的火。"

他看着那个女人，松了一口气。他知道刚刚下手重了些，所以她一时半会儿肯定醒不来，加上枪已经被他拿走了，她也构不成什么威胁。他有足够的时间报警，剩下的事情统统交给警察就是。

此时，他很担心莫迪太太的状况。根据他的经验，像莫迪太太这种胆小的女人，一旦遇到这种突发状况，很容易就失去理智。他现在心中暗自庆幸，好在他没有离开。莫迪太太出于同情而为那个金发女郎开了门，但对她丝毫没有防备，也就是说，莫迪太太可能在毫不知情的情况下，就会遭到那个金发女郎的毒手。

此时，他瞬间觉得莫迪太太有些可怜，于是，他决定在莫迪回来之前好好地照顾她。

他转过身，将她从地上温柔地抱了起来，然后走进了卧室。毕竟，她躺在那里最为合适，而且还能顺便给她做一下冰敷，这样她很快就能清醒过来。

他抱着莫迪太太，缓缓地穿过过道，来到了一扇门前。推开这扇门，一边是浴室，另一边则是一个黑漆漆的房间。他在黑暗中摸索到了开关，然后打开了卧室的灯。

此时，他不禁倒吸了一口凉气：卧室的床上还躺着一个女人，她的头发是红色的，一把尖刀捅进了她的胸口，看样子，她死了应该有一段时间了。

比恩看着这个女人，满脑子都是疑惑：她究竟是谁呢？他抬起头，朝卧室里到处看了看。最后，他看到了梳妆台上的照片，那应该是房间主人的结婚照，男的穿着一身礼服，女的穿着一身漂亮的白色婚纱。比恩仔细看了看，照片里的那个女人也是红头发，正是躺在床上早已死去的那个女人。

比恩低下头，仔细地看了看倒在他怀里的那个女人……

她根本就不像是一个刚从精神病院里逃出来的人啊。

死亡面孔

米丽娜通过两片窗帘之间的缝隙打量着前来的两个人，其中一个人是金，另外一个人她似乎不太认识，只知道他在和金谈话。不过，从外表上看，那个人应该非常有钱，而且那种富有程度远远超过了当地的平均水平。

那个人的穿着打扮非常讲究，身上的西装一看就是定制的。头发虽然有些发灰，但经过精心打理，看上去也非常舒服。肤色更是象征健康的小麦色，从这一点也能看出，他现在的生活水准应该极具品质。综合上述所见，米丽娜认为，金绝对不会把那个男人带到这里来。

然而，事实出乎她的预料，他们正朝着她所在的方向慢慢地走来。

似乎是为了迎接这个男人，金特意换上了一套吉卜赛人的服装，耳朵上还戴起了一对金耳环。此时，他的嘴巴不停地动着，似乎在快速地说着什么，而且一边说话，一边还忙着打手势。透过窗帘，米丽娜注意到，金在微笑的时候，八字胡的下面能时不时地露出一排洁白的牙齿。

金一直在跟他说着什么，那个人的脸上也一直挂着微笑。在金的带领下，他们两个人一直沿着马路往前走，然后在一栋曾经用作门面的小屋子前停了下来。屋子门口的招牌并没有拆下来，上面写着：米丽娜夫人——看手相的专家。除了这几个简单的文字之外，没有任何承诺性的话语，这也就意味着，这样的门牌不会触犯任何法律条例。

这个地区的警察对于吉卜赛人都非常宽容，只要平时没有接到市民对他们的投诉，警察就不会为难他们，随便他们怎么生活。可尽管如此，米丽娜和金最多也只能在这里住一个星期了，一周之后，这里就要拆迁，一栋造价不菲的停车大厦将拔地而起。他们后面的那片平房早已被工人们推平了，接下来就要轮到他们家的房子了。

那两个男人快要走过来的时候，米丽娜将窗帘放了下来，转身向房间里面的一张桌子走去，然后坐下来，静静地等着他们的到来。那张桌子被一块红绸布盖着，上面还印着金色的太阳、月亮和星星。

米丽娜不自觉地抬起手，用手摸了摸垂在肩上的浓密黑发。其实，她是个美人胚子，如果平时能注意化一些淡妆，能稍微打理一下头发就更好了。不过，在金的眼里，她已经是个美人了，所以，她化不化妆，能不能变得更加漂亮，她其实一点儿也不在乎。

"先生，进来吧。"门打开了，传来了金的声音，"那位神通广大的吉卜赛女神仙现在就坐在里面，她可是无所不知，无所不晓啊。你需要做的，就是把手伸给她看。她会根据你的手相，了解到你的过去，预测出你的未来。"金将那个男人领到了她的身边，然后介绍道："这就是我之前给你提到的米丽娜夫人。"

她微微地朝那个男人点了点头，似乎是在认可金刚才对她所做的那段介绍。此时，她近距离地重新打量了一下这个男人。看起来估计有五十岁了，身形微微有些发福，不过五官非常端正，眼神中流露出一种慈祥。眼前的他看起来非常从容，整个人精神头不错，而且像个衣食无忧、生活富足的人。

"请坐。"米丽娜对那个男人说。

那个男人礼貌地回答道："谢谢。其实，刚刚到这儿，我内心还有些紧张。"

"请随意，别那么紧张。"

"嗯，"那个男人面带微笑地说，"我之前并没有算过命，我也不太相信这些。事实上，我是准备去约会的，当然，距离约会的时间还有一会儿，可是你的……"说完，他朝带他进来的金看了一眼。

"噢，他是我的先生。"

"你的先生口才真是太好了。"

米丽娜微微一笑，然后问："那我就给你看看手相吧。"

"有什么特别的讲究吗？比如，看左手还是右手？"

"这个随便你，想解密过去就看左手，想预知未来就看右手。"

那个男人也笑了笑，然后伸出右手，掌心朝上地摆在桌面上，然后说："过去的事情都已经过去了，看看未来就行了。"

米丽娜装出一副非常认真的样子，好像她真的在研究那只手一般。过了一会儿，米丽娜说："你手上的事业线非常顺畅，最近的这笔大生意肯定能以你满意的价格成交，而且整个交易过程都会非常顺利。"

要推测出这一点并不难。他在进门的时候就提到，他原本是要去赴约的，整个这一片地区都属于拆迁区，根本没有用于交际约会的地方，所以他很有可能是过来谈生意的。刚好对面街道有个进出口公司，说不定他待会儿要去的地方就是那儿。另外，从他的衣着打扮、言谈举止来看，他很符合大老板的这个身份定位，所以，他待会儿要做的这笔交易数额一定不低。上述一切假设都是合情合理的，至于对他成功部分的预测……其实，一般做这种预测的人，都希望听到能够成功顺利之类的好话。但接下来的对话，米丽娜就要格外注意了，因为第一眼观察能够获得的信息已经利用完了，她现在必须从他接下来的语言和神态里获取有价值的信息。

金故意从她的身边走过，然后朝她使了个眼色，意思让米丽娜以最快的速度，敲诈这个人一笔，如果顺利的话，赚个二十来块没有任何问题。

米丽娜领会了他的意思，可正当她抬头，打算进一步研究他的神态时，她突然愣住了。其实，谈一谈是没有什么问题的，可是，米丽娜有一个原则就是从来不骗人，尤其是对于这种一眼看上去就非常善良正直的人，她更不忍心。

米丽娜此时瘫坐在椅子里，根本无法动弹。米丽娜发现，眼前这个人的面容正在悄然发生变化。她瞪大了眼睛，发现他脸上原本健康的小麦色皮肤渐渐地变成了苍白色，而且开始显出褐色的斑点。那个人仍旧神色自若地靠在椅子上，但米丽娜注意到，他脸上原本健康的肌肉开始逐渐萎缩、腐烂，接着慢慢地变黑、干枯，最后只剩下了一副光秃秃的骷髅架。

那个人不明就里地问了一句："怎么了？"并且试图将他的手抽回去。米丽娜这时才回过神来，原来她的手指甲刚才一直掐在他的手臂上，在他的手臂留下了一个很深的印记。她像触电一般松开了他的手，然后有些激动地说："你赶紧走吧，我没什么要说的了……"说完，她紧紧地闭上了双眼。

"你是不是不太舒服？我能帮你什么吗？"那个人有些关切地问。

"不，不用了，你赶紧走吧。"

此时，挂在卧室门口的门帘晃动了一下，因为金一直躲在后面偷听。那个人从椅子上站了起来，看上去非常犹豫。米丽娜仍旧低着头，不敢直视他的脸。

"这样吧，酬金我还是得照付。"那人说完，从外套口袋的皮夹里拿出了一张五元的钞票，然后将它摆在了米丽娜的面前，没等米丽娜抬头，转身走了出去。

此时，金一把摔开门帘，然后走到米丽娜的身边，质问道："米丽娜，你在想什么？他可是个有钱的主，你为什么这么轻易地把他放走了？"

米丽娜仍旧低着头，两只眼睛直直地盯着自己的腿，一言不发。

金原本准备提高嗓门朝她怒吼，但似乎意识到了什么，然后克制住了情绪问："等一下，你是不是在他的脸上看到了那种东西？他脸上出现了死人相，对吗？"

米丽娜呆呆地点了点头。

"你疯了吗？他的皮夹子里装了那么多钱，你居然都没有看见？"

"他要那些钱根本没用，他活不到今天傍晚……"

听到这里，金的两眼开始放光。他快步走到门口，将门帘掀开，朝外面看了看，然后说："瞧，他就在前面，正准备去对面那条街的商店买东西。"说完，他就准备朝门外走去。

米丽娜连忙问："你要干什么？"

"我得追上他。"

"算了，让他走吧。"

"别担心，我又不会伤害他，何况，根本就没那个必要。再说了，如果他的脸上出现了死人相，他必死无疑，谁也救不了他。这方面，我想你比我更清楚。"

"既然你知道，你为什么还要跟过去？"

"现在还没到傍晚呢，如果他倒下了，我觉得有个人在他身边会比较合适。你刚刚也说过了，他带那么多钱，根本用不着了。"

"难道你打算对一个死人进行抢劫吗？"

"你这个婆娘，给我闭上你的嘴！我刚刚跟你说过了，我只是跟上去看看，我想看看他会丧命在什么样的地方，就是这样。你不要想太多。"

说完，金就急急忙忙地出门了。米丽娜也没打算再跟他说什么，因为她心里现在正琢磨一件事情：虽说是假装看手相，但好歹前前后后混江湖也混了这么长时间了，见过很多人的手，给很多人算过命，可真真正正如此清晰地看见死人的脸，今天还是头一次。这简直太奇怪了。

其实，米丽娜第一次发现自己有这种能力的时候，她还很小。当时，她和其他的同龄小孩一样，天真活泼，平时主要随着父母，外加三个兄妹四处流浪。虽然漂泊不定，但日子过得也算安逸，无拘无束。米丽娜的父亲看起来非常魁梧，身形健硕，他的笑声粗犷有力，给人一种精力充沛的感觉。一天，父亲准备跟他的两个朋友外出打猎，临别之际，他将米丽娜抱了起来，准备跟她道别。她和以往一样注视着父亲的面孔，就在这时，她突然开始惊声尖叫起来。原来，米丽娜惊讶地发现，他父亲的那张脸慢慢地开始腐烂，最后渐渐地变成了一副令人头皮发麻的骷髅架子。

父亲显得非常疑惑，以为是抱得太用力，将她抱疼了，所以把她放了下来。他想尽了各种方法来哄米丽娜，可是她非但没有止住哭声，反而越哭越厉害了。最终，父亲只能将她交给母亲，然后跟着朋友打猎去了。

一直到父亲离开很久之后，米丽娜才渐渐地止住了哭声。平静下来之后，她将眼前刚刚看到的情景原原本本地告诉了母亲。听米丽娜说完，母亲的脸上露出了非常惊恐的表情，吓得米丽娜又哭了起来。母亲示意她安静下来，并且悄悄地对她说，不要将今天早上看见父亲脸上发生异样的事情跟任何人讲，今后也要守住这个秘密。米丽娜似懂非懂地点了点头。之后，母亲便离开了，米丽娜独自坐在野外的山楂树下，一直到天黑才回家。

　　母亲到家之后，随同父亲一起出门打猎的两个人也回来了，可是，父亲并没有自己走回来，而是被抬回来的。自那以后，米丽娜的生活中再也没有了快乐。

　　当米丽娜十二岁的时候，这种事情再次发生了。她一直遵守着跟母亲之间的诺言，没有将父亲的事透露给任何人，尽管如此，那件事情仍旧在她的脑海中时隐时现。似乎也是因为这件事情，母亲开始疏远她，对她的态度也渐渐变得冷酷起来。她的母亲认为，父亲之所以会意外地倒在别人的枪口下，完全是因为米丽娜的错。

　　自那以后，米丽娜就像变了个人一样，由以前的天真活泼，变得沉默寡言。后来，她只剩下一个朋友，名叫玛丽，是一个有些驼背的小女孩。平时，她们俩经常在一块儿玩，哪怕不出声，也能乐呵呵地玩上一个钟头。她们最喜欢做的事情，就是从草地里采来野花，然后将它们放在水面上，就像小船一般，随着流水静静地漂向下游。

　　一天，米丽娜和玛丽两个人跟平时一样在树林里玩耍。米丽娜一个无意中的抬头，猛然发现玛丽的脸上浮现出一个骷髅头像，多年之前的那种情形又出现了。米丽娜一边尖叫着，一边快速跑进了树林里，然后躲在一棵树下，一直到天黑的时候才战战兢兢地走出来。

当她赶回家的时候，发现人们围成一圈，像是在看什么东西。米丽娜穿过拥挤的人群，发现地上躺着一个溺死的人，那个人正是玛丽。这一回，她转身向一位身形干瘦的老妇人倾诉。那个人正是玛丽的祖母。

"奶奶，你能告诉我，这到底是怎么回事吗？"她有些好奇地问道。

听完米丽娜的话，玛丽的祖母沉默了很久，然后非常平静地说："孩子，你看到的景象，的确是人死亡时的面孔。我们人类中，有一种人生来就具有这种天赋，你便是其中之一。所以，但凡你眼中的人的脸上出现了死人相，那么他必然活不过今天傍晚。这跟你没有任何关系，但是我们的族人并没有想明白这一点。其实，预言和犯罪根本就是两件不同的事情，他们回避你，除了能给你带来额外的伤害之外，没有任何的意义。"

"奶奶，你有什么好办法吗？我不希望成为别人眼里的怪人。"

"孩子，这个问题，我也帮不上你。只要你活在这个世界上，你就无法回避这个问题。"

自从玛丽死后，米丽娜就彻底变成了一个孤独的人，再没有人敢靠近她。人们如果见到她，也都是唯恐避之不及，视她为不祥之人。

族人之中，只有一个人对于大家这种恐惧死亡的态度嗤之以鼻，那个人就是金。他当时三十多岁，整个人看上去充满活力。他看中了这个被他人视为怪物的米丽娜，向她求婚，而且答应带她去美国。米丽娜受宠若惊，当即便答应了金的请求。

当他们来到这个全新的国度之后，从一个城市迁徙到另外一个城市。米丽娜主要负责给别人看手相，金则依靠健壮的体格为别人打短工，两个人就这样勤奋而拮据地过着日子。穿梭在人群之中时，米丽娜有时会看见一些人的脸上带着死亡的面孔。每当这个时候，她就会将脸转向一旁，装作什么都没看见，这样一来，就不至于因为这些事情而烦心了。多年以来，一直都是他们两个人过日子，也没有结交到什么朋友。

见到那个生意人的第二天一早，黎明的曙光透过窗帘的缝隙，洒落在他们的床上。米丽娜睁开眼睛，见床上只有她一个人，金并没有躺在她的身边。此时，后门传来了一阵轻轻的开门声，米丽娜紧张地将毛毯裹在身上，然后试探性地问了一句："是金吗？"

"嘘——别出声。"

"发生什么事情了吗？"

"你先安静下来，把我们身上的钱都拿出来。"

米丽娜紧紧地裹着毯子，然后从床上坐起身来，屋里光线很暗，只能模模糊糊地看到一个黑影。"鬼鬼祟祟的干吗？你不会是闯祸了吧？"米丽娜不安地问。

"我也不想闯祸，但我昨天跟踪那个人，发现他从那家进出口公司出来的时候，我就迎了上去，原本只是想跟他打个招呼说说话，没想到他居然挥出拳头打了我。我当时觉得莫名其妙，所以就顺手推了他一下，没想到他那么不经推，轻轻一下，他就倒在地上了，而且再也没有起来。"

"他死了？"米丽娜问。

"是啊，但问题在于，有人亲眼看见我推倒了他，所以我不得不在外面躲了整整一个晚上。还有，我应该是被警察盯上了，他们可能很快就会到。真是太可惜了，他的皮夹子里面还有那么多钱，我根本就没有时间去捡。"

米丽娜连忙从床上下来，将衣服稍稍整理了一下。光线很暗，金只能趴在地板上，用手一块一块地试探着贴在地上的地砖。他们在房间的地板上挖了一个暗格，用来藏钞票，暗格的上面铺了一块地砖，所以敲上去应该是空心的响声。终于，他摸到了那块松动的地板，将那块地砖掀了起来，从暗格中取出了一个油纸包，钞票就包在里面，那是他们多年的积蓄。

他快速地将纸包拆开，然后往衬衣里装了一些现金，接着，他撩开了门帘，快速地冲到外面的店铺，拉开了窗帘，想看看现在街道上的情况。米丽娜也跟了过去。

此时，太阳又升起了一些，屋里的光线渐渐明亮起来。米丽娜能够清楚地看见金了，脸上的表情现在也能看得一清二楚。

米丽娜有些焦急地说："来不及了，他们已经走到路口了，你赶紧从后门走，去对面的旧房子里先躲一躲，等他们检查完了再说。"说着，她重新将窗帘拉了起来。

金还在门口犹豫着，其实米丽娜清楚，他在等候她的吻别，可是，米丽娜非但没有把头凑过去，反而将整个身子转向一旁，极力控制着有些失去平衡的身体。

"我先走了，等什么时候消停了，我再回来。"说完，金头也不回地从后门走了。

过了几分钟，有人来敲门了。米丽娜先朝后门瞅了瞅，确认没有什么异常之后，她才将门打开。和预计的一样，警察过来了。其中一个大约三十岁的样子，年纪不大，但眼神非常坚定；另一个更年轻，却时不时地还在用手捋胡子。

年纪稍大的那个警察介绍道："你好，我叫麦金龙，边上这位是我的同事杰克。"他翻了翻手上拿着的一个小本子，然后问："请问，这里有没有一个叫金的男人？"

"有，他是我的先生。"

"噢，请问他现在在家吗？"

米丽娜摇了摇头。麦金龙朝屋子里看了看，然后问："太太，我们想去你的卧室调查一下，不知道是否方便？"

"请随意。"说完，米丽娜将身子闪到一旁，给他们让出了通往卧室的路。麦金龙一个人走进了卧室里，而杰克只是在卧室外面的店铺中四处查看了一下。

"夫人，你平时主要就是看相吗？"杰克问道。

"是啊，难道本城看相是违法的？"

听到米丽娜这么一说，杰克突然觉得有些尴尬，"不，没有的事，我只是看到之后，觉得有些好奇罢了。就在上个星期，我的太太带了一副占卜的牌回来，我琢磨了很久，也不知道那副牌要怎么用。事实上，我太太她也不懂，都只是弄着玩而已。"

"确实，那种牌很难上手。"

"嗯，我深有体会呢。"

麦金龙从卧室赶回来后，摇摇头说："里面没有人。"

"他好像不在屋子里。"杰克回答。

麦金龙看了看随身携带的小本子，然后问道："你记得最后一次看见金是什么时候吗？"

"别问了，没有意义的，你们找不到他的。"米丽娜有气无力地回答道。

"太太，你别紧张，我们只是例行公事，要询问他一些问题而已。"

"我说了，你们找不到的。"米丽娜没有说其他的，只是重复这一句。没有人比她更清楚，就在之前打开窗帘的时候，米丽娜发现，金的脸上出现了死亡的面孔，所以他必然活不过今天。

看到米丽娜如此不配合，麦金龙似乎有些不高兴了，有些严厉地说："夫人，我最后再跟你说一次，你最好是能够配合……"

此时，屋子后面传来了一阵砖墙倒塌的声音，并且掺杂着一个人的惨叫声。紧接着，又是一阵倒塌的声音，之后，整个屋子都安静了下来。麦金龙看了看杰克，两个人以最快的速度从后门冲了出去。

米丽娜则显得非常冷静，她从桌子旁边找了张凳子坐了下来，双手交叉，叠放在桌子上。之后，救护车来了，医生从坍塌的废墟里将金的尸体拖了出来，然后运走了。整个过程中，米丽娜始终呆呆地坐在那儿。

处理完金的事情之后，麦金龙重新走回了屋内，然后向米丽娜询问了几个问题，并且将重点记录了下来。杰克没有参与问话，只是默默地站在后面，神色显得有些不安。等做完笔录之后，两个警察便向米丽娜告辞，然后从前门离开了。米丽娜仍旧没有反应，保持着开始的姿势，在桌旁静坐着。

大约过了一分钟，杰克赶了回来，"夫人，对于你丈夫的事情，我感到非常难过，因为我刚刚结婚不久，知道婚姻中一个男人对于女人的意义所在，也能体谅到你失去丈夫的苦楚。"

此时，米丽娜按捺不住激动的情绪，将头埋在了交叉的双手之中，撕心裂肺地喊道："你快走！快走！"这一辈子，米丽娜似乎都没有这么激动过。

杰克站在门口愣了一会儿，他似乎也不知道这种场面该怎么收场了。此时，麦金龙赶了过来，连忙对他说："快点走吧！刚刚上面来通知了，这一带有劫匪活动，让我们注意。"

杰克原本还想朝她做个手势，似乎还想对她说些什么，但米丽娜一直低着头，而且也没有打算抬起来的意思，杰克只能作罢，立即转过身，跟着麦金龙上了路边的警车。

米丽娜过了好一会儿才将身子挺起来，她的眼中此刻噙满了泪水，朝门外望去，然后有些绝望地说："杰克，你为什么要回来……你还如此年轻，正是人生最美好的时候，你怎么可以死……"

原来，就在刚才问话的时候，她在杰克的脸上看见了死亡的面孔。

生死时速

那个司机自己也不知道为什么要停下车，让路边那个竖起大拇指搭顺风车的人上来。路边要搭顺风车的，很可能是恐怖分子，而车上开车的人，或者开车的那一家人最终遭遇不幸的新闻也并不鲜见。结局稍微好一点的，可能只是丢掉了汽车，或者随身携带的那些值钱的东西；结局悲惨一点的，或许就只能去太平间了。这其中，又有些人只是身中一枪，死得也算干脆，而另外有些人，死相则十分凄惨，让人不忍直视，甚至可以说是十分恐怖。

或许纯粹是因为一个人开车太过于无聊了，那天下午，他五点钟就开车出来了，等遇上路边那个搭顺风车的人时，已经是晚上九点了。他的那辆车尽管外面有些灰尘，但还是能看得出，整辆车的成色非常新，除了车载收音机似乎有些毛病——打开开关之后，只能发出一些听不太清、让人烦恼的杂音。几个小时的枯燥车程让他深感乏味，他现在非常希望旁边能坐一个人，跟他说说话。灰色的公路在眼前一直伸向远方，一成不变的景色快速地从眼前闪退，他便是这样将车子一公里一公里地往前开。

当时会停下车来，完全是因为想到了他年轻的时候。他曾经也多次站在路边，朝路过的车辆竖起大拇指，希望有好心的司机能够搭载他一程。帮助他的司机并不在少数，这帮了他很大的忙。当然，也有遇到拒载的时候，所以他对那种直到深夜仍没有到达目的地的困窘局面深有体会。

当时，他正好从一个叫春谷的收费站经过，站里的工作人员告诉他，过了这个收费站之后，就少有人烟了，至少在到达阿玉巴镇之前，路上是没有人的。最新的气象预报显示，阿玉巴镇附近会有小雨，行车要注意安全。谢过工作人员的提醒之后，他接过缴费的票据，顺手塞进了遮光板的后面，然后开车上路了。一点小雨而已，对于开车构不成很大的影响。

黑暗中，道路两旁的里程碑成了他排解寂寞的陪伴。里程碑上安装了反光带，汽车驶过的时候，车前灯的亮光照在反光带上，形成了黑暗中的打眼亮光。每过十分之一英里，就会安装四根里程碑，那些反光带犹如黑夜中的猫眼石，迅速地从他的身旁飞过。接下来的四百英里路程，几乎不会经过路口，他也不用因此而减速，由于有隔离带，他也不用担心对面的车借用这边的车道超车。

车子就这样在黑暗中开了一段路，路面越来越窄。此时，车头的大灯照亮了远处路边站着的一个小伙子，他的脚边还放着一只行李袋，看上去很廉价的那种。车子离他越来越近了，他竖起了大拇指，看样子想搭顺风车，脸上表现出一种非常疑惑的表情。

他见状内心一阵触动，连忙将车停了下来。借着灯光，他打量了一下车外站着的那个人，他身上穿着一件夹克外套，里面穿着衬衣，打着一条领带，就是头发有点长，像是很久没有打理过一样。从相貌上看，他不像是个坏人，而且也不像习惯于背着行李袋坑蒙拐骗的流氓客。

见到车子停下来，路边站着的那个人有些羞涩地看着他，然后朝他微微一笑。

他打开车门对他说："赶紧上来吧。"

那个人将随身携带的行李放进了车里，整个人往后一仰，靠在椅背上，然后长长地松了口气。估计是走了很长一段路的原因，那个人看起来非常疲惫的样子。

他熄灭了车内的顶灯，然后发动汽车，继续往北驶去，速度盘上的指针很快就攀上了六十迈。

他开着车，随口问道："小伙子，你要去哪儿？"

"阿玉巴镇。对了，你应该会直接开到那儿吧？因为我要去那里办件事情，必须在明天八点之前赶到那儿。"他回答道。

"这没有问题，我要一直开到水牛镇，刚好路过你要去的地方。我到时候把你放在去阿玉巴镇的出口，那里有个坡道，你在那里下车就是。"

"好的，那里车子比较多，我刚好可以搭顺风车。"

之后，他们便在黑暗中平静地开了几分钟。此时，他又问道："小伙子，你叫什么名字？"

"我叫迈克·杰瑞，叫我迈克就行。对了，我已经不是小伙子了，今年都二十五岁了。"

他笑着回答："二十五岁，唔，对我来说，二十五岁就是小伙子嘛。不过，话说回来，迈克，我送你去阿玉巴镇没问题，而且我也非常乐意，但是我得提醒你，以后可不要再在高速公路旁边拦车了，这毕竟是违法的啊。"

这句话说完，迈克明显感到有些不安，在座位上不停地扭动着。过了一会儿，迈克小声地问了一个问题："你现在要把我送去警察局吗？"

"那倒不是，其实我也不知道我为什么要那么说。年轻的时候，我也做过这种事情，那个时候的人们要单纯得多，不管我想去哪里，总有热心人愿意捎我一程。"

"天刚刚黑下来，我就在那里等车了。如果看见类似警车的车辆开过来，我还得到身后的树林里去躲一躲。我今天必须得搭上车，不然时间就来不及了。而且，我还必须躲开交警，不能被他们抓到。"

汽车朝前面快速地行驶着，依稀中，一些零星的灯光出现在黑夜之中。看样子，前面应该是个服务区了。他转过身子，向迈克提议："前面应该就是赛芬的出口了，那里有个小餐厅，我们不妨去那里歇歇脚吧，反正时间也够，一起喝杯咖啡怎么样？看你太辛苦了，放松放松吧。"

"我不想喝咖啡。"迈克回答。

司机似乎想到了什么，然后说："是不是没带什么钱？噢，没关系的，我请你喝。一起喝一杯吧？"

"我不喝，我什么都不想喝。"迈克重复道。

"那我就一个人去了，你在车上等我一下吧，不会很久。因为我只喜欢喝热咖啡。"

此时，车里传来了一阵抖动衣服的声音，然后是拉开拉链的声音。或许迈克改主意了，想看看钱包里是不是有钱？

迈克用一种低沉的声音说："先生，我们还是不要在那里停留了吧。"

"小伙子，这车毕竟是我的吧，我想去喝咖啡，难道还要征得你的同意？你不觉得，你管得太宽了吗？"

"我觉得，你必须征得我的同意。"话音刚落，迈克拿着手枪，用枪口重重地顶在了他的胸口上，顿时，一阵痛感传来，他的手滑了一下，车子差点撞上了路中间的分隔带。

"你给我好点儿开！"迈克大声喊着。

司机又转了一下方向盘，车子驶入正常车道了，但在这个时候，他轻轻踩了一脚刹车，车速瞬间就慢了下来。

"不准停车，一直往前开，保持你的车速，不要太快，也不要太慢。你给我老实点，别耍花样，听明白了吗？"

他们快速地驶离了服务区，朝哈里曼立交桥方向疾驰而去。这个区间大约有十五英里，车子行驶在这段路上的时候，他们一句话都没有说。周围一片漆黑，没有人烟。

"前面路变窄了，只有两个车道。"他说道，声音有些干涩。

"那有什么关系，不是照样能开吗？这一路上，我们遇到的车子连十辆都不到。还有，如果一会儿碰上警车，我希望你能老实点，别给我耍花招，打灯光信号求救这一类事情，我劝你最好还是早点死心，我可不是瞎子。如果你不老实的话，我就不客气了。"说完，迈克拿着手枪在他的眼前晃了晃。

他的心中顿时感到一阵恐惧，不安地问道："你究竟要我把车开到哪里去？"他用一只手操控着方向盘，另一只手将紧紧套在身上的安全带松了松。

"越远越好，这样一来，警察就抓不到我了。唉，其实我还是挺喜欢那儿的。"他不自觉地用手枪的手柄敲了敲仪表盘，然后接着说，"都是那个老太婆害的，不过，她也活该。"

"老太婆？她是你的母亲吗？"他问。

"不，我指的那个人，就住在春谷收费站附近的一栋楼里。起初我发现，住在那栋房子里的男女主人带着孩子出门了，我以为家里的人都出去了，所以就直接冲到了屋子里。刚好后门也没有锁，我连撬门的工夫都可以省了。我在楼下确实搜刮到了不少好东西，卖了的确能够赚点钱，而且家里本身还藏了一些现金。对了，这把枪也是从那里搜到的。哪知道，屋里面还住着个老太婆，正当我满载战利品准备离开的时候，那个老太婆穿着一身睡袍，直接堵在了门口。看到她那副样子，我就觉得，她十年前就该死了，更出乎我意料的是，这样一个弱不禁风的老太婆，偏偏有个响亮无比的嗓门，那一嗓子，我估计整个镇子的人都能听到。"

"那……她最后怎么样了？"他有些紧张地问道。

迈克似乎在琢磨着什么，用手摸了摸手枪，然后非常平静地说："怎么样？反正我只知道，她不可能再开口说话了。"

"你这是畏罪潜逃，你打算要做什么？"

"现在，事情的发展取决于你的表现。你要是配合的话，说不定明天还能再见到阳光，要是你耍什么花样的话，你就等着警察来为你收尸吧。不过，不管你是什么样的结局，对我来说都无关紧要。"

"我可没有耍什么花招，我只想保住我的命。"

"可不仅仅是你，每一个人都是这么想的。"

汽车继续在向前行驶着，他的身子一直在发抖，根本控制不住。他想保住自己的命，其实，这也是迈克的想法，所以他才会拿着枪。

汽车在驶入新堡立交桥的时候，一辆挂着拖车的重型卡车从下坡的匝道上冲了出来，直接插到了汽车的前面。他连忙踩了一脚急刹，这才没有造成事故。迈克此时也吓出了一身冷汗，两只脚不停地跺着车底板，似乎他的脚下也有刹车，可以帮着踩一脚一样。

冷静下来之后，迈克恶狠狠地骂了一句："这个蠢货，我们俩差点儿就都死了！"

他重新让车子平稳地开了起来，而且速度直接飙上了八十迈。此时，他反而冷静了下来，仔细地盯着车前大灯在公路上的投影，紧接着，他按了一下开关，仪表盘上的背景灯光全亮了起来。此时，他用眼角的余光注意到，迈克正试图用一只手将安全带扯出来，准备系在身上。

"别乱动！"他突然朝他大吼了一声，这让迈克始料未及，出于一种本能，原本紧握着安全带的手一下就松了回去，但他瞬间就意识到，这只不过是司机的一招虚张声势而已，所以，他很快就笑了起来，轻轻地说："你是不是搞错了，现在有权发号施令的是我，而不是你。"

"现在是我在开车，你最好老老实实听我的，否则，我会让这种该由谁来发号施令的争论变得毫无意义！说不定，交警一会儿就可以去路边的水沟里给我们俩收尸了！"

"听起来很有意思嘛，先生，你继续讲，正好我觉得这段时间很无聊，你的话刚好可以给我打发时间。"

"你的手别在车里乱动，包括安全带这些东西，更别想把它们扣在身上。"

"你看，我现在根本就没有碰啊，我的手离它们那么远，怎么碰呢？"迈克装出一副非常无辜的样子。

"很好，现在把你的双手都摆出来，摆在我的视线能看得见的地方。要是你不照做，只要我等会儿看见路边的什么东西足够坚硬，我就会直接撞上去，大树、石墩，这些都可以。"

"先生，你是不是考虑得太多了，我觉得，我这方面你根本就不用考虑。而且，你有没有想过，你要是真的那么做，你自己也会没命的。而且，现在的车速已经上了八十迈了，你觉得你系着的那根安全带能保证你的安全吗？"

"我觉得没想通的是你。反正我会死，所以我无所谓，不过你不一样。"

"我可是在一上车的时候就告诉你了，只要你配合我，我一定会放过你的。毕竟，我杀你没有任何意义，我只不过是想借你这辆车用用而已。"

他摇了摇头，冷笑道："你少在这儿胡说八道了，像你这种杀了人的，多杀一个少杀一个有区别吗？你现在心里只有一个想法，逃到一个警察找不到的地方，以此来逃脱法律的惩罚。如果你真的放我走了，那也就意味着向警方提供了一个活线索。你会做这么愚蠢的事情？反正我不相信。"

"老东西，车子不能开慢点吗？现在已经超速了！"

"那当然，我就是故意开这么快的，车速这么快，你要是朝我开枪，就等于是自杀。"说完，他用力踩了一脚油门，车子跑得更快了。

"你这个疯子，你就不怕车子翻到沟里去吗？路这么窄，你稍微碰上个什么东西，我们就可能翻下去！"

"你居然怀疑我的开车技术？迈克，你平时喜欢看体育新闻吗？尤其是赛车方面的新闻？"

"我对那种东西还真没有一点儿兴趣。"

"怪不得了，不过，我想你应该听过我的名字吧？我叫欧文·史密斯。你真是太幸运了，你居然能够和一个明星赛车手同坐一辆车。我拿过两次全国性赛车比赛的冠军，到目前为止，不管是什么赛道，都还没有翻车记录。我相信，这种平稳的公路赛道就更加不会有问题了。"

"你现在想怎么样？你没看到前面的车吗？"

"少啰唆，管好你自己就行了，注意你手上的枪！"

"枪怎么了？我又没碰它！"

"把枪从窗户里扔出去，你最好按我说的去做，否则，车速不可能会慢下来！"

听到这里，迈克突然笑了起来，"你当我是傻子吗？让我扔掉枪，然后你把我送到警察局，警察可以顺利地以谋财害命的罪名逮捕我，那我就死定了。我宁可让你撞车，这样一来，我说不定还有一线生还的可能，最多就是受点伤。所以，你就别打这个主意了。"

"我可不仅仅只是一个赛车手，我还同时兼任一家汽车公司的安全顾问，我敢保证，你对于汽车安全这一款，肯定也是一窍不通。"他有些得意地说。

"我就是不懂，但那又怎么样？"

"正因为你不懂，所以你根本就不知道，时速八十迈的汽车如果迎头撞上某样东西时，到底还有多少逃生的机会。我以前专门做过这种实验，不过，试验车的车速根本开不到这么快，充其量就是五十迈。我可以跟你讲讲，五十迈的车速，如果发生碰撞将是什么样的情形。"

他根本就没给迈克留下说话的余地，接着说道："汽车一旦发生高速碰撞的时候，第一秒里，车子的前端缓冲板、车里的冷却器以及各种动力机械都会因为强大的冲力而瞬间成为一堆挤在一起的废铁。第二秒的时候，车头盖也会因为强大的惯性而被压得粉碎，如果你的视力够好，而且当时还足够冷静的话，可以透过挡风玻璃目睹它在你眼前爆裂的景象，当然，车后部的轮子这时候也会离开地面，在半空中飞转。虽然说汽车的动力装置这个时候已经彻底报废了，但是车子的后半部分仍旧具有强大的冲力，能够推着汽车继续飞速前进。在这种力量下，你的身子也会不自觉地坐直。还记得在前一个立交桥下那辆重型卡车窜出来的情形吗？就是那种感觉。紧接着，你的膝关节，就成了你的腿和身子的分界线。"

"你这个老不死的，少拿这些吓唬我。"

"我只是在帮你分析死亡的过程而已，所以，请你不要插话。

等到第三秒的时候，车子的惯性会带着你的身子继续往前冲，突出来的仪表盘会碾碎你的骨头，接下来的两秒里，你的整个身子与汽车一样，都会继续以三十五迈的速度前进，你的脑袋将会和汽车的仪表盘发生亲密接触。等到第六秒的时候，整个车子都会扭曲变形。不过，你肯定看不到这一幕了，因为坚硬的仪表盘肯定早就将你的脑袋压成糊糊了，至于你那原本粗壮的腿骨，也会因为汽车的挤压而被折断，然后发出嘎吱的声响。或许连你脚上穿着的鞋子都会被直接拔下来。然后，就没有然后了，差不多最后的结局就是这样吧。"他说完之后，停了下来。

想了想，他又补充了一句："对了，车门也许会被弹开，螺丝也可能会蹦出来，汽车的前座可能会被强大的力量给撕裂，而后座则会猛冲上来，这个时候，不仅仅是你的脑袋，你整个身子或许都被压成饼干了。不过，你根本就不会感到任何痛感，因为那个时候，你早就已经死了。"

迈克此时有些头皮发麻。"这些都是你亲眼看见的景象吗？"

"我们在车队的试车场里经常能看到这种慢动作的回放，目的就是提醒我们注意赛车技术，避免这种事情的发生。当然，在我多年的赛车生涯中，这种极端惨烈、不忍直视的车祸现场，我看得也不少。迈克，那种场面真的容易让人反胃。"

此时，迈克忍着一种不安的情绪，勉强地从嘴角挤出了一丝微笑，然后故作平静地说："你刚刚的确讲得非常精彩，我一度都听入了迷，但我相信，你不会做这种傻事的。毕竟，你现在也没有处于走投无路的状态。老家伙，你就不要跟我耗了，心理战是没用的。还有，你要跟我斗智力吗？我可不担心，你车里的汽油毕竟是有限的，等你的油耗完了，我看你还有什么资本跟我玩横。"

"我还真不怕你，我毕竟是专业赛车手，而且之前就跟你说过了，我是全国比赛的冠军。车里车外，大到一个装置，小到一个零件，我都非常清楚。对了，你怎么就不想想，我为什么不让你系上安全带？"

"为什么？"

"我只需要将车速控制在一个特定的速度上，这样一来，我可能会撞向某个东西，因为你没有系安全带，所以你可能会飞出去，而我系了，它却刚好能够保证我的安全，最多就是我的胸腔可能会被磕一下，然后有些瘀青，但这并不会造成很严重的后果。至于你飞出去之后会有怎样的后果，我就不清楚了，不过我觉得，我现在为你做个预测还是没问题的。说不定，你的脑袋会直接撞到坚硬的仪表盘上，然后整个人瞬间失去知觉，也有可能直接将前挡风玻璃撞个粉碎，甚至撞出一个窟窿，不过那样一来，我估计你会不太好看，碎掉的玻璃可能会划烂你的脸，甚至会割断你的喉咙。反正不管怎样，我不会有太大的事。所以，我对你没有别的要求，只是不准你碰安全带。"

此时，汽车以很高的速度在两条车道上来回变换，这让迈克的重心有些不稳，他一双手死死地扶着仪表盘，但显得非常吃力。

"迈克，我再跟你说一遍，希望这是最后一遍，把枪给我扔出去！"

此时，迈克的手紧紧地握住手枪，一种发自喉咙里的低沉的声音从嘴里冒了出来："该死的，我要……"迈克慢慢地拔出手枪，用枪口对准了他。此时，一个在专注地高速开车，另一个则极力保持身体的平衡，还要将枪口对准开车的人，根本无暇说话。车内的气氛很紧张，只听得见轮胎与路面高速摩擦发出的沉闷的声音和窗外呼呼的气流从车窗缝隙中挤进来的尖叫声。

迈克一只手打开了手枪的保险，子弹已经上膛了，发出了一声清脆的咔嚓声。他的脑子里此时在做激烈的挣扎，他在权衡两个方案下的利害得失。如果他被警方逮捕，那么毫无疑问，因为那个老太婆，他会被起诉，接下来的时光或许只能在监狱中度过了；如果开枪的话，后果似乎也不太乐观。毕竟现在的时速已经逼近一百迈了，这个时候开枪，最终肯定会车毁人亡，而且扭曲变形的金属肯定会将尸体撕个粉碎，就像战场上被敌人乱刀砍死一样，根本不成人形。

他虽然看似平静，但内心却也是极度紧张，一双满是汗的手紧紧地握着方向盘。

最后，迈克暗自咒骂了一句，然后摇开车窗，将手枪扔了出去。开窗的那一刹那，一股强烈的气流冲进车内，司机通过后视镜亲眼看见手枪飞出去的景象之后，心中的石头才落了地，但他的表情并没有发生什么变化，只是慢慢将车速降到了六十迈，基本上回到了高速路的正常时速。

车子驶过金士顿镇，在穿过一个地下隧道的时候，车前方停了一辆警车，警车的门此时是打开的，上面的红色顶灯也在旋转着。他将车开到了警车旁，然后停了下来，并且事先就多考虑了一步，车子是挨着警车停下的，由于间距不够，迈克没办法开门从车里逃出去。

司机简单地描述了一下情况，警察随即走了过来，用手铐将迈克铐走了。在离开的时候，迈克非常不屑地吐了一口唾沫，"欧文·史密斯，我会记住你的。我真是倒了八辈子霉，居然会碰上你这么个赛车的冠军。不过，要不是亲身体验，你的话还真是让人难以置信。如此瘦弱的身躯，居然有那么大的力量来驾驭汽车。"

"迈克，你不要搞错了，开车是个技术活，讲究的是巧劲，而不是用蛮力。"

"我只能说，你捡了个大便宜。如果你不是赛车手，不知道撞车的严重性，我现在早就逃出去了，警察也根本抓不到我，甚至，连你的尸体也找不到。"

警察将迈克押进了警车里，而后，回到了他的身边。

"刚刚那个人说你是欧文·史密斯，不过，怎么跟我在电视里看到的不太像呢？不，应该说，你根本就不是。"

"当然，我肯定不是。"他非常温和地回答道，"我叫约翰逊，在费城开了一家私人书店。我原本是要开车去水牛城的，我的女儿和外孙现在还在等我。我给他们带了一份礼物，是一本书。经历这件事情之后，我觉得他们应该好好看看那本书，因为真的太实用了。当然，如果可以的话，我觉得迈克也可以读一读。"说完，他从车里拿出了一本很厚的平装书。警察拿过书之后，大致翻了翻。那本书叫作《汽车驾驶安全须知》，而写这本书的作者名叫欧文·史密斯。封面上印着一个英俊的年轻人，那个人戴着赛车的专用护目镜，正抬头望着他。

"我只是跟他讲了书里面的东西而已，没想到，居然真的把他给吓住了。"他乐呵呵地说，"现在看来，没事多看看书总归是没有坏处的，说不定还能救你一命。"

罗马艳遇记

这是我生平第一次来到罗马，之前，我一直生活在一个封闭的乡村，过着平淡的生活。虽然我只有二十四岁，但连年的奔波已经让我看透了这个世界，小时候的那些单纯幻想早已灰飞烟灭。在到达罗马之前，我更没有奢望能在这个世界性的大都市里遭遇一些惊奇的事情，罗曼史什么的更是连想都不敢想。我这种人，就是被美好生活欺骗的现实例子，正常的需求都没有办法满足，哪还敢奢求些别的呢？

罗马的风光其实被人们描述得有些夸张了，从我亲眼所见的景象来看，也不过如此，好在我事先做足了心理准备，内心的落差也处于一个可以接受的范围。生命中还有很多事情远远超出了我们的预料，所以这根本就不算什么。再说了，这样一个庞大的都市，原本就会包容很多东西，怎么能用一个简单的好或者不好来概括全部呢？

我脑子里一边琢磨着事情，一边在罗马的街头游荡。路旁商店的霓虹灯在飞快地闪烁，马路上的汽车川流不息地行驶着，喇叭声、音乐声、人们的说笑声、鸟儿的鸣叫声交织在一起，整个空间给人一种嘈杂的感觉。路人们的脸上没有太多的表情，阴晴不定，光从外表根本无法区分这个人的喜怒哀乐，像是戴了一副面具一般。罗马的歌剧非常有名，给人一种热闹的感觉，而且每个角色定位分明，不可随意代替。而罗马的街景，就是罗马戏剧最为真实的写照。行走在街上的每一个人，都可能对应罗马歌剧中的某个角色，他们个个行色匆匆，似乎要赶往某个地方，急于开始那丰富多彩的夜生活。这似乎是这个城市的活力所在，每个人都有专属于自己的夜生活，而且乐此不疲。

我就像个外来人，不，应该说本来就是外来人，在漫长的大街上毫无目的地逛荡着。

罗马有它独有的氛围，我觉得我很难融入其中，感觉就像一个独立的个体，无法享受群体的温暖。繁华的夜市之中，似乎没有我的容身之处，在夜晚的喧闹声中，我显得格外孤独。我很讨厌这种伤感的感觉。

不过，没过多久，我突然心生一种安慰之情，正因为有了这种特殊的情感，我在这个千人一面的城市中反而显得与众不同，我现在就好像置身于一个陌生的世界当中，每往前迈出一步，都是猎奇的举动，每多看一眼，就能收获生活在这里的人们所体会不到的新奇感觉。少年时的那种激情，瞬间回到了我的心里，我不由得迈开步子，以更快更大的步幅向前行走。

我从罗马城区最为拥挤繁华的一条小街中穿行而过，两旁满是各色各样的餐厅和咖啡店，一栋造型独特的中世纪教堂格外引人注目。街道的尽头是几级台阶，登上台阶之后，我来到了另外一条马路上。也许，走这条路，我能够返回居住的旅店。

这条街道看起来也有一些年月了，道路两旁的马路牙子略显沧桑，远不如刚才那条小街那么繁华。整条路上都看不见几个人，仅仅只有一条街的距离，却仿佛让人置身于两个不同的世纪。借着微弱的暮光，马路尽头的教堂依稀可见。小路的左手边是公墓，黑漆漆的色调让这一带显得格外肃穆。然而，就是这样一个十分清静的地方，却弥漫着浓郁的比萨饼香味。

走了一段路之后，我才发现，这条路上除了我之外，找不到第二个行人了，就好像我的专用道路一样，空旷的街道上只回响着我一个人的脚步声。

空荡的环境最容易让人心生寂寞，正当我为这种寂静而伤感的时候，路的尽头出现了一个人影，而且在慢慢地向我走来。我定睛一看，原来是个衣着素雅的女人。

她走起路来很像那些时装界的模特，有模有样，但是没有她们看起来那么夸张。她手里挎着一只印有拉丁文的手提包，举手投足之间，透露出一丝高雅的气息，只需一眼，就能被她感染。她脸上似乎蒙着一层薄纱，由于光线微弱，她的脸有些看不太清，不过仅从这种优雅的举止和不凡的装扮上看，她一定是一个貌若天仙的女子。

渐渐地，她离我越来越近了，可是，我却觉得她的形象看上去更加梦幻迷离，就好像这将要暗下来的夜色一般，让人难以捉摸。我突然微微地侧过身子，将头扭向一旁，自从看见她，我就无法让自己冷静下来，而且整个脑海中的思绪变得更加混乱了。

她慢慢地走过了我的身边，我原本不敢看她，由于内心的伤感，加上曾经的经历，像我这种人，在这样一个现代化的都市里邂逅一次罗曼蒂克，那简直就是天方夜谭。不过，我仍旧按捺不住内心的好奇，不自觉地扭过了头，悄悄地瞥了一眼她的脸庞。

仅仅只是瞥了一眼，然后我整个人瞬间都呆住了。那张脸，竟是如梦幻一般的美丽，我整个人原本处于一种极度低迷的状态，现在居然在一瞬间就清醒了过来，也许就是因为这张俊美的脸吧。

很快，我意识到了自己的举止表情有些失态，但我真的没有办法控制自己，因为她的美，远远地超出了我的预料。

她似乎注意到了我，然后也露出了微微的笑意。那种笑容，有些羞涩，又有些矜持。

可是，在看到这样一个美丽女子的时候，我的脑海中居然下意识地想到了一种人——妓女。不过，这个词只是在我的脑海中一闪而过，我凭直觉将这个判断给否定了。那种笑，并不是因为长期的职业行为而堆出来的笑容，而是发自内心的，一种纯自然的微笑，其中不夹杂任何功利与谄媚。那种笑有一种独特的魔力，我感觉我的整个身心此时都变得空灵了。

更令我没想到的是，她居然先跟我说话了。

"很抱歉，恕我冒昧，不过我觉得今天的夜晚真的很美，如果只有一个人欣赏这优美的月色，似乎有些太可惜、太寂寞了。不知道，你的想法是不是跟我一样？"

由于之前一直沉浸在她的美丽之中，对于她的问题，我竟然一时失语，不知道该如何回答。好在，微笑是最好的一种语言，不知道说什么的时候，报以一个会心的微笑，往往是最好的选择。

看到我的微笑之后，她似乎也非常高兴，整个人也稍稍放松了一些，然后用一种略带迟疑的声音问道："不知道，我们能不能一块儿散散步？或者……我们一块儿去吃点东西？"

此时，我整个人终于轻松了下来，嗓子也似乎终于打开，能够说话了。"当然，能受到你的邀请，我感到非常荣幸。我刚刚从前面那条街走过来，路上似乎有很多餐厅，而且看上去也相当不错。"

她微微一笑，然后说："不用这么客气的，我的家距离这里并不远，就在前面……"

随后，我转过身，跟着她朝刚才来的路往回走。尽管这段路在不久之前刚刚走过，但现在一看，路两旁的景色竟变得截然不同。或许，产生变化的并不是我眼前的景色，而是我的内心。但是，我仍然不相信，我会在罗马这样的城市遭遇一段罗曼蒂克，这种桥段都是小说里的，如果真的相信它会存在于现实之中，未免有些太过天真了。

太阳落山之后，气温渐渐地降了下来。她低着头，慢慢地走着，并且微微地低着头，月光之下，她的脸变得更加朦胧。微风轻轻拂过，搭在肩上的薄纱披风轻轻地扬了起来，嫩白丰腴的香肩若隐若现，雪白的肌肤仿佛因为月光的映照而泛出美丽的光泽，看起来跟新鲜的奶酪一般。我偷偷地用眼角的余光打量着她，因为侧身的角度，我才发现，原来她的睫毛是如此修长动人，弯弯地画出一道优美的弧线，每眨一次眼睛，那弯弯的睫毛就会轻轻地颤动一下，显得无比诱人。

我有一种感觉，她那迷人的睫毛似乎能织成一道网，如果我继续这样目不转睛地看下去，我整个人都会陷入这张网中。我再一次提醒自己，我已经二十四岁了，现在是在罗马，不要做白日梦了。

我好不容易将自己的内心平复了下来，可就在不知不觉中，我居然来到了一栋大房子的门口。她也停了下来，从身上拿出一把巨大的金色钥匙，紧锁着的大门"吱"的一声就打开了，然后向我伸出右手，意思是请我走进去。那只手很白，不过略微显得有些清瘦，纤纤玉手的指尖，玫红色的指甲油格外醒目。

此时，房间里走出来一个身穿制服的男仆，看上去像是这栋房子的管家。她轻声地对那个男人说了几句之后，那个男人随即向我鞠了一躬，然后就退到了房子里。他是这栋房子的管家，那个女人应该就是这里的主人，而我，此时成了她邀请来的客人。

我一直跟在她的身后，走过了一片很大的草坪，绕过了一个带有喷泉的水池，最后来到了摆放着桌椅和阳伞的休息区。水池中的灯光经过精心调试，光线非常柔和，但又刚好能够满足照明的需要。

我们坐在水池边，然后慢慢地开始聊了起来，其间谈笑风生，显得十分投缘。我今年二十四岁，但从外表上看，长得并不算丑，以前也与很多女孩约会过，而且我懂得该如何与女孩子聊天，知道怎样让她们关注到我，我一度因为自己的这项本事而非常得意。虽说我出生在贫穷的乡下，但是我之前读过很多书，所以，对于罗马的历史乃至神话，我都能够侃侃而谈。自古至今，亚平宁半岛上从来不缺乏浪漫的故事，所以我们根本不用担心没有话题。

仆人端上来一杯加了冰块的葡萄酒。酒的纯度很高，借着月色，还泛出一种淡淡的红宝石光泽。她举起酒杯，对我微笑致意。我也端起杯子，和她轻轻地碰了一下。因为加了冰块的原因，酒入口的时候有些凉意，不过却很适合在炎炎夏夜，特别是在这样一个浪漫的夜晚饮用。一阵清凉的感觉由嘴里进入食道，又渐渐地因为体温而变暖，等最后进入胃里时，喝下去的酒竟然变得有些烧灼的感觉。这种美好的感觉，我还是第一次品尝。看到我陶醉的表情，她似乎领会到了我的心思，于是用她那轻柔的声音告诉我，这瓶酒是波斯产的。

我居然能够饶有兴致地跟一个陌生女人聊了这么长时间，而且越聊越有意思，这让我非常意外，之前我一直以为我不是一个相信浪漫的人。当然，这神秘的酒肯定起了很大的作用。

此时，她的视线落在了我的身上，我能感受到她那若即若离的眼神，朦胧而又羞涩。她的眼睛也如同杯中的葡萄酒一样透明、清澈。她似乎张嘴要说什么，却一直没有出声。最终只是微笑地看着我，似乎在朝我做某种暗示。

我突然谨慎了起来，暗示自己一定要事事小心。我从来就不相信一见钟情这种事情，如果不想在这异国他乡发生什么意外，今天的浪漫之夜或许到此为止最为合适。我随即从座位上起身，打算为她今天晚上的款待表示感谢，然后告辞离开。

她没等我把那些成套的客套话说完就打断了我，脸上起初还能看得见微笑，但渐渐地，她显露出了一种忧伤的表情，"先生，我已经吩咐仆人为你做了一顿丰盛的晚餐，如果你今天晚上的事情不是特别紧急的话，恕我冒昧提一个请求，希望你能够多留一会儿。当然，你可能会认为，我对你提出这样的要求也许存在另外的企图，我非常理解你的心情，因为我们相识的时间到现在都不超过一个小时。如果是我的话，我可能也会有类似的想法。"

"不，小姐，你多虑了，我从来都没有对你的诚意表示过半分的怀疑。"

"先生，我跟你说实话吧，虽说我们刚刚认识，我对你的了解也非常有限，但在我的眼里，你跟满大街走着的罗马人并不相同，他们给我一种俗气的感觉，但你的身上没有，相反，你有一种独特的魅力，我正是被这种魅力深深地吸引了。我的直觉告诉我，你是一个有内涵、有深度的男人，我相信我的直觉，所以我决定接近你，然后跟你交谈。我并没有其他的理由，如果你要追问的话，我也没法回答你，女人的第六感就是这样的，所以……所以，你能不能多留一会儿呢？我想你留下来陪陪我……"

经她这么一说，我哪还能走呢？我不相信浪漫，并不代表我从出生开始，身体中就不存在着浪漫的细胞。然而，现实是残酷的，我一次又一次地被现实嘲弄，最终导致我不敢相信浪漫这种东西，尽管我也渴望。其实，今天晚上的机遇正是我多年以来梦寐以求的事情，只是事发突然，我完全没有心理准备，内心竟然有些害怕。尽管我对罗马这个地方有些戒备，对于这里的风景、这里的人们都刻意地保持着一些距离，但转而一想，如今有个这么好的机会就摆在我的面前，如果我没有好好珍惜，我一定会后悔一辈子。我的内心似乎已经帮我做出了决定，我的指尖在微微颤抖，但这并不意味着，我是一个胆小怕事的人。

我不得不承认，这个女人的身上散发着一种独特的魅力，我被她深深吸引着。此外，我对她还抱有一种信任，我相信她所说的一切。生活中总会发生些如意的事情，命运再坎坷的人，他的一生中也或多或少能够收获几次意外惊喜。

最后，我答应她留下来，并且跟她一同共享浪漫的晚宴。整个宴会的过程中，仆人们里里外外忙个不停，而我和她，则尽情地陶醉在美食的享受之中，不仅有油焖虾、烤火鸡、烤牛排、馅饼、新鲜水果，还有非常珍贵的杜松子酒。

大快朵颐之后，我们又坐回了休息区，仰躺在柔软的沙发上，看着寂静而美丽的夜空。仆人们收拾完餐桌的残局之后，渐渐地也退下了，整个院子里最后就只剩下了我们两个人。不知是夜色醉人，还是美酒弄情，她竟然倒在我的怀里睡着了，但我却浑然不知。

整个院子里非常安静，我们就这样静静地相互依偎着。过了一会儿，她从我的怀里起身，柔情地看了我一眼，然后轻轻地拉着我的手，将我带向了眼前的那栋大房子。

此时，我似乎能听到自己的心跳，整个世界都屏住了呼吸，我的脑子里此时一片空白，不知道要说什么，唯一感觉到的，就是她那纤细而修长的手，正轻轻地拉着我的手。

我们走进屋子，大厅灯火通明，将大理石地板照得发亮。我的心跳越来越快，这难道是一种恐惧的心情吗？这个念头刚刚在我的脑海中浮现，我都没来得及多想，就立即将它否定了。我虽然不相信浪漫，但这并不影响我欣赏这个世界的美丽。我的心里现在涌起了一阵久违的兴奋感，非常单纯的兴奋感。的确，在这样一个美丽动人的夜晚，我应该保持一种兴奋的状态，并且还要报以十分的热情去迎接将要到来的一切。

她拉着我上了楼梯，来到了楼上的卧室。灯亮了，正对着的墙上挂着一张她的巨幅画像，画像中的人身上只披着一件薄如蝉翼的纱衣，就像法国画家笔下创作出来的美丽天使。可当我转过头进行比较的时候，我只觉得，眼前的这个女人，比画上更具魅力，而且，就在我刚刚专注地欣赏画像的时候，她早已将身上的衣物尽数脱去。

简直太美妙了，这应该是我这辈子经历过的最完美的一夜。不管怎样，我仍旧是个俗人，我无法抗拒世间原本就存在的美丽，而早已被我尘封已久、压抑在心底的罗曼蒂克心理，此时也似乎如同脱缰的野马一般疯跑出来。我不假思索地便将她抱了起来，她的身子很轻，所以我能够将她捧在手里，然后仔细地端详。此时，她似乎显得迫不及待，连忙将嘴唇微微上翘，想亲吻我的身体。我还能感觉到，她那凹凸有致的完美身材正紧紧地贴在我的身上，两只手灵巧地将我衬衫上的纽扣一一解开。

我对她的举止一点儿也不反感，这一切都是情理之中的事情，也没有什么应该不应该的。我的头脑此时似乎根本就不属于我自己了，我无法思考，满脑子的热情与冲动似乎在告诉我自己：爱情就是这般甜蜜，生活本应如此美好。

我们双双赤身裸体地躺在了床上，正当我打算亲吻她的时候，我突然觉得有些异样。我稍稍停了一下，充分调动我的感觉细胞，对周围的一切加以探视。

她就躺在我的身边，完美的曲线展露无遗，我觉得眼前的景象似幻似真，她的眼神中流露出了一种强烈的热情与期待。直到这时我才明白，根本就不存在什么异样，完全是我心里紧张罢了。

由于太过心急，我居然忘记关灯了。我一直以为，做爱这种事情就应该关灯，光线太强会破坏美感。我仔细地回想着开关的位置，似乎就在进门的墙边。可是，当我准备去关灯的时候，我的内心又犹豫了起来。

她温柔地看着我，眼皮眨了两下，弯弯的睫毛跟着微微地颤了颤，显得非常性感。她似乎看穿了我的心思，然后在我的身下轻声地呢喃着："亲爱的，事情就交给我吧，你不要乱动，不要离开我……"

话音刚落，她便将手抬了起来，手掌越来越大，手臂越变越长，渐渐地，手臂的长度超过了宽敞的大床，跨过了地毯，几乎横跨了整个卧室。在顶灯的照耀下，整个卧室瞬间被一个巨大的阴影所笼罩。最后，她的手臂伸到了十几米外的开关上，然后用一根巨大的食指轻轻地摁下了开关，"啪"的一声，卧室的灯熄灭了。

自首的头目

华生警长坐在警察局的办公室里，他拼命地揉了揉眼睛，以确定没有看错人。站在他眼前的那个男人叫马丁，是黑帮的一个重要人物。如今，他居然瘸着腿，跑到警察局自首来了。

很多年以前，马丁被牵扯进了一桩勒索案，当时办案的警察正是华生。然而，由于一个黑律师出手相助，马丁最终被无罪释放了，之后，由于证据不足，警方也无法再次起诉马丁，因此，马丁过了很长一段逍遥法外的日子。而现在，马丁则主动要求警方拘留他，这让华生大感意外。

马丁此时说话的声音非常低沉："只要你们愿意把我关起来，我会将所有的事情统统告诉你们。"

面对马丁的说辞，华生警长显得非常冷静，这是他办案的一贯风格，"你把警察局当什么地方了？你以为这里是旅馆吗？还有，你怎么知道，我们对你所说的内容会感兴趣呢？"

"华生警官，在我面前，你就别装了……"他原本想装出以前那种非常凶悍的声音来，可是，等他开口说话的时候，声音便软了下去，而且还带了几分哭腔，"我知道你想要什么，你们想把金斯那个家伙抓捕归案，但由于缺乏证据，你们一直没有办法动手。

证据我这里有，而且我敢保证，凭我的证词，他一定会吃官司的。我只有一个条件，你们要无条件地保障我的人身安全。"

"金斯先生？"华生警长的语气中透露出了一丝疑问，但又装出一副对这件事情无所谓的态度。

其实，金斯这个人有问题，警方一直都很清楚。他活跃于旧金山一带，在幕后操控着诸多的非法集团，他的势力非常大，甚至可以这样说，但凡是这个城市里发生的非法案件，或多或少都能够与金斯扯上关系。金斯这个人做事非常谨慎，多年以来，尽管华生和他的手下严密布控，但就是找不出半点能够扳倒他的有力证据。

当然，金斯这个人不仅混迹于黑道，在白道也非常吃香，后来居然成了上流社会的风光名人。不过，他的那些非法勾当照做不误，只不过他不再亲自出面，而是转交给马丁这一类的手下去替他处理。就在不久之前，当地举行了一个规模浩大的城市纪念游行的活动，金斯居然坐在了活动主席台的位置。看到这一幕，华生等警察们除了暗自咒骂之外，想不出半点方法。

马丁的出现可谓正合时宜，而且他还打算当污点证人，这让华生的心里乐开了花。正如马丁所说，他的证词的确十分有力，如果马丁说的都是实话，金斯一定能被绳之以法。不过，他现在还不能喜形于色，只能将这份感情藏于心底，所以，他的脸上现在仍旧没有什么表情，看上去显得非常平静。他用一种极为平淡的语气问道："马丁，既然你刚刚说有情况要汇报，那你现在就说说看吧。但是，我要提醒你，就算我们对金斯这个人颇有兴趣，我们对你所说内容的真实性也要进行考量。对了，对你的事情，我也有所耳闻，你曾经为金斯效力过，而且是他手下的几名得力干将之一。"

"华生警长，我向你发誓，我说的一切都是事实。我求求你了，我没别的要求，你们只要保证我的安全，保证我不死就行了！"此时，马丁再也无法保持那种傲慢的态度了，语气中充满了急切与绝望。

华生此时能够确信，马丁的话都是发自内心的。"马丁，首先我要跟你说清楚，在目前的情况下，我无法向你承诺任何事情。如果可以的话，希望你首先交代一下你今天来到警察局的原因，至于我能不能相信你所说的话，那要根据你所说的情况来进行判断了。"

马丁点了点头，然后深吸一口气，像是在给自己鼓起勇气一般，"这三年以来，我一直在为金斯先生做事。我平时的工作，就是帮他收城北一带的保护费，谈价、收钱这种事情也都是由我来负责的，一旦有人不服，我还要出面去教训那些人。"

听到这里，华生警长点了点头。马丁所说的这一点，的确是事实，黑社会一直以来都是这么办事的。据说势力范围内的店主如果不交保护费的话，就会遭到极度凶残且恶毒的报复，并且事后不会留下任何证据。店主们都不敢得罪他，一旦摊上事的话，他们连帮打官司的人都找不到。也正是出于这个原因，警方苦于没有证据，只能任由金斯、马丁这些人披着光鲜的外衣，干一些非法的勾当。

马丁随后继续说道："我在他手下干了一年之后，我就提高了保护费的额度，事实上，金斯并没有让我这么做。多出来的那一部分，我就放入了自己的口袋里。对此，金斯也毫不知情，毕竟他的那份，我一分没有少他的。这件事情，店主也不知道，因为城北这一带的钱，最终都要从我的手里过。"

这的确是新情况，不管是华生，还是其他的警察，之前应该都不清楚这一点。

"我不是一个非常贪婪的人，多收来的钱，我只留了百分之十。而且我花钱也非常有分寸，从来不胡乱挥霍，这一点，我跟很多人都不同。赚得的这笔收入，我全部存到了外地的一个银行账户上。按照我自己最开始的计划，再过一年之后，我就洗手不干了，然后用攒下来的钱，去南边买一个加油站，像一个老实人一样，去过安逸本分的日子。"

马丁居然会产生要做个老实人的想法！听到这里，华生警长不禁笑出声来："马丁，如果你真的能成为一个老实人的话，我估计那个时候地狱里的烈火都已经熄灭了。"

这句话显然刺痛了马丁的心，他显得有些恼羞成怒，但一想到现在毕竟是在求警方办事，所以他强压住了心中的怒火，继续往下说："但是，事情偏偏就是这么不凑巧。有天晚上，我去酒吧喝酒的时候，碰见了一个长得非常漂亮的小姐。她看上去小巧迷人，头发乌黑亮丽，一双蓝眼睛非常性感，我当时只有一个感觉，她绝对不逊色于杂志封面上的那些模特。因为对她心生好感，所以我主动约她喝了一杯。我在聊天的过程中知道了她的一些信息，她叫艾琳，是一个老师。当然，具体的我没有办法去验证，我只知道，她跟众多混迹酒吧的女人完全不同，整个人看上去很有气质，属于很有修养的那一类。她之所以会来酒吧，完全是因为要安慰她的一个朋友。她那个朋友刚刚失恋，情绪很差，想找个人谈谈心。"

说到这里，马丁停了停，点了一支烟，然后说："警长，按以前来说，跟女人纠缠不清这种事情绝对不会发生在我的身上，但这个艾琳确实有些意外，我最开始接近她，根本没想过要跟她约会。后面在聊天的时候，我就这么随口一说，没想到她居然点头答应了。这让我倍感意外。原来，我马丁也能跟档次这么高的女人约会。"

华生警长不禁笑出了声："你们这一对还真是有趣啊。"

此时，马丁叹了一口气，"唉，长话短说吧。我们自那以后的一个月时间，差不多每天都会约会。或许是因为两个人之间的了解越发深入，渐渐地，我产生了一种想法：她就是我的终身伴侣。她是那么美丽，那么有气质，我居然被一个有文化的女人看上了，她愿意和我交流，能够容忍我身上的毛病，这只能说明一个问题，她也爱上了我。"

马丁越说越激动，渐渐地，他看起来显得有些伤感，"华生警长，我敢肯定，她一定是爱上我了。在我们交往的那段时间里，我们相处得非常愉快，基本上没有因为意见相左这种事情吵过架。当然，这可能跟她那温柔的性格有关，包容了我很多性格方面的缺陷，所以让我们的交往看上去非常融洽。但她越是对我好，我内心就越纠结。因为我始终瞒着她一件事情，我一直不知道该怎么跟她开口，我怕跟她说了实话之后，她就会冷落我、疏远我。她是一个老师，所以，她的男人也应该有一份体面的工作，这样才能与她相称。于是，我编造了一个身份，我告诉她，我在一家公司担任推销员。不过，她好像不太相信我说的话。最后，我们就因为这点小事，差点儿吵起来。如果真吵起来了，这也可以算是我们第一次吵架吧。"

"马丁，你的爱情经历还挺感人的嘛。"说完之后，华生警长坐在椅子上，非常舒服地伸了个懒腰，然后打着呵欠揶揄道，"我对你的感情经历兴趣不大，所以，你打算什么时候开始讲重点？要是没有的话，就麻烦你回去吧，我还有别的事情要做。"

马丁连忙打断说："你让我把话说完。我最后下定决心跟艾琳求婚，我的直觉告诉我，她一定会答应的。我们的条件都不差，要是立马结婚也不存在任何问题，而且，她可以选择继续工作，这点不会受到任何影响。我决定将收保护费的工作彻底放下来，用攒下来的钱去南方买个加油站，然后和她平平淡淡地过日子。至于度蜜月的地方，我想好了，就安排在南方，这样一来，我可以顺便看看那边的加油站的情况，如果有合适的，我当即就买下来。也许在金斯先生那边会遇到一些阻力，不过问题应该不大，我毕竟是他非常看重的人，如果我告诉他，我是因为结婚才离开的话，他应该不会为难我的，更何况，他对于我背着他截留保护费的事情毫不知情，所以我根本用不着担心。"

此时，他突然想起了什么，"对了，华生警长，你知道吗，我昨天给艾琳买了一枚戒指。那枚戒指得两千多呢，我特意去城里最大的那家金器店买的。"说完之后，马丁故意停了下来，用眼睛瞄了一眼华生警长。华生警长的脸上依旧面无表情，对他所说的这件事情似乎没有太大兴趣。

马丁觉得有些自讨没趣，于是继续交代他的故事，"今天晚上，她来到了我的家里，我们一块儿吃的晚饭。她烧菜的水平很不错，我还特意去外面买了一瓶香槟酒回来。晚饭我们吃得非常尽兴，气氛也很好。饭后，我们还吃了一些甜点。等一切都弄完后，我主动向她提出了求婚的想法。

"不过，她的态度让我有些意外，既没有当即答应我，也没有立即回绝我。之后，她向我表达了爱意，不过，她随后补充道，两个人要在一起，必须坦诚相待，否则就会影响今后生活的幸福。她其实只有一个顾虑，就是不清楚我的工作状况，用她的原话说，就是'我怎么能放心地将自己嫁给一个连做什么工作都还不知道的人呢'？"马丁用手摸了摸下巴说，"看来那句老话说得并没有错，漂亮的女人都是祸水，所以，没什么事别去勾搭女人，那样会惹祸上身。"说完之后，马丁便陷入了沉默。

这番话勾起了华生警长的好奇，他连忙追问："惹祸上身？发生什么事情了？"

"接下来发生的事情，就是我来这里的真正原因了。现在我突然觉得，我就是一个彻头彻尾的大傻瓜。她只不过是用一种严厉的眼神瞪了我一下，然后我就将所有的事情都告诉她了。我告诉她，我在金斯先生手下工作，平时主要收保护费。我可以说，我做到了对她足够坦诚相待了，连那百分之十的截留款的事情都告诉她。为了表示我的诚心，我告诉她我决定不再做这一行，想带着钱去南方经营一个加油站，从今往后，跟她过安安分分的日子。

"我真是太天真了，居然认为她能够理解我的苦衷，能够体会我的心意。我的话音刚落，她就坐在家里哭。她说我让她感到不安，她现在不知所措，对于我的表现，她非常失望，而且在考虑到底要不要继续跟我在一起。我跟她一样，她一连串的问题抛出来，我也不知道该怎么办。哭了一段时间之后，她停了下来，说要去包里拿纸巾擦脸。但让我没想到的是，她从包里掏出来的居然是一把手枪，而且拿出来之后，立马用枪口对准了我。

"华生警长，你能理解吗？看到这一幕的时候，我的心都碎了。我当时就央求她，让她在杀我之前，好歹让我知道为什么要杀我，也不枉我对她一片真心。可是，她的回答将我推入了更深的绝望之中。她告诉我，她接近我是受人指使的，以考验我是否忠诚。尽管她并没有将幕后的主使人告诉我，但是我心里非常清楚，那个人一定是金斯先生。我真是蠢到家了，居然将自己主动往枪口上送。其实，我不该被她迷失了理智，现在想想看，她出现的那一刻就非常可疑，一个如此有修养的女人，怎么可能出入那样一个庸俗的场所？另外，我也过分地高看了自己，居然认为，她是因为被我的魅力吸引，所以跟我真心地约会。

"我原本以为，我的生命可能就到此为止了，多亏那时，家里的电话响了。我趁着她回头的那一瞬间，纵身一跃，向窗子外面跳了出去。她当即意识到我想逃跑，连忙回过身，重新将枪口对准了我。幸好我反应快，跳得早，才躲过了她的子弹。虽说我就住在一楼，但由于过度紧张，加上用力过猛，落地的时候，我不小心将脚给扭伤了。但是我也顾不得疼痛，这个时候保命是最大的事情。我发疯一样地狂奔，当时只有一个念头，跑去警察局。按照这种情景，我明天一早肯定会被职业杀手给盯住，这样一来，我就必死无疑了。"马丁一边说，一边用手揉了揉他那受伤的脚踝，看样子，现在伤痛又开始发作了。"我真没想到，我为他卖命那么多年，为他做过那么多事情，到头来，他居然派人接近我，怀疑我，而且还打算让女人来除掉我。所以，华生警长，这里是我唯一的避难所了，请你一定要救我。"

"嗯，马丁，听你这么一说，事情确实有些麻烦呢。我相信你，因为如果你在这种事情上撒谎的话，对你没有任何好处，会弄得你里外不是人。的确，你的选择非常正确，不管你的目的是什么，这个时候选择和我们合作，总归是没错的。"

华生警长从椅子上站起身来，又伸了一个懒腰，然后径直走到门口，喊了一声：“汤姆，赶紧过来一下。”

不一会儿，另一个警员便赶了过来。“这个人叫马丁，你现在把他押下去，事由就是扰乱社会治安，然后让一个速记员去跟他录口供。对了，最好拿个新的本子，他应该有很多情况要跟我们交代。你们要仔细记录下来，不要遗漏。”

华生警长说完之后，马丁便被带走了。看着马丁一瘸一拐远去的背影，华生不禁笑了起来。现在，有了马丁的帮助，他能够轻而易举地将金斯抓捕归案了。不得不说，最近的运气还是不错的。

华生警长稍稍收拾了一下，准备去审讯室旁听马丁招供的情况。但在那之前，他打了一通电话。很快，电话便接通了，接电话的是个女人。

"艾琳，你真是太棒了，我们的计划进行得非常顺利。现在，马丁已经到警局交代事情的经过了，他会跟我们透露很多有关金斯的情况，这一次，我们一定能够拿下金斯。不过，你真是够让我惊讶的，真没想到你的演技这么棒，马丁直到现在都还没发觉呢。你没拿奥斯卡奖真是太可惜了。"

"唔……真的吗？他去警察局自首了？感谢上帝，我都觉得，我快要人格分裂了，那个下流胚子，我真的忍不了了。还好我唬住了他，因为那把手枪里根本就没有子弹，否则的话，今天晚上在马路上狂奔的人就得是我了。"

之后他们还聊了些别的事情，但在挂断电话之前，她说了一句话："对了，亲爱的，马丁今天吃饭的时候给我送了一枚戒指。虽说那个家伙没别的什么优点，但是挑东西的眼光还是很不错的，这枚戒指相当棒啊！所以，我们结婚的时候，你买的戒指，一定不能比他的差啊！"

"亲爱的，你就放心吧！"

女人的报复

    这里是城市的商业中心，附近的两条街上一共有三家大型的金融机构。如果你从第一国家银行向西，往州立大街方向走的话，你就能看到哈里逊储蓄银行。继续向西，你就会来到一个叫作摩尔的大型购物中心，这个中心里面容纳了七十一家有名的商户，大众信托银行的北区分行也在这个中心里面。

    一个阴雨绵绵的星期四，赛尔只用了十五分钟不到的时间，便完成了对那三家金融机构的抢劫计划。要不是梅莉和格茵两个人拖后腿，他完全可以非常轻松地将抢来的四万三千元外加一些零钞带离现场。

    这个抢劫计划的制订，赛尔花费了很大的心思，计划中的每一步看上去都非常自然。格茵是莫宁赛百货店的一个售货小姐，他的计划中有一项，就是去这家百货店看望格茵。

    他按照计划的时间，十一点四十分准时赶到了店里。店里的顾客很多，而且大多为十几二十几岁的小年轻，衣着也非常入时。他们在这个店里主要是想买些粉盒或者口红之类的礼物，送给他们的女朋友，或者是他们的母亲。

    相对于其他买东西的顾客来说，赛尔的表情看起来有些急切，另外，还有几分难以掩饰的尴尬。急切是格茵造成的，而表现出来的尴尬却纯粹是装出来的。

说到格茵，她的确有几分姿色。一头金色的大波卷发十分惹人注目，眼睛透露出一种贪婪，这与她甜美而纯真的外表一点儿也不相称。此时，她正站在柜台后面为顾客做商品介绍。赛尔注意到，她的身体凹凸有致，曲线尽显，从上到下的每一个部位，都有着无穷的引诱力。

单从外表上看，很难想象格茵居然是个野心勃勃的女人。她并没有将工作的这一点微薄薪水放在眼里，满脑子想着能够赚一笔大钱，至于赚钱的方式，她却毫不在意。也正因为这样，赛尔跟她提出了抢劫的计划之后，她便一口答应了。

另外还有一点，在格茵的眼里，赛尔应该是个完美的男人，因为她找不到任何一个理由来拒绝他。的确，赛尔有着过人的魅力，一般的女人都不会拒绝他。格茵很清楚她现在的状况，一旦这次抢劫成功，她拿到了赛尔给她的钱，他们之间就不再是合作关系，而是情人关系了。

等到柜台前面没有顾客的时候，赛尔走了过去，此时，他们之间的交谈就不会受到约束了。在聊天的过程中，格茵时不时地会从柜台的样品盒里拿出一款香水，然后非常专业地在赛尔的鼻子下面晃一晃。这样一来，即使有人看见他们，也不会产生疑心，在旁人的眼里，那个男的在挑香水，可能是送给他的女友，也可能是送给他的母亲。

赛尔说："宝贝儿，今天是个好机会，刚好下雨，而且外面的街道上人并不少。所以，趁着中午吃饭的时候，我准备下手。"

格茵显得有些兴奋，"太好了，我等这一天等了很久了。"

"深有同感！"说完，他将身上那件防水夹克的帽子理了理，将拉链稍稍往下拉了一些。那是一款长夹克，长度差不多到赛尔的膝盖了。

"按照计划，你准备先偷一辆好车吧？"

"不，我想到了一个更好的主意，我打算用梅莉的那辆车。"

"什么？梅莉的那辆？"格茵显得非常惊讶。

看到她的那副样子，赛尔略带嘲讽地说："怎么，不可以吗？"

"她知道你要做什么吗？"

他把头从香水瓶子上移开，然后默默地点了点头。

格茵眉头一皱，小声地问："这会不会太冒险了？"

"格茵，这件事也没什么好隐瞒的。梅莉那边，你一点儿也不要担心，她就是个十足的笨蛋，属于下大雨也不知道应该打伞的那种人。但是有一点，我非常放心，她爱我，你明白吗？就因为这一点，她可以为我做一切事情。她只有一个目的，获得我的认可，跟我结婚过日子。"他大笑道，"格茵，或许你都不敢相信，她在连我全名都不清楚的情况下，坚定地认为，我一定会跟她结婚，会把她娶回家。其实，我跟她是两个月之前才认识的，第一次在酒吧见面，我完全是个陌生人，可是她却深深地爱上了我。我想，你应该能猜到这其中的原因了吧？梅莉现在处于极度的空虚寂寞期，哪怕是一只鹦鹉向她问好，她都会对它心生爱慕的。"

说到这里，赛尔笑了起来，格茵也跟着笑了起来。但是格茵马上就打住了，提醒道："赛尔，有一点你要注意，不管梅莉到底是不是个笨蛋，你要是完成这件事之后，将她一个人丢在这里的话，她肯定会告发你的。"

"我敢确定，至少在星期天晚上之前，她不会这么做。我们约定在星期天的时候，去费城结婚。可是事实上，等到星期天晚上的时候，宝贝儿，我们早就去赌城了。那时，就是我们俩的快活世界了！"

格茵本想忍住的，但还是笑了出来："赛尔，你太坏了。不过说真的，这对她有点不太公平。"

"什么公平不公平的。的确，她以前是挺好的，但自从遇见你之后，我就越看她越不顺眼。她有什么值得我欣赏的？是呆头呆脑还是善于嫉妒？她只不过是被我利用的一个工具而已，她存在的价值，就是方便我今天顺利地逃跑。"

"对了，她对我大概是个什么样的印象？还是说，她根本就不知道，这个计划中，还有我这个人的存在？"格茵问。

"你觉得我做事会那么不动脑子吗？你想想看，像她那样一个嫉妒心爆棚的女人，我要是提到你，她还不得吵翻天？我的保密工作做得很好，她对于你的存在一无所知。"

格茵点了点头，似乎接受了他的这个说法。但她似乎转念想到了什么，于是问道："赛尔，我有些担心，你如今能够狠下心来将梅莉一个人丢在费城，那么，我又如何能确定，你今后不会把我一个人丢在赌城呢？万一今后你迷上了某个蒙特利尔的女孩，并且去了她那儿，我该怎么办？"

赛尔非常不屑地扔了一句："这种醋你也吃？你和梅莉不一样，梅莉那种嫉妒心太强的人，反正我是受不了。对了，我给你买机票的钱还在吧？"

"嗯，在呢。"说着，她用手摸了摸丰满的胸部。赛尔如痴如醉地欣赏着她的姿势，然后温柔地说："你看，我帮你出了机票钱，但是没有给梅莉一分钱，她要去费城，还得自己掏腰包。这样一比较，你还不明白吗？我肯定会跟你去赌城的，你放心吧。"

"那么，我们到时候在哪里见面呢？"格茵问。

"这样吧，星期六晚上，你去赌城的蓝天汽车旅馆，那儿便是我们见面的地点。我大概会在星期六的下午赶到，因为还要将梅莉的那台汽车给处理掉，那可能要花点时间。你如果到了的话，就跟那里的服务生说，你是我的太太，我事先已经跟他们打过招呼了。"

"那就这么说定了，等中午的时候，我就把去赌城的机票买了。"说完之后，她又从柜台上拿了一瓶香水的样品，然后在他鼻子下面摇了摇，仍旧装出一副在买东西的样子。

"格茵！"一个声音突然从店铺前面传来，这让她吓了一跳。她连忙放下手中的香水问道："有什么事？"

"刚刚有个顾客打电话过来问，我们这里有没有新到的香水？"

格茵不耐烦地回了一句，而且声音有些大："告诉他没有！"

此时，赛尔一把将她的手推到一旁，然后微笑着说："宝贝儿，我们星期六的晚上见了！赌城，不见不散！对了，记得祝我好运啊！"

"嗯，赛尔，加油，多弄点回来啊！"格茵似乎快要按捺不住心中的兴奋了。

赛尔微微一笑，然后用非常响亮的声音说："噢，真是麻烦，我根本做不了决定！我觉得，先回去问问她比较好，看看她到底喜欢什么样的香水。"他一边说，一边离开了店铺，表现出一副踌躇满志的样子。

格茵则一直默默地盯着他的背影在看……

外面的雨仍旧没有停。赛尔冲进雨中，朝庞特阿西街方向跑了过去，因为梅莉就住在那边。

梅莉的头发是褐色的，说话带有一点西班牙口音，正是因为这一点，赛尔对她产生了兴趣。他觉得，梅莉的话语中有一种魔力在吸引他。不过，在赛尔的眼中，这个女人所表现出来的特性更像是一个墨西哥人。如今，她在一家电话公司工作，而且主要负责接听夜间的来电。也许是这个职业的原因，赛尔才会对格茵做出那种分析——梅莉是一个空虚寂寞的女人。

两个月前的一天，梅莉在上班之前遇见了赛尔。在那之前，她的生活可谓是空虚寂寥，但现如今，她就像换了个人似的，每天快乐到近乎疯狂的状态。而这一切只是因为，她恋爱了。

赛尔曾经非常明确地跟她说过，他们的婚姻之路有些非同寻常，而且要冒一些风险，只有抢银行成功，他们才能成功地结婚，而且，结婚的地点不在本地，而是在遥远的费城。纵使如此，她仍旧毫不介意，并且满怀欣喜。

赛尔赶到她的住处时，已经十一点五十五分了。按响门铃的那一刻，她刚刚换完了一套新衣服。门打开了，呈现在赛尔面前的是一个光彩照人、整装待发的女人，而她这么做，只是为了迎接他的到来。

"赛尔！赛尔！"梅莉一边高兴地喊着他的名字，一边将他拉进了卧室里。他刚刚将防水外套的帽子往后一掀，梅莉就将双手张开，然后一把搂住了他的脖子，将整个身子都依靠在他的肩膀上，接着便开始不停地说话。"亲爱的，从昨天晚上到今天，我觉得时间过得真是太慢了。对了，赛尔，我怎么觉得你好像有心事呢？噢，对了，你是打算今天中午的时候动手吧？"她抬着头，天真地看着他。

其实，赛尔最不喜欢她这一点了，每次都问些废话，这让他感到非常烦躁。

"对了，赛尔，我已经把车子送去修理站检查过了，车况非常好，而且连油都加满了。到时候，这辆车就是我们的婚车了，结婚那天，就用这辆车把你带到费城去。"

赛尔顿时觉得非常好笑，不过他克制住了，然后非常认真地说："很好，梅莉，今天刚好下雨，街上的人要么打着伞，要么穿着雨衣，非常适合动手。而且今天，购物中心的停车场里车子肯定也不多。"

　　"赛尔，你打算什么时候用车？我把车子停在哪里比较好？"梅莉小声地问，表现出一种对赛尔唯命是从的样子。问完之后，她又将身子靠了过去。

　　赛尔伸手看了看表，然后说："十二点二十五分，不要晚于这个时间就行了。然后，你把车停在靠近床上用品那家商店的边上，车头朝着马路，车尾朝着人行道，停好之后，引擎不要关。我出来之后，可以直接开走，也不用掉头，这样最安全。"

　　"嗯，赛尔，我会等你的，你千万要小心啊！哎，一想到你要做这么危险的事情，我就感到紧张，连呼吸都有些困难。"

　　"宝贝儿，你别担心啊，这只是一次非常简单的抢劫，而且所有的细节我都考虑好了。我们按照原计划，星期天的晚上在费城碰面。你想想看，那天是我们结婚的日子，多么具有纪念意义，算是我生命的最高潮，所以，无论如何我都会安全抵达的。"

　　梅莉突然显得有些不太高兴。"可是……可是我心中总是有些疑虑，直到现在，我都没有百分之百的信心认为你会把我娶回家。我知道你女人缘很好，很多女孩子都喜欢你，而且为了得到你，她们可以不择手段。"

　　赛尔拍了拍她的小手，然后认真地对她说："嘿，你看看，又来了！梅莉，不要老是觉得自己不如别人。我爱的人是你，有这一个理由，就足以让我忘掉其他的女人了。你再说之前的那些话，我可要生气了。按我刚才说的做，明天晚上，我们在费城碰头，就这么说定了。"

"……赛尔，我问你，你之前有没有去过费城？"

"没有。"

"你真的没去过？"梅莉非常认真地望着他。

"我真没去过。你干吗这么问？"

"噢，我只是有些不放心而已。我总觉得，你可能认识某个费城的女孩，而且到了费城之后，那个女孩可能会把你从我身边抢走。"

"怎么会呢，不要胡思乱想了。"说完，他一把将她抱进了怀里，然后不停地吻着她。

"赛尔，我是爱你的，可是万一……万一你到费城之后，移情别恋了，我该怎么办？"梅莉抬起头问。

赛尔已经不想再回答这一类的问题了，他看了看手表，然后说："时间不早了，我得开始行动了。对了，赶紧拿个袋子给我。"

"好，你等等！"她连忙跑到了桌子边，拉开抽屉，从里面拿了三个纸袋出来。"赛尔，我没有其他的要求，只希望你万事小心。"

"放心，那么明晚见了。对了，地点还记得吗？"

"记得！"她思索了片刻，然后说，"胜利大道上的格林尼治旅馆。我今天晚上就过去，这样一来，明天你到的时候，我肯定就在那儿了。"

"很好！"说完，赛尔亲吻了她一下。

梅莉仔细地盯着他的眼睛看了看，回吻了他一下，然后用她那特有的嗓音轻轻地说："你不用为车子的事情担心，我会将它停在你需要的位置的。"

他把梅莉刚刚拿过来的三个纸袋子叠好之后，夹进了腋下，并且将外套的拉链往上拉了一些，随后便离开了她住的地方。

走了几步之后，他回过头看了看，梅莉还站在门口，一直在目送他。他挥了挥手，然后头也不回地走进了雨中。

赛尔离开之后，梅莉也换上了雨衣，急急忙忙地赶到了停车场。虽说她的那辆汽车已经开了好几年了，但完成这样的事情还是非常轻松的。她开着车，以尽量快的速度朝摩尔购物中心的方向开了过去。路上，她希望赛尔告诉她的那个地方刚好有个车位，这样她也不用再花时间去找别的位置停车了。她看了看时间，赛尔要用车也是二十分钟之后的事情了，她松了口气，现在时间非常宽裕。

赛尔抢劫的整个过程比他想象中还要顺利。

他首先进入了第一国家银行。赛尔发现有一个窗口刚好没有人，他便带着事先准备好的一张纸条，径直地走了过去。走到柜台边，他将那张纸条从窗口的小洞里递了进去，然后一直面带微笑地在那儿等着。在头罩的遮挡下，他只露出了半张脸。出纳接过字条看了看，上面赫然写着一句话："把钱通通装进袋子里，否则就宰了你！"此时，出纳员瞪大眼睛看了看外面那个人，眼神中充满了恐惧。不过，她仍旧表现得非常冷静，不慌不忙地将钱一叠一叠地取出来，然后码进了赛尔刚刚递进去的手提袋里。

银行方面对于职员遭遇到这种突发事件时所做的培训是这样的：在为劫匪取款时，一定要遵照劫匪的要求来做，并且时刻保持冷静，等劫匪将钱拿走，远离柜台的时候，如果有必要，再去充当英雄，尽量避免与歹徒之间发生直接的冲突。毕竟，银行的所有财产都上了保险。关于这一点，赛尔非常清楚。另外，他还知道，每个柜台的后面都有一个紧急按钮，出纳只要碰到那个按钮，警报立即就会启动，而且隐蔽的摄像机会将柜台前方的歹徒容貌拍下来。正是这个原因，赛尔进入银行之后，并没有将头罩取下来。有照相机又有什么关系呢？只露了半张脸的照片，又有多高的辨识度呢？

出纳将纸袋和字条都递了出来。赛尔看了看，露出了满意的笑容，然后礼貌地朝里面的出纳说了一句："小姐，辛苦了。"随后，他立即走出了银行，混入了人行道上拥挤的人群中。直到这时，那个出纳才反应过来，按响了报警器。虽然下着雨，但街上并不冷清。街上的人流熙熙攘攘，打伞的，穿雨衣的，背包的，提手袋的，各种各样的人都有。第一国家银行的警卫站在门口张望了半天，连赛尔的影子都没看见。此时，赛尔早就来到了哈里逊储蓄公司。

之后，他在这里将刚才的手法重新演绎了一遍，完成之后，他仍旧不忘记加上那句"小姐，辛苦了"。一切都很顺利，他的心里也感到非常轻松。或许等他逃离之后，报纸在对这则连环抢劫案进行报道时，人们可能会送给他一个非常好听的绰号——"强盗绅士"。

一般遇到抢劫这种事情的时候，人们的反应都会慢半拍。等哈里逊储蓄公司的警报响起时，赛尔已经进入了第三个目标——大众银行北区分行。和前两次一样，抢劫顺利完成。

之后，他以最快的速度赶到了和梅莉约定的地点。没错，床上用品商店旁的车位上停着一辆车，那是梅莉的车，引擎没有关，也不用掉头，踩下油门就能走。

购物中心周围的街道上依旧人来人往，人们行色匆匆，打着雨伞或者披着雨衣在雨中前行。从购物中心一直到发动汽车，没有一个人用稍微异样的眼光看过他。他连忙发动了汽车，然后沿着州立大街驶离了购物中心。此时，身后传来了呜呜的警笛声，按理来说，他应该感到紧张才对，因为警察已经出动了，可一想到计划进行得如此顺利，他内心就感到兴奋、快乐、骄傲无比。

他沿着州立大街一直往西开，车子很快就要开出城了。根据州立条令，雨雾天气必须打开车前灯，他照做了。那两支勤奋的雨刮器在挡风玻璃上来回不停地刮着，为他的行车保证了良好的视野。他的车速不快，一直控制在限制的范围内，而且整个人的状态十分轻松，看上去一点也不紧张。这种状态，完全不像是抢了钱要逃跑的劫犯，更像是一个普通的市民。

经过一个路口时，红灯亮了，他将车停了下来。此时，一辆警车跟了上来。起初，他只是心中一惊，但很快就安慰自己说，这也许只是巧合。紧接着，另一辆警车从前方的路口拐了过来，而且就停在了他前面的那个十字路口。原本悠然自得的他瞬间慌了起来。

赛尔当即意识到，他被警方给包夹了。他本来想赌一把，猛踩一脚油门，朝前面停着的那辆警车撞过去，但转而一想，梅莉的这辆车开了很多年了，车况一直不太好，如果直接撞过去，车子非散架不可。这个时候汽车逃跑也太迟了，因为警察已经下了车，并且还拿着手枪，正往他这边赶过来。

警察示意他下车，将双手放在头顶，然后背过身子站好。除了照做，他还能怎样呢？

没过多久，法院就开庭审理了这起案件，而且这件案子的目击证人正是梅莉。她在法庭上说："我当时正好在大众银行的北区分行办理存款的业务，填写存款条的时候，我无意抬了抬头，然后就看到了这个人。他当时穿着一身长到膝盖的夹克，可以防雨的那种，而且头罩也没有取下来。当时我就觉得这个人有些奇怪。紧接着，我看见他站在柜台旁边，往窗口里递了个什么东西。里面的那个出纳开始还好好的，可是突然一下脸色就变得非常差了。我当时并不知道发生了什么事情，只是觉得好奇，所以我一直在盯着那个人看。我当时根本就不敢相信，只能在电视里看到的情节居然被我碰见了，为了确认我的想法，我悄悄地跟了出去。所以，我不知道出纳后面按响了报警器，因为我在银行外面的马路上，根本就没有听到。后面我发现，那个人在床上用品商店外面的马路边转了转，打量了一下停在那里的几辆车。最后令我气愤的是，他居然把我的车给开走了！直到这时，我才肯定，他真的是在抢劫，而且还抢了我的车！

"没错，当时我的确是疏忽了，不过，我那天忘记关引擎也是有原因的，毕竟那天天气不好，下了一天的雨，而且我要办的事情也不多，估计就是打个转的时间。当我意识到事情的严重性之后，我立即回到刚才取钱的银行，将刚刚发生的事情跟警卫说了一遍，然后银行方面立即就与警察取得了联系。"

梅莉向警方透露了很多关键的信息：劫案发生在大众银行北区分行的四号柜台，她停放在床上用品商店正门口车位上的汽车被盗，歹徒沿着州立大街向西逃跑了。她还将她的车型以及车牌号告诉了警方，因此，赛尔才会这么快被捕。

在法庭上，梅莉是这样描述她与这个强盗之间的关系的："抢我车的那个人就是他！抢银行的也是他！还有，我根本就不认识他！"

总之，赛尔注定要在监狱中过很长一段时间了。其实，梅莉是否出庭做证根本就不重要。判刑的依据是他抢走的那三袋纸钞，外加一把玩具枪。整个案件基本上不存在什么争议，审判一结束，赛尔就被关进了联邦监狱。

很快，赛尔的第一个探监日到了，而第一个前来探访他的人居然是梅莉。

看到赛尔之后，梅莉又傻傻地朝他笑了起来。他们俩之间隔了一层铁丝网，于是，她用手摸了摸网子那边赛尔的手，这是他们现在唯一进行肌肤接触的方式。她一边笑，一边朝里面的赛尔打招呼："亲爱的，有很长一段时间没见到你了，你在这里过得还习惯吗？我想你了，所以过来看看你。对了，你一定要坚持，我会等你出来的。到那个时候，我再跟你结婚！"

赛尔看着眼前的这个女人，只觉得一阵恐惧感扑面而来，他有些不安地说："梅莉，你可以不用等我的……真的……我……我就想知道一件事情。"

她心中很清楚赛尔到底想问什么，但她仍旧用一种非常天真的声音问道："噢？你想知道什么事情？"

"你为什么要报警？你不是跟我说过吗？你会爱我，会嫁给我，哪怕是跟我一起抢银行也不后悔，这些你都忘了吗？"

"怎么可能忘呢？我一直很爱你啊，包括现在。"她非常认真地回答。"既然如此，你为什么要报警？为什么要向警察出卖我？"

"因为你爱上别的女人了！我心里很不高兴，就这么简单。"她回答得非常干脆，并且带着浓重的西班牙口音。

"我真不明白，你怎么会这么想！"

"因为你抢劫的那天，我原本只是跟你吻别。可当你的肩膀靠近我的时候，我闻到了一股香水味。如果我的判断正确的话，那款香水应该叫作香奈尔五号。"

赛尔没有再反驳什么，只是默默地点了点头。

"也正是因为这样，我决定要给你一点小小的惩罚。"梅莉起初表现得非常淡定，但很快，她就掩饰不住内心的急切了，"我也有个问题要问你。抢银行的那天，你中午来找的我，找我之前你在干什么？是不是在跟某个女人约会？"

"事到如今，我也不瞒你了，我那天的确和一个叫作格茵的女人见面了。她是庞特阿西街上一家百货店的销售员，主要卖化妆品。按照我的原计划，抢劫成功之后，我要带着她去赌城。"

听到这句话，梅莉起初目光呆滞，整个人精神状态低落到了极点，随后，她的怒火瞬间爆发了出来，提高声音，哽咽地喊道："伪君子！你这个伪君子……你这个……没良心的东西！"那一瞬间，她并不只是带有西班牙口音了，而是仿佛成了一个真正的西班牙人。

赛尔仍旧不打算反驳什么，从事实上来说，梅莉说得没错。不过，他在琢磨一连串的问题："肩膀上的香水是否是格茵故意喷上去的？或许这是女人之间的一种竞争方式，以此达到向梅莉挑衅的目的？或许是因为她知道，梅莉这个人嫉妒心太强，可能会因为这件事而采取一些行动来整我？如果真是这样的话，格茵这么做的动机在哪里呢？"这一系列的问题都是纯理性的，真正的答案他现在也不可能知道。

想到这里，赛尔叹了口气，说不定格茵也是一个嫉妒心很强的女人呢？也许给钱的那个做法本身就是错误的，因为不信任她，所以才给她钱。其实，他的初衷本非这么复杂，只是想在抢劫完成之后，将这两个人通通地从身边支开而已。

梅莉用一种近乎绝望的声音问道："赛尔，我最后问你一个问题，你必须老老实实回答我！我，还有那个女人，你到底选哪一个？"

赛尔此时已经烦透了，要不是这个叫梅莉的女人，他现在也不至于落得这般下场，还有什么好跟她解释的呢？赛尔抬起头，隔着铁丝网，直直地盯着眼前这个女人，然后说："你一个人伤心去吧，我永远不会告诉你的！"

其实，这个结局对梅莉来说，也未必是件坏事。赛尔抢劫成功之后，他既不会带着梅莉去费城结婚，也不会带着格茵去赌城逍遥。他真正的目的地是得克萨斯州的拉里诺。那里有他中学时代的初恋，那个女人叫白娜，现在是夜总会的一名女招待，他打算将她带回老家。

第八名死者

　　尽管现在的车速已经超过八十迈了，但由于现在行驶在一条笔直的公路上，加上路况相当好，让人根本感觉不到是在飞速行驶。

　　副驾上坐着一个红头发的小伙子，一双眼睛非常明亮，眼神显得狂野而狡黠。他身形偏瘦，长着一张娃娃脸，看起来最多十七八岁，不过，实际年龄应该要在视觉年龄上再加四到五岁。

　　此时，他正在专注地听着车载收音机里播报的新闻。过了一会儿，新闻时间结束了，他将声音关小了一些。

　　"现在，据说他们已经找到了七名受害者。"他用手擦了擦嘴角。

　　"嗯，我刚刚也听到了。"此时，我一只手操控着方向盘，另一只手在颈背上揉了揉。已经开了很长一段路了，而且一直保持这个速度，这让我感到有些疲惫，此外，也有一些紧张。

　　他朝我看了看，然后面带微笑地问："你干吗紧张？"

　　我随即白了他一眼，然后说："紧张？我有什么好紧张的。"

　　他一直微笑着，保持着那狡黠的表情。"刚刚新闻里可说了，以爱蒙顿为中心，城市周围五十公里的道路上，警方都设了路障。"

　　"我知道。"

　　"不过，他的确很聪明。"说完，他不禁笑了起来。

他的腿上正放着一个布袋子，我瞟了一眼袋子的拉链，然后问："你要去很远的地方吗？"

"我现在也不知道要去哪儿。"说完，他耸了耸肩，然后用手在裤子上揩了一下，"对了，你有没有想过，他为什么要那么做？"

"没有。"我随口回了一句，然后专心地关注着前方的路况。

"或许，他是被逼得走投无路了。可以说，他活到现在，分分秒秒都过着被人逼迫的日子，不是逼着他干这个，就是逼着他干那个。人要是真被逼急了，说不定就爆发了。"此时，他停了停，目视前方，然后接着说，"就像这次一样，每个人的承受力都是有限的，当他承受不了的时候，就必须有个倒霉蛋来充当出气筒的角色。"

此时，我松了松脚下的油门。

他转过头，不解地看着我："怎么减速了？"

"前面有个加油站，车快没油了。刚刚跑了四十多公里，沿途一个加油站都没有，现在不加油，说不定等会儿又得跑这么远才有。"说完，我便打了一把方向盘，从匝道进入了加油站，然后在三个加油机旁边停了下来。此时，一个老年人走到了我的汽车旁边。

那个小伙子打量着加油站，整栋建筑并不大，但是看起来显得非常破旧，窗户上更是落满了灰尘。路旁是一片宽阔的麦田，看来这里已经是彻彻底底的乡下了。不过这里通了电话。

老头将车头的盖子掀开来，仔细地检查着油箱的状况。

小伙子的脚在不停地摇着，然后不耐烦地说："那个老头磨磨蹭蹭的，真烦人，我最不喜欢的就是做这种浪费时间的事情。你说，都这么一大把年纪了，还活在这个世界上干什么，趁早死了得了，对谁都好。"

我说："我可不这么想。"

小伙子转过头，朝我看了看，然后咧开嘴笑着说："我发现那个破屋子里居然有电话，你要不要下车去打一通啊？"

"不要。"我平静地说。

此时，油已经加好了，老人将零钱找给了我。此时，小伙子对着那个老人问："先生，请问你这里有收音机吗？"

老人摇了摇头说："我喜欢过清静的日子，所以我这里没有那个东西。"

"先生，我想你是对的，果然啊，安静能让人长寿。"小伙子朝老人咧嘴笑了笑。

很快，我把车驶离了加油站，并且将车速又提到了八十迈。

坐在副驾上的小伙子陷入了一阵沉默，过了一会儿突然问："一共杀了七个人，做这种事情还是要点胆量的。对了，你用过枪吗？"

"那种东西，每个人应该都用过吧。至少我这么认为。"

"那你用枪瞄准过人吗？"他咧开嘴，微微地露出了牙齿。

我没有回答，只是斜看了他一眼。

他的两只眼睛此时格外有神，"被人敬畏的感觉其实很不错。如果你的手里有枪，那么你的心里也就会产生一种优越感。"

"嗯，枪这种东西，还能弥补一些缺陷，比如你的身高。"我淡淡地回答。

听我这样说，他的脸开始有些泛红。

"有枪的话，你就能变得高大起来。"

"杀人是一件很要勇气的事情，不过，大部分人似乎都不清楚这一点。"他回答。

"这些遇害者里面，有一个只有五岁，他还只是个小孩。你觉得这也需要胆量吗？"我问道。

"那是个例外。"

"不，人们可不会这么认为。"

"那么，他为什么要杀一个孩子呢？"他对此感到非常疑惑。

我耸了耸肩，"这我就不知道了。一个人杀的人越多，他就会对这种事情渐渐麻木起来。等到一定程度的时候，不管是杀什么人，男女老少，在他看来根本没有任何区别。"

"其实，到后面与其说是一种胆量，倒不如说他养成了一种喜欢杀人的习惯。"他沉默了很久，然后说，"不过我相信，没人能抓住他。"

我转过头，盯着他看了几秒，然后不解地问："你为什么会这么说呢？现在全国上下都在围堵他，而且大家都知道他的样子。"

那个小伙子将单薄的肩膀挺了挺，然后说："说不定，他根本没把这种事情放在心上。他只是完成了他该做的事情而已，而且也因为这件事情，他现在的名声很响。"

我没有作声，我们俩就以这样沉默的状态行驶了一段距离。

他将屁股从座位上抬了抬，估计坐得不太舒服，"对了，你有没有在收音机里听过任何关于他相貌的描述呢？"

"当然有，我从上个星期开始，一直都在关注这方面的新闻。"我回答。

"我刚刚搭你的顺风车的时候，你就没有怀疑吗？我的相貌，基本上跟收音机里的描述相吻合呢。"那个男孩有些好奇地看着我，视线一直没有从我身上移开。

"嗯，是挺像的。"

笔直的道路一直伸向远方，道路两旁依旧是一望无垠的平原，不但没有人烟，连树都很少看见。

"我看起来跟凶手差不多，这样一来，每个人见到我的时候，都会有些害怕，我很喜欢现在这种感觉。"说完，他又笑了起来。

"你笑够了没？"我冷冷地对他说。

"你不觉得很刺激吗？这两天我都出没在这条路上，警察都抓我三次了。估计我都快跟那个凶手一样有名了。"

"嗯，不过我觉得你可以更加有名。我之前就觉得，只要走这条路，我就一定能碰到你。"说完，我把车速降了下来，然后扭过头问："对了，你觉得，我长得像收音机里面说的那个人吗？"

那个小伙子仔细地看了看我，然后"扑哧"一声笑了，"简直太不像了，最起码连头发的颜色都不对。他的头发是红的，是我这种颜色，但你的头发是褐色的。"说完，他不禁笑了起来。

我看着他，微微一笑，"噢，这样啊。可是，染个头发很难吗？"

此时，他突然愣了一下，然后瞬间明白了什么，眼神显得无比恐惧。

警方正在全力追捕连环杀手，就在这时，第八名受害者出现了。

命的赌局

为了将昨天钓到的鳟鱼洗干净，我直接在小溪边跪下来。我一边洗，一边还用鼻子闻了闻，然后自言自语道："真奇怪，我钓的鱼没什么味道，可别人钓的鱼，为什么总有一股腥味？"

此时，身后小山上的小木屋里传来了一阵洪亮的大笑声，我舅舅的笑声就是这么有特点，跟他的人一样。

舅舅平时最喜欢玩牌，特别是跟他的好朋友巴兹尔一块儿的时候，更是兴致大发，二十元一局的赌注对他来说根本就不算什么，仿佛从手中来来往往的并不是钞票，而是不值钱的纸。

和以往一样，他们今天早上又开赌了。今天的赌注是五十元，赌的内容是看谁能钓到鳟鱼，最后这五十块被巴兹尔赢走了。

中午的时候，他们又换了一种赌法，赌谁钓的鱼更大。这一把仍旧是巴兹尔赢了。舅舅并没有表现出不愉快的样子，而是乐呵呵地将钱递给了巴兹尔。

舅舅和巴兹尔基本上每年都会来这边度假，而且来之前会象征性地给我母亲五块钱，算作对这个地方的清理费。而我则得全程陪护，并且赚不到一分钱辛劳费，感觉就像他们雇用的免费奴仆一样，整天使唤我。

当我父亲还在世的时候，我们的日子过得非常滋润，可如今，家徒四壁，每况愈下。家里唯一的一头母牛因为疏忽，独自走到了马路上，结果被一辆卡车撞断了腿；上次遭遇风灾的时候，整个屋顶被狂风掀走了一半，而且还吹倒了北面的整排篱笆；至于我那辆破旧的老爷车，早就到了该从里到外全部大修的年限了，但因为一直没钱，车子用起来总是出各种问题。每天还有杂七杂八的事情困扰着我，即使整个人从早到晚连轴转，事情仍旧做不完。

当然，这一切都算不上什么，被舅舅呼来喊去地做事才是最烦躁的事情。伺候他是件非常麻烦的事情，他一向给人一种狂妄自大的感觉，喜欢让人做这做那。而且另一点也深深地刺痛着我的神经：我辛辛苦苦一天做十六个小时的工，赚来的钱居然还抵不上他两个小时的工钱，这种不公平的待遇一直让我耿耿于怀。

我把洗好的鱼带进了小木屋，然后将干净的水倒进锅里。舅舅和巴兹尔仍旧沉迷在牌局之中，我进进出出的，他们连看都不会看我一眼，就如同我是空气一般。

他们在玩一种三点的牌。巴兹尔从牌堆里摸了一张牌出来，直接亮在了桌面上，牌面是皇后，点数又压过了舅舅。和以往一样，哪怕是输了钱，舅舅也毫不在意。他又从口袋里掏了一张皱巴巴的二十元钞票出来，一声不吭地摆到了巴兹尔的面前，然后用手摸了摸他那打理得整整齐齐的八字胡，手上的那枚钻戒迎着光，发出了耀眼的光芒。

此时，他似乎注意到了我的存在，连忙问："约翰，晚饭是不是做好了？"

"嗯，快了。"我回答道。

"这样吧，待会儿也让你玩一两把，怎么样？"说完，巴兹尔朝我笑了笑，然后将牌顺手一收。

我瞪了他一眼，这分明是在挪揄我，明明知道我没有钱，怎么可能出得起这么大的赌资？

舅舅则拍了拍他口袋里的钱，那声音跟他的嗓音截然相反，沉闷得很："巴兹尔，我这里有的是钱，你着什么急啊？再玩几局吧。"

巴兹尔则不屑地说了一句："你真是个怪人，输了这么多钱，还要乐呵呵地继续来。输钱也有瘾吗？"说完之后，他用力地吸了一口烟，然后朝天花板吐去。

"好了好了，别啰唆了，继续来。"

趁着我在厨房炸鳟鱼、做玉米面包的间隙，他们又赌了四局，这四局舅舅都输了，每一局的出账都不止二十元。好在，他在事情与事情之间区分得很清楚，输了这么多钱，丝毫没有影响他吃饭的胃口。

我吃完饭之后就开始砍柴，将砍下来的柴火整整齐齐地码放到柴火箱里，而他们则继续在饭桌上吹牛。他们似乎有很多资本可以吹，比如在城里用各种方式赢来的钱，在各种场所玩过的女人。对于这些东西，他们向来津津乐道，而我则觉得快要恶心到反胃。他们去过很多地方，而这些地方我都没去过；他们经历过很多事情，其中有很多我连听都没有听说过。因为这种不公平，我的内心对他们充满了憎恨。

吃完饭之后，他们就坐到一旁喝咖啡去了，而我则要负责将杯盘狼藉的桌子打扫干净，接着还得刷锅刷碗。在我忙得不可开交的时候，他们又坐回到了桌子前，继续开始赌钱。

吃过饭的舅舅似乎转了运，手气红到不行，不但将白天输给巴兹尔的钱赢回来了，巴兹尔还倒贴了好几张大钞票出去。他们每天的生活都是如此，钞票不停地从这个人的钱包爬到那个人的钱包，看得我内心一阵心痒——这些钱要都是我的，那该有多好！

我随即对他们说："你们继续玩吧，明天我还有一堆事情要做，现在得回去了。"

舅舅朝周围看了看，然后说："噢，那好吧，约翰，明天见。对了，记得给你妈妈捎口信，我们最多再待一两天就走。"

我心里巴不得他们现在就走，但这显然是不可能的。对此，我的心中感到一阵沮丧，无奈地点了点头。

巴兹尔从座位上站起身来，慵懒地伸了个懒腰，说："别玩了，先休息一会儿，你也该吃药了。"

"巴兹尔，我真觉得，你这个人婆婆妈妈的，整天啰唆个没完。"尽管舅舅嘴上在发牢骚，但他的左手却在一个有些发旧的小箱子上摸了摸。舅舅的心脏不太好，而治疗心脏病的药就装在箱子里。

我转身走到了门外。夜晚的气温还是有些低，而且今天的夜色很暗。我走到了那辆破旧的卡车边上，享受着夜晚这难得的片刻清静，让温柔的虫语舒缓整个白天紧绷的神经。没过多久，我就觉得整个身心都放松了下来。我将手伸到口袋里，摸了半天，摸出了一根抽了一半的香烟。

巴兹尔正从我的身后走来，见我拿出烟，他从口袋里摸出了一只有些分量的打火机，并且打着了火。借着燃烧的火苗，我看了看，那只打火机是用金子做的。我弯下腰来，将烟头对准了火苗，点燃之后，我将烟拿在手里，然后对他低声说了一句"谢谢"。

巴兹尔从他的烟盒里抽出来一根大号烟，点燃之后，也靠在了我的卡车上，然后问："约翰，这个地方又穷又破，你为什么会选择留在这里？"

"这是我的老家，我也许一辈子都会待在这里。"

他将烟从嘴里拿出来，然后问："你从来没有想过换地方吗？比如赌城这一类更加繁华的城市？"

我有些不屑地说："想啊，怎么不想，而且我还想过，要是过日子一分钱都不用花就好了。"

"我觉得你其实是个非常聪明的人，像你这样的人，不论走到哪里，都能混到一个不错的饭碗。"

"嗯，或许是吧。"

巴兹尔把身子往我这边靠了靠，然后小声地对我说："你要有信心。想想看，假设你身上现在有一万元的现金，而且你可以去赌城或者雷诺城这种非常繁华的地方，那该是一件多么美好的事情。有喝不完的美酒，还有看不尽的女人……所有你没有尝试过的新鲜玩意儿，那里都有。"

我将口里的烟往地上一甩，并且一脚踩灭了烟头，抬起头问道："老巴兹尔，你跟我说这些，到底想干吗？"

被我这么一问，他突然愣住了，默默地站在那儿，一直望着我。

四周静悄悄的，此时我们都不再说话，只听见溪边似乎有只怪鸟在发出一种难听的声音。

"约翰，你给我听好了，要是你胡说八道，把我说的事情给张扬出去了，我让你好看。我不但会一口否认，还要报复你！你居然敢怀疑我！"他用一种低沉的声音朝我呵斥道。

我随即回了他一句："有话就直说，没话就闭嘴，不要东拉西扯的，我最烦的就是听人讲废话。"

"行！"他笑了笑，然后说，"那我真说了，我先说好，我没有跟你开玩笑。"

"嗯，你说吧。"

他回头朝屋子里看了看，然后将嘴凑到我的耳边，小声地说了一句："这么说吧，要是你舅舅死了的话，我就给你一万元。"

听到这里，我当即犹豫了，眉头一皱，沉默不语地站在那儿。

"你干吗那么吃惊呢？约翰，你瞒不过我的，你其实憎恨你的舅舅很长一段时间了，我早就看出来了。论胆识，论财力，他都比你强，当然，你不仅仅憎恨你的舅舅，还有我。"

我随即回了他一句："没错，我的确不是很喜欢他，不过，我也找不到一个合理的理由去杀害他。"

"有，当然有，一万元的理由还不够吗？再说了，我从头到尾都没说过要杀死他，我说他'死了'，可能是别的原因引起的，比如他的心脏。万一哪天发作了，说不定就……"说完，他将两只手握在一起，将关节拧得"啪啪"直响。

他若无其事地拉开了那辆破旧卡车的车门，朝里面看了看，然后说："约翰，你先别急着回答我，好好考虑一番，想好之后，再把你的决定告诉我。"

听完他的这番话之后，我的心里确实久久不能平静，光是发动汽车就花了大半天时间。等回到家里之后，由于心烦意乱，我躺在床上翻来覆去睡不着。就这样，我一直半梦半醒地熬到了凌晨五点。此时，我想的内容非常单一了，那就是如果真的拿到了那一万元，我能干什么。有了那笔钱，我的生活就能改善，用卡车可以随心所欲，不用为它随时可能抛锚而烦恼了；因为大风而损毁的屋顶也可以重新翻修一下，倒塌的篱笆也可以重新修好……

虽然整晚没睡，但我也没有困意，随即从床上爬了起来。等我将前门关好，准备出门的时候，东方的天空已经微微发亮了。我将一些工具装进了卡车，然后发动，朝北方开去。伴随着太阳的渐渐升起，整个世界也变得日渐精彩起来。

大约到中午的时候，我在一块巨型石头旁边发现了一些异样的东西，虽然是在阴暗的背光面，却闪烁着星星点点的光芒。我仔细地看了看，石头下面原来正蜷着一条巨大的蟒蛇。那条恶心的东西正扭动着身子，然后将自己盘成一团，抬起脑袋，似乎在等待合适的机会向我发起进攻。

我从身后的地上搬起一块足有脑袋那么大的石头，然后高高地举过了我的头顶。我也在等待一个合适的机会。那条大蛇似乎也变得警觉起来，两个黑点一般的小眼睛一直盯着我看，舌头不停地收进突出，发出"嘶嘶"的声音。我和那条大蛇就这样静静地对峙着。

正午的太阳最为毒辣，举起那块石头也是要费一些力气的。很快，汗水就从我的头皮上渗了出来，沿着头发往外流，然后脱离发尖，滴到了我的脸上。尽管这样，我仍觉得背后有丝丝的凉意。这个时候，我突然想到了巴兹尔提到的那一万元现金。我当即做出了一个决定，将石头扔到一旁的草地上，转身跑回了卡车里。我在车上翻找着，最后找到了一只结实的麻袋，外加平日播种时用的鹤嘴锄。

看到我离开之后，蛇似乎也准备爬进石洞里。我当即朝它挥了一锄头，受到惊吓的蛇瞬间缩成了一团，然后猛地用头向我攻击，不断地往锄头上面撞。我赶在它重新将身子蜷成一团之前，用锄头把它钉住了，随后，我看准了时机，一脚踩在了它的头上。它并没有因此而停止进攻，反而不断地扭动着长长的身子，试图跟我挣扎到底。

我能感觉到，它的头正在我的脚下不停地蠕动，并且喷出了一股液体，闻起来有一股烂果子的味道。此时，我将身子弯了下来，一把掐住蛇头。此时，它仍在坚强地反抗着，用它那软长的身子将我的手一圈一圈地缠绕住。由于使不上劲，我的手一度快要松开。对付它比我想象中要难得多，它身上的鳞片本身就非常光滑，加上身子又粗又长，我根本就抓不住。

蛇的身子一旦盘起来之后，要再想将它拉开就不是件容易的事情了。这么大一个家伙，要完全塞进那只麻布袋里也不是一件轻松的事情。但我终究还是做到了，打开麻布袋的口，直接将蛇罩了进去，然后迅速将袋口往上一提，以最快的速度将袋口的绳结打好。此时，我已经没有力气了，双膝不由自主地往下一跪，重重地压在袋子里的蛇身上。一阵折腾，衬衫早已被汗水打湿。

被装进麻布袋里的那个家伙现在似乎也老实了一些，不再"嘶嘶"地叫了，只是偶尔会在袋子里挪动一下，以表明它还在里面。看着这条大家伙，我心里又开始犹豫起来。我在心中反复地问自己同一个问题：你真的能下手吗？是的，舅舅这个人虽说非常讨厌，但不管怎么样，他总归是个活人。只要是人，他就一定存在着感情的因素，何况，我跟他并非无亲无故，他是我的舅舅。

我提起那个沉重的袋子，将它扔进了卡车。

车子沿着山路慢慢地向上爬着，等爬到坡顶的时候，我朝小木屋的方向望了望，大门朝外打开着，里面不像是有人的样子。

接着就是下坡路了，我关掉了卡车的引擎，让它顺着坡路往下滑。当车子滑到门廊前面的时候，我将车稳稳地刹住了。正在这时，小溪的方向传来了舅舅那洪亮的声音，紧接着，隐隐约约地，我似乎听到巴兹尔也在说着什么。看样子，他们又在为某件事情而打赌。

我将纱窗门轻轻地拉开了，走进屋里以后，我暂时把麻袋放在了墙边，至少是一个离我有些距离的地方。我抓它只是为了做成一件事情，我可不希望出什么差错，更不想和那个东西有什么亲密接触。

我静下心来琢磨：这个东西只能放在舅舅的身边，而且还不能误伤巴兹尔，至少现在不能。到底该放在哪儿呢？

整个屋子被那两个人搞得一片狼藉，他们吃过早饭以后，盘子和残渣就扔在了桌子上，床铺乱得跟个狗窝似的，地板上到处都是抽完之后乱扔的烟蒂，而且昨天新砍的柴火似乎又用完了。看到这里，我心中甚是恼火，每天就是跟在他们屁股后面不停地收拾，收拾！

　　也正是在这样烦躁的收拾过程中，我有了意外的收获。我找到了舅舅用的那口箱子，而且还没有上锁！我打开箱子看了看，里面空间还很大，只有两件用来换洗的衣服，几盒还没有拆封的新扑克，差不多满满一盒的香烟，外加一小瓶治疗心脏病的药。看到这里，我满意地点了点头，的确，没有比这再合适的地方了。

　　我小心地将麻袋的绳结解开了，那条又粗又长的家伙慢慢地爬进了箱子里。抓蛇时的那种紧张感又重新回来了，我的手不自觉地又抖了起来。等蛇全部爬进去之后，我迅速地盖上了箱子，额头上豆大的汗珠不停地往下滚，打在箱盖上，发出"啪嗒啪嗒"的响声。可能是因为之前的惊吓，加上紧张，我只觉得一阵头晕。我在旁边随便找了个凳子坐下来，告诉自己不要慌张。

　　现在时间还早，我决定暂时先离开这里，去做点别的事情，一直守在这里也没有任何意义，反正现在屋里只有我一个人。我走到屋子外面，然后将门用力一带，"咣当"一声，门重重地关上了。

　　我沿着门口的那条小路，头也不回地往小溪的方向走了过去。前面是一片小树林，进入树林之后的小路曲曲折折的，而且道路两旁还长满了荆棘。下午，太阳的光线依旧非常毒辣，但树林里面非常阴凉。我小时候最喜欢在小树林里探险了，现在也是，凡是清静的地方，我都喜欢。林中小鸟的歌声格外悦耳，听着听着，我突然想抽烟了。我顺势往口袋里一摸，发现烟已经抽完了。刚刚翻开舅舅的箱子时，顺手从里面拿走一包烟就好了。

很快，我就走到了小溪边，视野一下变得开阔了起来。

我远远地就看见了他们俩的身影，原来他们正站在小溪里钓鱼。小溪还是有些深度的，潺潺的流水没过了他们的腰际，他们俩不停地甩着钓竿，姿势还挺优雅。舅舅站在靠近柳树的岸边，非常熟练地将钓鱼线抛到水里。此时，他发现了我，一边朝我挥手，然后在跟我说着什么。可能是在钓鱼的原因，舅舅的声音没有往日那么大，我根本听不见他的声音，只看见他的嘴唇动了几下。而巴兹尔则蹚着水来到我的身边，跟我打了个招呼："约翰，怎么样，你现在还好吗？"

我非常直接地问了他一句："有烟吗？给我一根。"他连忙从口袋里摸了一根出来，并且把打火机也递到了我的手里。点着烟之后，我就一直站在他的旁边默默地抽烟，然后另一只手不停地把玩着那只泛着金光的打火机。

巴兹尔将钓鱼的东西稍微整理了一下，准备再甩一竿出去。他问我："怎么样，昨天晚上跟你说的那件事情，你考虑得怎么样了？"说完之后，他从随身带着的盒子里挑了一个长尾鱼钩，然后装在了鱼竿上。

"嗯，我考虑了一下，"我顺手摸了一块干鱼饵递到他的手里，"我是说真的。"

"你考虑的结果是什么？做，或者不做？"

我点了点头，然后将握得有些发热的打火机还给了他。

"决定做？"他试探性地问道。

"如果只有一万元，我就不做了。"

巴兹尔的眼睛瞬间亮了起来，仿佛我跟他手里握着的那团鱼饵有着同样的作用。他试探性地报了个价："那么，我再加百分之五十，一万五怎么样？"

我摇了摇头，说："两万五，一分也不能少。"

周围瞬间又安静下来，巴兹尔的眼睛死死地瞪着我，而我也以同样的方式看着他。我突然想到了当时抓蛇的情景，没错，我当时跟那条蛇也是这样对峙的。

一阵鸟叫声打破了我们之间的沉寂，他耸了耸肩，点头对我说："行，约翰，那咱们就一言为定。你先说说看，你的计划是什么样的。"

"其他的你都不用管，我自有安排。他那口旧箱子，你不要去碰它就行了，我没别的要求。"

巴兹尔一边缓缓地摇头，一边慢慢地对我说："唔……约翰，你真的动手了？"

"你不就想我这么做吗？现在你得告诉我，约定的那些钱，我什么时候能拿到手？"

"只要事情完成了，我就会把钱给你。"他的声音中似乎带有几分厌恶感，不过，他也并没有刻意去掩饰。

我随即转过身，沿着小路往回走。该死的巴兹尔，居然敢瞧不起我，他出的主意，可是等我做了的时候，他又显得惊讶不已。为此，我心中一直耿耿于怀，晚上坐回到卡车里的时候，心中这阵憋屈劲儿都没过去。

我只觉得那一天格外漫长，似乎因为天气炎热，时间都跑不动了。

那天，我意外地弄伤了两根手指，这样一来，修篱笆的计划是肯定泡汤了。我将原本用来修篱笆的时间统统用来做计划了。两万五千元，我之前连想都不敢想，我就是拼死拼活干三辈子，也拿不到这么多钱，现在居然这么轻松地就能弄到手，简直太不可思议了。当然，这件事对舅舅来说，确实不太公平，不过，他反正是个赌徒，而且有一个道理，他肯定比我参悟得更加透彻：

没有人能够一直赢下去。这一点是作为一个赌徒的基本觉悟。

我准备返回木屋的时候，天色早已暗了下来。

夜晚的山头格外冷，我不自觉地将身上的那件破夹克裹得更紧了些。我开着那辆破旧的卡车，沿着道路慢慢前行。车子离小路的尽头越来越近了，心中的恐慌感也越来越强烈。有的时候确实是这样，离结果越近，心中越是紧张。

车子开到木屋门口的时候，我看到了巴兹尔，他正坐在门口默默地抽烟。我盯着巴兹尔的脸看了看，试图从他的表情中读出点什么来。如果整件事情已经结束了的话，那自然是最好的，可是目前我完全不知道，因为巴兹尔只是不停地在摇头。

我从他的身边默默地经过，然后直接走进了小木屋。舅舅此时正在桌子边，一个人玩得非常尽兴。看到我之后，舅舅的脸上露出了微笑的表情，我也强挤出了一丝笑容，然后用眼睛快速地瞟了一眼放在边上的金属箱，似乎看不出有什么异常，于是我随口问了一句："舅舅，今天有鱼要洗吗？"

"今天运气不佳，钓到的都是小鱼，所以就都放生了。"说完之后，舅舅抽了一根烟给我，我顺手接了过来，然后从桌边抽了一张椅子，在远离那口箱子的地方坐了下来。看到这个箱子，我心中就感到莫名的紧张。这种情况再不结束的话，我估计就得疯了。我试图一边跟他聊天，一边琢磨方法，让他尽快地将箱子打开。

"对了，妈妈让我问你，最近身体还好吗？"

"哎，女人就是爱问东问西，你让她不用担心，我身体好着呢。"说完，他微微地笑了一下。

"她只是怕你累着而已，而且你的心脏本来就不好，更要多加小心。"我补充道。

舅舅将他的手伸了出来，轻轻地摸了摸我的脸，用一种略带伤感的表情看着我，然后说："约翰，从小到大，你第一次这么关心我，这种感觉真是太棒了，我觉得，我们就是交流太少了，以后一定要多沟通。"说完，他弯下腰，将那口箱子拉到了脚边。

我将身子直了起来，心里一直打鼓：里面的那个东西会不会因为这样的一个动静而发出声音来呢？如果真的出声了，舅舅会不会听见呢？我尽量让自己克制住不要离开屁股下面的凳子，静静地吸了一口烟，然后坐在那里等着。似乎没有什么响动。

舅舅又一次弯下了身子，我只觉得嘴巴有些发干，似乎有些难受的样子。也许是刚才的那几句话，我居然发现，舅舅的头上竟然有白头发了，而且还不少。

我突然喊了一句："舅舅！"那声音比平时都要响亮，我自己也觉得有些不太自然。

舅舅直起身子看了看我，眼神有些奇怪。

我连忙解释道："舅舅，没什么事情，我刚刚不是故意喊那么大声的。"

"约翰，你是不是工作太累了，没休息好啊？有时间去度个假吧，长时间这样弄，人会受不了的。"

"嗯，我安排了度假的计划，就在不久之后。舅舅放心。"说到这里时，我才意识到，烟已经快烧到我的手指了，我连忙将烟灰弹了弹。

这个时候，伴随着一阵开门声，在外面抽完烟的巴兹尔回来了，我也不知道心中为什么会那么害怕，竟差点儿从座位上跳起来。他朝我笑了笑，但是那种笑容显得十分诡异，而且带着几分鄙视。我对他产生了一种莫名的怨恨感，那种程度，远远超过了我的舅舅。

舅舅此时对我显得非常关心："约翰，你今天晚上到底怎么了？看起来很奇怪啊。我还是第一次看见这么紧张的人。"

巴兹尔笑了笑，然后说："也许就是你说的那个原因吧，他可能真的是因为工作压力太大了。"

"你闭嘴，有人在跟你说话吗？"我头也不回地噎了他一句。

他没有再说什么，只是在那儿不停地笑。

"舅舅，对不起，我也不知道今天晚上我为什么会这样，为我的失态向你道歉。"

巴兹尔则用一种嘲笑的语气说道："小家伙，谁没有个疲倦期呢？大家都是普通人，你也没有必要为这种事情如此自责啊。"他将手表伸到了舅舅的面前，并且用手指了指上面的时间，然后说："你看，现在都几点了，还没吃药吧？赶紧的！"

听到这句话，舅舅也笑了起来："你啊，每天就盯着这些破事！估计你是忘不掉了。"

"当然，我一辈子都不会忘。"巴兹尔明明是在回答舅舅的话，但说话的时候，眼睛却一直盯着我在看。

舅舅先是拉起了铁箱子的搭扣，然后缓缓地抬起了箱子盖，而我，就站在舅舅的面前，连大气都不敢喘。盖子越抬越高，我颈脖后面的汗毛也渐渐地立了起来。我两只眼睛一直盯着舅舅的脸，想看看他在面临那样一个怪物的时候，表情到底会发生什么样的变化。

可是，舅舅就像什么都没有看到一样，非常冷静地将箱子里的药片给取了出来。他拧开了药瓶的盖子，将药片倒在手上，吞下去之后，把盖子旋紧，将药瓶扔进了箱子里，最后把箱子盖了起来。

蛇呢？上帝啊！难道它从箱子里溜走了吗？我的眼睛不停地在屋子里四处寻找着，桌子后面、椅子后面、装柴火的箱子后面，到处都看了一下，没有。我心中顿时感到一阵极度的恐惧：它到底是怎么溜出去的？

"约翰，你找张椅子先坐下来。"舅舅双手一合，说话的声音有些大，我被这突如其来的声音吓了一跳。

"不！不用了！我必须走了！明天还有活要干！"我立即回答，显得非常慌乱。

巴兹尔一把将我的手臂抓住，然后说："小家伙，不要那么扫兴嘛，一块儿来玩两把啊。"

"不要！"我一把甩掉了他的手，发疯般地往门外跑去。一边跑，心中一边在琢磨：那个家伙究竟是怎样溜出去的？

很快，我便跑到了屋外。夜风夹杂着凉意灌入了我早已汗湿的衣服里，顿时我觉得全身发冷，甚至有些发抖。我跑回到卡车边，在黑暗中摸索着车门的位置。我拉开车门，随即听到了一阵近乎疯狂的"嘶嘶"声，然后一股烂果子的气味扑面而来。我顿时就明白了怎么回事，但已经太晚了。眼见黑暗中一条粗壮的物体从我面前一闪而过，紧接着，我的手臂上便传来了一阵剧烈的刺痛感。

我连忙从车上跳了下来，一路跌跌撞撞地摸回到小木屋里。我将袖子撕下来，紧紧地扎在伤口的上方，由于疼痛、毒液和惊吓的共同作用，我的手不自觉地抽搐起来。

"蛇！蛇！"我如同一个疯子一般，疯狂地撕扯着舅舅的衣服，并且不断地摇着他，想引起他的注意。看到他的眼中流露出疑惑的表情之后，我缓了缓，认真地对他说："舅舅，我刚刚被蛇咬了，救救我！"

舅舅举起手，然后往我的脸上用力一推，我整个人直接失去了平衡，身子撞到了墙上。因为力度很大，整个窗户的玻璃都响了起来。被蛇咬伤的那条手臂，现在痛得更加厉害了。他看了看倒在地上的我，用一种轻蔑的口气说："小畜生，你如此薄情寡义，死了也活该！"

我刚想起身，但他随即又朝我脸上重重地甩了一记耳光，直接将我打到墙角，"约翰，我刚刚才为你下了赌注，没想到……"

话音刚落，我的脸上又挨了他重重一拳。

我跪在地上，不断地哀求他："舅舅，舅舅！你帮帮我吧！"

他丝毫没有理会我的央求，而是恶狠狠地对我说："巴兹尔刚刚跟我打了个赌，他说他有办法让你弄死我。我心想，这怎么可能呢？你毕竟是我的亲外甥啊。但我真的没想到……"

看来，所有的事情舅舅都知道了，他肯定不会救我的，他已经对我死心了。

事到如今，我只能靠自己了，我想到了停在外面的那辆卡车。没错，我可以开着车进城，去那里找医生，我一定不会死的！

我努力让自己爬起来，准备向门口跑去。不过，巴兹尔很快就赶到了我的面前，并且拿起一个小东西在我面前晃了晃。借着灯光，我看出来了，那是我卡车的车钥匙。我顿时陷入了绝望之中，喉咙里不断地发出阵阵低声哭泣的声音。手臂现在更痛了，而且仍旧在不停地抽动着，每一次抽动都如同针扎一般难受。

我把手伸到了巴兹尔的面前，想向他讨回那把钥匙，嘴里不断地哀求着他："巴兹尔，我求求你……"

他显得无动于衷，从我的身边绕了过去，然后对舅舅说："老兄，我给你一个机会，让你把刚刚输的钱赢回去。"

舅舅的眼睛死死地瞪着我，问："怎么赌？"

巴兹尔轻蔑地看了看我，然后一脸坏笑地说："你看，他块头这么大，看上去挺结实的。但是，他现在因为惊慌过度，所以我觉得，他可能看不到明天早上的太阳了。"

舅舅一边准备掏钱，一边用眼睛打量着我，然后果断地说了一句："赌了！"

图书在版编目(CIP)数据

希区柯克悬疑故事 / (英) 希区柯克著 ; 林中路编
译. — 北京 : 中国华侨出版社, 2019.10（2020.8重印）

ISBN 978-7-5113-8041-8

Ⅰ.①希… Ⅱ.①希… ②林… Ⅲ.①故事—作品集
—英国—现代 Ⅳ.①I561.45

中国版本图书馆CIP数据核字（2019）第190712号

希区柯克悬疑故事

著　　者：〔英〕希区柯克
编　　译：林中路
责任编辑：刘雪涛
封面设计：冬　凡
文字编辑：徐胜华
美术编辑：潘　松
经　　销：新华书店
开　　本：880 mm×1230 mm　1/32　印张：8　字数：180千字
印　　刷：三河市吉祥印务有限公司
版　　次：2020年5月第1版　2021年11月第5次印刷
书　　号：ISBN 978-7-5113-8041-8
定　　价：38.00元

中国华侨出版社　北京市朝阳区西坝河东里77号楼底商5号　邮编：100028
发 行 部：（010）88893001　　传　真：（010）62707370

如果发现印装质量问题，影响阅读，请与印刷厂联系调换。